Arne Dessaul

Tödlicher Halt

Kommissar Helmut Jordan ermittelt

Kriminalroman

Bibliografische Information der Deutschen Nationalbibliothek: Die Deutsche Nationalbibliothek verzeichnet diese Publikation in der Deutschen Nationalbibliografie; detaillierte bibliografische Daten sind im Internet unter dnb.de abrufbar.

1. Auflage 2019
© 2019 Arne Dessaul

Alle Rechte vorbehalten. Das Werk darf, auch auszugsweise, nur mit Genehmigung des Autors wiedergegeben werden.
Arne Dessaul, Generalstraße 14, 44795 Bochum

Lektorat und Korrektorat: Martina Biederbeck, silbenfisch.de
Umschlaggestaltung: Monika Klein, designbueroklein.de
Titelfoto: Axel Kreit
Herstellung und Verlag: BoD – Books on Demand, Norderstedt
ISBN: 9783734797279

Inhalt

Kurz nach der Wiedervereinigung treiben an der ehemaligen deutsch-deutschen Grenze rechtsradikale Banden ihr Unwesen. Sie schrecken auch vor extremer Gewalt nicht zurück. Die Studenten Daniel und Bernd geraten auf ihrer Reise von Bonn nach Berlin zwischen die Fronten. Skinheads überfallen das türkische Lokal, in dem sie essen. Es gibt acht Tote. Daniel und Bernd können entkommen, doch nun werden sie von den Kameraden der getöteten Skins gejagt. Der Wolfenbütteler Kriminalkommissar Helmut Jordan will den Schlägern zuvorkommen. Dabei setzt er sein Leben aufs Spiel.

Der Autor

Arne Dessaul wurde 1964 in Wolfenbüttel geboren. 1984 bestand er am dortigen Gymnasium im Schloss sein Abitur. Es folgten Bundeswehr und eine kaufmännische Lehre. 1989 zog er nach Bochum, um an der Ruhr-Uni Kommunikationswissenschaft zu studieren. Während des Studiums fing er an, als Journalist zu arbeiten. Seit 1992 schreibt er für Magazine und Tageszeitungen. Seit 1994 arbeitet Dessaul zudem im Dezernat Hochschulkommunikation der Ruhr-Uni; dort ist er verantwortlich für die Onlineredaktion. Er hat drei Krimis veröffentlicht: »Trittbrettmörder«, Gmeiner-Verlag 2016; »Bauernjäger«, Gmeiner-Verlag 2017; »50«, Neobooks 2018.

Tatsächlich hat es in den Jahren unmittelbar nach der deutschen Wiedervereinigung in den Dörfern entlang der früheren Grenze auf einmal viel mehr offensichtlichen Rechtsradikalismus gegeben als vor 1989. Es war normal, wenn nicht sogar schick, Skinhead zu sein. Eine brutale Tat wie die in diesem Buch geschilderte ist mir jedoch nicht bekannt, zumindest nicht aus dem Harzvorland. Der Überfall auf das Lokal ist ebenso erfunden wie alle anderen Handlungen und Figuren in diesem Kriminalroman.

PROLOG

Endet hier die Geschichte? In dieser Sackgasse, von deren Existenz Helmut Jordan bislang keine Ahnung hatte? Der Wolfenbütteler Kriminalkommissar kannte die Kneipe in dem kleinen Dorf Semmenstedt nur vom Vorbeifahren und hatte nie auf den schmalen Weg links vom Lokal geachtet.

Hinter Helmut ragte eine Backsteinmauer in die Höhe, an die er den Rücken derart fest presste, bis es wehtat. Der Kies knirschte unter seinen Sohlen.

Links und rechts von ihm erhoben sich ebenfalls Mauern. Für ihn unüberwindbar. Vor ihm, etwa 15 Meter entfernt am anderen Ende des schmalen Weges, lag die Bundesstraße 79; hin und wieder wehte der laue Frühlingswind das Geräusch eines vorbeifahrenden Autos herüber.

Doch die Straße blieb unerreichbar.

Den Weg dorthin versperrte der komplett in Weiß gekleidete Mann: Stirnband, Muskelshirt, Jogginghose, Turnschuhe – alles weiß.

So erkannte man ihn selbst in der Dunkelheit.

Die Farbe passte kein bisschen zu diesem Kerl. Schwarz hätte gepasst. Schwarz wie der Tod.

Er stand reglos am anderen Ende der Gasse. Die Beine fest in den Asphalt gerammt. Nur die rechte Hand bewegte sich. Sie schlug den Baseballschläger im Takt in die geöffnete linke Hand.

Patsch. Patsch. Patsch.

Trommelte er einen populären Rhythmus? Den Takt eines aktuellen Rapsongs? Oder das neue Lied vom Tod?

Die Ruhe des Mannes führte komplett in die Irre. Er war vollgetankt mit Drogen, mit Amphetaminen, mit Crack und mit Kokain. Diese wandelnde Zeitbombe drohte jeden Augenblick zu explodieren. Der Mann selbst würde die Explosion vermutlich überleben. Helmut hingegen nicht. Der erste Samstag im Mai 1992 schien sein letzter Tag auf Erden zu sein.

Patsch. Patsch. Patsch.

KAPITEL 1

Muss das jetzt sein, fragte sich Daniel. Er hing mit seinem Kumpel Bernd vor dem »Spleen« ab. Die Freunde stimmten sich auf ihre morgige Fahrt nach Berlin ein. Das funktionierte am besten mit ein paar Drinks in der Bonner Innenstadt, ihrer Wahlheimat. Wie üblich bildete das »Spleen« die letzte Station der Zechtour.

Hier trafen sich die coolsten Typen der Stadt, lungerten auf dem Gehweg oder auf der Straße herum, lehnten sich an Autos und Häuserwände, Bierglas und Joint in der Hand.

Dieser Typ jedoch passte überhaupt nicht hierher. Der legt es darauf an zu provozieren, mutmaßte Daniel. Der Kerl trug sein mittelblondes Haar militärisch kurz geschnitten, einen schwarzen Ledermantel und auf der Nase eine eckige Brille.

Wahrscheinlich ein Burschenschaftler. Garantiert stramm national. Schlimmstenfalls ein Neonazi. Beziehungsweise ein Nazi. Diese Vorsilbe verharmloste die Sache nur unnötig, fand Daniel. Das waren rechtsradikale Idioten. Gefährliche Idioten. Heute und erst recht vor 60 Jahren.

»Ich geh mal pinkeln«, unterbrach Bernd Daniels Gedanken.

»Pass auf, dass du den Eichmann nicht anrempelst«, warnte Daniel seinen Freund.

»Wen?«

»Na, den Kerl mit dem schwarzen Ledermantel.«

»Ah ja.« Bernd wankte Richtung Eingang.

Leider verlor Bernd bisweilen jegliches Gespür für mögliche Gefahren, wenn er zu tief ins Glas schaute. Daniel nippte an seinem Bier und sah, wie Bernd sich Eichmann, der direkt vor der Eingangstür stand, mit dem Rücken zu Bernd, näherte. Er beobachtete, wie Bernd die Hand hob, diese auf die fremde Schulter legte und etwas sagte, vermutlich etwas Ähnliches wie: »He, Eichmann, lass mich mal durch.«

Auf jeden Fall reizte es den Kerl mit dem Ledermantel. Er drehte sich um und schlug zu. Bernd war jedoch längst in der Kneipe verschwunden. Sehr zum Leidwesen eines ahnungslosen Mädchens, das Eichmanns Faustschlag mitten im Gesicht traf. Das Mädchen fiel um und prallte gegen den Kellner, der draußen die Gläser einsammelte.

Ungefähr 20 leere Gläser fielen auf den Gehsteig und verursachten einen Höllenlärm. Aber wer das »Spleen« kannte, der wusste: Es war nichts Aufsehenerregendes, Glasscherben davor liegen zu sehen. Wer als richtig cool gelten wollte, der ließ sein Glas einfach fallen, sobald es leer war.

Etwas ungewöhnlicher klang das zweite Klirren, das dem Klirren der Gläser folgte. Es hatte eine kurze, heftige Vorgeschichte: Einige der coolen Szenetypen stürzten sich auf Eichmann und dessen Freunde. Während sieben Männer die Freunde in Schach hielten, widmeten sich drei weitere dem Schläger.

Das, was sie mit Eichmann anstellten, erinnerte Daniel an diesen Film mit Woody Allen, in dem alle paar Minuten diese Fieslinge des Weges kommen, Woody die Brille von der Nase reißen und darauf herumtrampeln.

Im Gegensatz zu Woody Allen hatte dieser Eichmann es jedoch verdient. Zum Glück waren die finsteren Tage vorbei, da ein schwarzer Ledermantel dazu berechtigte, Frauen zu schlagen.

Eichmann erging es richtig übel. Nach kurzer Zeit konnte er sich nicht mehr entscheiden, welche Körperteile er am effektivsten vor den Faustschlägen und Fußtritten schützen sollte. Hielt er eine Hand vors Gesicht und wehrte einen Faustschlag ab, kassierte er im selben Augenblick Treffer im Magen und am Ohr. Schließlich verteidigte er sich nur noch verbal: »Nein.« »Bitte.« »Aufhören.«

Daniel registrierte Bernds fragenden Blick, als dieser zurückkam und über den Aufruhr staunte. Wie durch ein Wunder gelang es ihm, sich an dem Tumult vorbeizudrängen.

»Was ist denn hier los?«, fragte Bernd vollkommen unschuldig. »Wird hier ein Film gedreht?«

Er griff nach Daniels Glas und trank einen großen Schluck. Den Letzten.

»Dein Freund Eichmann bekommt ein paar in die Fresse.«

Daniel betrachtete kopfschüttelnd sein leeres Glas.

»Wieso?« Seltsamerweise lag so etwas wie Empörung in Bernds Stimme.

»Er hat ein Mädchen umgehauen.«

»Was? So ein Arsch.«

Eichmann gab nun auch seine verbale Verteidigungsstrategie auf. Einer der Faustschläge traf ihn derart heftig im Gesicht, dass sein Kopf nach hinten schnellte und gegen die Wand prallte.

In diesem Augenblick rappelte sich das Mädchen wieder auf. Sie taumelte. Jemand drückte ihr ein Bier in die Hand. Sie trank es in großen Schlucken aus.

Daniel erinnerte dieser Anblick an Bernds Technik. Und an das leere Glas zwischen seinen Fingern. »Wollen wir hier noch eins trinken?«

»Nee. Lieber woanders.«

»Meinst du, du kriegst woanders mehr geboten?«

»Vielleicht was Lustigeres.«

Zwischenzeitlich hatten Eichmanns Freunde ihren ohnmächtigen Kameraden aufgesammelt und marschierten davon. Einer von ihnen drehte sich um und rief: »Das zahlen wir euch heim.«

Hoffentlich haben die Kerle bis dahin vergessen, dass Bernd den Vorfall ausgelöst hat, überlegte Daniel. Andernfalls drohte das Bonner Nachtleben von nun an gefährlich zu werden.

KAPITEL 2

Helmut Jordan trippelte mit dem rechten Fuß betont lässig den Takt mit. Sie liebt einen Idioten und lädt ihn zu einer Spritztour ein – oder wovon auch immer das Lied handelte. Der Kriminalkommissar kannte es aus dem Radio, wie die meisten Lieder, die der DJ im Saal der Dorfkneipe auflegte.

Die Driving Disco 2000 legte an diesem Samstagabend im April eine Zwischenstation in Kissenbrück ein, einem Dorf im Landkreis Wolfenbüttel.

Die Driving Disco 2000 war eine dieser mobilen Diskotheken, die ihre beste Zeit in den späten 70er-Jahren lange hinter sich gelassen hatten. Auf dem Land gab es zu jener fernen Zeit so gut wie keine Discos, also kam diese zu den Jugendlichen. Plattenteller, Verstärker, Lichtanlagen, riesige Mengen an Schallplatten und einiges mehr wurde Wochenende für Wochenende in VW-Bussen von Dorf zu Dorf gekarrt und in den Sälen der Dorfkneipen aufgebaut.

Mitte der 80er-Jahre hatte sich die Idee mit den fahrenden Discos totgelaufen, doch die Driving Disco 2000 hatte überlebt. Die Betreiber nutzten die Disco allerdings nur noch zur Tarnung. Statt Musik lieferten sie den Kids auf den Dörfern nun anderen Stoff: Marihuana und synthetische Drogen.

Die Polizei wusste das, sie konnte es aber einstweilen nicht beweisen.

Vor allem deshalb lehnte Helmut am Tresen. Trippelte lässig. Trank Bier. Quatschte mit dem Typen neben sich, einem Mittzwanziger.

»Ich finde Roxette geil«, lallte der Typ.

»Ich auch«, log Helmut. Er fand dieses Duo eher nervig.

»Und Snap.«

»Oh ja.« Helmut vermutete, dass der Typ auch Snap geil fand. Von dieser Band, falls es denn eine war, hatte Helmut noch nie gehört.

»Und Madonna.«

»Ja.« Helmut kannte Madonna. Er fand sie aber nicht geil.

»Und die Stones.«

Diesmal antwortete Helmut nicht. Zum einen langweilte ihn die Beliebigkeit seines Gesprächspartners allmählich, zum anderen wurde es ein paar Meter entfernt ziemlich hektisch.

Einer vom Team der Driving Disco 2000, der Rausschmeißer Abdullah, und zwei Jugendliche stritten miteinander. Abdullah hob die Hand. Sofort rückten die Gäste zwei, drei Meter zurück. Sie bildeten einen Kreis um Abdullah und die Jugendlichen.

»Was hast du gesagt?«, blaffte der muskelbepackte Libanese einen der Jugendlichen an.

»Du kannst uns mal.«

Damit endete zugleich der verbale Teil der Auseinandersetzung.

Es sah aus wie Kickboxen. Vielleicht Karate? Oder eine Mischung verschiedener Kampftechniken? Ehe Helmut bis Zehn zählte, krümmten sich die beiden Jugendlichen am Boden. Der Rausschmeißer, wie üblich ganz in Weiß gekleidet, inklusive Stirnband, forderte sie auf, weiterzukämpfen. Keiner rührte sich. Als Abdullah ihnen befahl, »sich zu verpissen«, trollten sie sich.

Helmut dachte kurz darüber nach, einzugreifen. Aber er durfte nicht auffallen. Er ermittelte verdeckt, als Lockvogel.

In diese Rolle war Helmut nur aus einem Grund geschlüpft: Er war im betagten Wolfenbütteler Ermittlerteam mit Abstand der jüngste Beamte. Mit 37 thronte zwar auch Helmut an der oberen Altersgrenze der Discobesucher. Er fiel aber nur ein bisschen auf. Ein in die Jahre gekommener Gigolo – wobei Helmut sich die meiste Zeit über auf das Biertrinken beschränkte und das Tanzen den anderen überließ.

Seit ein paar Wochen klapperte er die Dorfkneipen in den Landkreisen Wolfenbüttel und Helmstedt ab. Er wartete auf die passende Gelegenheit, sich als Neukunde für Cannabis auszugeben. Er musste jedoch zunächst herausfinden, wie man Neukunde wurde.

Wie die Deals mit den Bestandskunden abliefen, wusste Helmut inzwischen: Jede Stunde stellte DJ Yusuf, zugleich der Chef der Driving Disco 2000, eine einfache Quizfrage. Wer die Antwort kannte, schrieb sie auf ein Blatt Papier, das er dem Discjockey gab.

Etwa jeden sechsten oder siebten Zettel ließ Yusuf geschickt in seiner Sakkotasche verschwinden. Kurz darauf verkündete er die Losnummern und manchmal zusätzlich die Vornamen der Gewinnerinnen und Gewinner. Diese erhielten einen Umschlag, in dem angeblich eine Freikarte für die nächste Disco steckte.

Tatsächlich gewannen jedes Mal genau die Besucher, deren Lösungen zuvor in der Sakkotasche verschwunden waren.

Zu ihnen gehörte die junge Frau, die mittlerweile neben ihm an der Theke stand. Sie war Anfang 20, blond, ihr Haar sehr kurz geschnitten, beinahe knabenhaft kurz. Sie trug ein schneeweißes T-Shirt mit einer Jeansweste darüber, Jeans und Cowboystiefel.

Der Betrunkene mit dem beliebigen Musikgeschmack war verschwunden, genau wie die beiden Jugendlichen, die einige Minuten zuvor verprügelt worden waren. Abdullah hingegen saß ein paar Meter entfernt auf einem Barhocker und unterhielt sich mit den Zapfern, Mo und Senol.

Die junge Frau hatte gerade ihren Umschlag abgeholt. Sie öffnete ihn und schielte hinein. Helmut linste unauffällig mit und entdeckte das Plastiktütchen mit den dunklen Krümeln.

Erwischt. So nahe war Helmut noch keinem der Gewinner gekommen.

Jetzt den Stier bei den Hörnern packen, beschloss er. »Ich möchte gern das gewinnen, was du da bekommen hast.« Normalerweise hätte Helmut eine fremde Frau Anfang 20 gesiezt, aber das wirkte hier unangemessen, irgendwie uncool.

Die blonde Frau schaute ihn bestürzt an und verstaute hektisch den verräterischen Umschlag in ihrer Hosentasche. »Spinnst du? Darüber spricht man hier nicht laut, am besten gar nicht.« Sie sah an Helmut vorbei – dorthin, wo Abdullah und die Zapfer saßen.

»Aber wie kann ich das denn gewinnen?« So leicht gab Helmut sich nicht geschlagen. Immerhin flüsterte er jetzt.

Die Frau sah sich erneut um. »Du schreibst dein Anliegen auf und gibst es als Lösung beim DJ ab. Dein Gewinn ist die Beschreibung, wie es weitergeht.«

»Aber wie erkennt der DJ mich denn wieder?«

»Keine Sorge. Diese Leute leben davon, Menschen sehr schnell wiederzuerkennen. Die müssen dein Gesicht nur einmal sehen, das reicht. Ich muss jetzt los. Okay? Viel Glück.«

Die Frau sah sich erneut um, und einen Moment lang weiteten sich ihre Pupillen. Als Helmut ihrem Blick folgte und sich umdrehte, schaute er direkt in Abdullahs schwarze Augen. Sie durchbohrten erst Helmut und folgten dann der jungen Frau, die Richtung Ausgang marschierte.

Helmut ignorierte den aggressiven Rausschmeißer und wartete auf die nächste Quizfrage. Er wollte die Sache sofort vorantreiben.

»Aus welchem Land kommt die Band Man at Work?«

Helmut schrieb vorsichtshalber die Lösung, Australien, auf seinen Zettel, dazu seinen Vornamen, und formulierte darunter sein eigentliches Anliegen. Damit tat er sich ungleich schwerer. »Ich habe gehört, dass ich hier Spezialitäten aus Afghanistan kriege. Wie komme ich da ran?«

Der Text wirkte unbeholfen, aber Helmut hoffte, dass er seinen Zweck erfüllte. Er ging zum DJ und drückte ihm den Zettel in die Hand. Dabei zwinkerte er Yusuf wie einem alten Freund zu und erntete prompt einen irritierten Blick. Wenigstens las sich der Türke Helmuts Antwort durch.

Yusuf runzelte die Stirn. Beinahe unmerklich nickte er – und steckte wie erhofft Helmuts Nachricht in seine Sakkotasche.

Einige Minuten später verkündete Yusuf die Gewinner. Helmut zählte zu ihnen. Strahlend griff er nach seinem Umschlag. Yusuf würdigte ihn keines Blickes.

Zurück an der Theke öffnete Helmut vorsichtig den Umschlag und entdeckte den quadratischen Zettel: »Diese Spezialitäten gibt es nur auf Empfehlung. Wer empfiehlt dich?«

Helmut sah hinüber zu Yusuf, der sich mit seinen Platten beschäftigte. Unmöglich, Augenkontakt mit ihm aufzunehmen. Wahrscheinlich nützte es ohnehin nichts. Die Botschaft klang eindeutig: Irgendjemand musste bei Yusuf und seinen

Kumpanen ein gutes Wort für ihn einlegen; andernfalls erhielt Helmut keine Drogen.

Zum Glück kannte Helmut eine Kundin: die blonde Frau von vorhin. Für heute schien sie verschwunden zu sein. Aber genau wie Helmut besuchte sie garantiert eine der kommenden Discos. Dann würde er sie wieder ansprechen.

KAPITEL 3

Warum sind sie nicht mit dem Zug gefahren? Sie wären zwar eine Menge Geld losgeworden, viel zu viel für die Strecke von Bonn nach Berlin. Sie könnten aber längst dort sein und säßen nicht mitten in Niedersachsen fest, 250 Kilometer vor Berlin – und das nach fast sechs Stunden Fahrt in Bernds altem Fiesta.

Die gesamte Reise über reihte sich Stau an Stau: vor Köln, vor Leverkusen, im Ruhrgebiet, bei Hamm, zwischen Gütersloh und Bielefeld, bei Bad Eilsen, vor, in und hinter Hannover, schließlich bei Braunschweig. Und in den Verkehrsmeldungen sprachen sie von weiteren Staus. Deshalb hatten Daniel und Bernd in Braunschweig die A 2 verlassen und waren nun jenseits der Autobahn auf einer Bundesstraße in östlicher Richtung unterwegs. Wenn alles planmäßig verlief, würden sie später wieder auf die A 2 fahren, irgendwo hinter Helmstedt.

Die Gegend war ländlich. Wie zur Bestätigung sausten sie in diesem Moment an einer Scheune vorüber. Verlassen stand sie inmitten offensichtlich nicht bewirtschafteter Äcker unterhalb von einem kleinen Wald.

Einen Augenblick lang sah Daniel sich in dieser Scheune stehen. Er sah vom Eingang aus in den Raum, wo am anderen Ende ein Lagerfeuer brannte und schemenhafte Gestalten tanzten. Gespenstisch. Daniel schüttelte sich und beendete damit die düstere Vision rasch wieder. Doch abgelöst wurde sie ausgerechnet durch die Erinnerung an den gestrigen Abend: Eichmann und die Schlägerei vor dem »Spleen«.

Plopp.

Bernd öffnete mit dem Feuerzeug eine Bierflasche. »Was ist los mit dir, Daniel? Du bist so schweigsam.«

»Ich habe an gestern Abend gedacht.«

»Ja, das Leben ist recht gefährlich von Zeit zu Zeit.«

»Diese Scheißnazis.«

»Du meinst diesen Eichmanntypen?«

»Ja, den und die ganze Bagage. Heute wie damals.«

»Das ist doch ewig her!« Bernd schüttelte den Kopf.

»Ewig her? Meine Mutter kann sich noch gut daran erinnern. Sie musste ohne Vater aufwachsen.«

»Ist der im Krieg gefallen?«

»Nein, der ist 1933 in Berlin gestorben.«

»Hm?«

»Mein Opa war Kommunist. Du weißt ja, die Roten lieferten sich zu der Zeit ständig Straßenschlachten mit der SA. Opa Josef mittendrin. Dann kamen die Nazis an die Macht und verfolgten sofort die Linken. Eines Nachts, kurz nach dem Reichstagsbrand, wurde Opa Josef von SA-Schlägern aus dem Bett gezerrt. Vor den Augen meiner Oma. Dann verschwand er in einem dieser Folterkeller. Für immer. Sein Tod wurde nie offiziell bestätigt und seine Leiche nie gefunden.«

Zurück blieb Daniels Oma, im achten Monat schwanger mit seiner Mutter. Das Kind lernte seinen Vater niemals kennen – genauso wenig wie Daniel seinen Opa.

Beinahe 60 Jahre waren seitdem vergangen, doch Daniels Oma hasste alles Rechte genauso wie damals. Und ihr Hass hatte sich fortgepflanzt: über Daniels Mutter auf ihn. Er schlummerte tief in ihm, bislang hatte er sich nur noch nicht entladen.

»Diese Schweine«, zischte Bernd. »Und dann noch ausgerechnet in Berlin.«

»Aber uns wird in Berlin schon nichts passieren.« Daniel strich liebevoll über das Handschuhfach. Darin lagen zwei Pistolen Typ P 1, plus Munition, notdürftig in eine Plastiktüte gestopft.

Diese Waffen gehörten allerdings nicht ihnen. Ein Bekannter aus Bonn hatte sie ihnen mitgegeben. In Berlin sollten Daniel und Bernd die Pistolen samt Munition einem Bekannten ihres Bekannten übergeben. Irgendwo im Wedding. Detaillierte Anweisungen würden folgen. Bis dahin würden die beiden Freunde in einer Wohnung in Kreuzberg warten beziehungsweise durch die Straßen der neuen Hauptstadt streifen. Nach Übergabe der Pistolen und Erhalt eines dicken Umschlags würden sie zurück nach Bonn fahren.

Mit solchen Kurierdiensten finanzierten Daniel und Bernd ihr Studentenleben. Nicht immer kutschierten sie Waffen durch die Gegend, schon gar nicht zu Beginn ihrer zweifelhaften, quasi kriminellen Karriere. Da hatten sie Medikamente transportiert. Oder Schmuck. Selten Drogen, und wenn, dann harmloses Zeug wie Marihuana.

Waffen kamen erst später, als man sie für zuverlässig genug hielt, und sie, das gab Daniel nur schweren Herzens zu, ein wenig abgestumpft waren und jegliche Ware praktisch ungesehen ins Handschuhfach stopften.

Dennoch fragte sich Daniel bisweilen, was wohl mit den Pistolen passierte, die sie von Bonn nach Berlin transportierten. Benutzte man sie am Ende, um jemanden zu erschießen? Bitte nicht. Und wenn doch? Dann machten sie sich nicht nur strafbar, sondern mitschuldig am Tod anderer.

Allerdings hinterließen sowohl ihr Bonner Bekannter als auch dessen Berliner Freunde nicht unbedingt den Eindruck von schießwütigen Killern. Höchstwahrscheinlich dienten die Waffen als Abschreckung. Wie im Kalten Krieg: Man rüstet gegenseitig auf, um seine Macht zu demonstrieren, und solange beide Seiten gleich stark sind, greifen sie einander nicht an.

Das klang plausibel, und es beruhigte das Gewissen ungemein.

Nicht zu vergessen: Auf diese Weise blieb der Kalte Krieg tatsächlich immer kalt. Mittlerweile war er vorbei, und es gab sozusagen nur Sieger.

»Ich habe Hunger«, unterbrach Bernd das nachdenkliche Schweigen.

»Ich auch«, antwortete Daniel. »Lass uns im nächsten Kaff mal schauen, ob wir was zu futtern bekommen.«

Die Bundesstraße durchschnitt das Dorf, durch das sie kurz darauf fuhren, in zwei Hälften. Links wie rechts säumten Einfamilienhäuser die Straße, häufig Fachwerk, manchmal Klinker oder einfach nur weiß angestrichen. Dazu kleinere Vorgärten oder winzige Vorhöfe, fein säuberlich vom Gehweg abgetrennt durch Jägerzäune.

Alle paar Meter führte von der Straße aus ein schmaler Weg zu einem etwas größeren Hof. Schließlich waren sie auf dem Lande, und irgendwo mussten ja all die Bauern wohnen, denen die ganzen Äcker und Felder zwischen den Dörfern gehörten.

»Da.« Bernd zeigte auf ein zweistöckiges Fachwerkhaus. Über einer einladend großen Holztür hing ein Schild: Gaststätte zur Linde.

Rechts des Hauses stand die Linde, links führte ein schmaler, mit Flatterband abgesperrter Weg scheinbar ins Nirgendwo.

Flatterband? Vielleicht ein Tatort? Daniel hätte beinahe laut losgelacht. Na klar, in der Gasse da fand der bereits seit Generationen schwelende Konflikt zwischen den Dorfgangs sein blutiges Ende. Eine Schießerei. Tote auf beiden Seiten, wie ein Sturzbach rauschte das Blut über den Asphalt.

Was sollte man auch sonst denken, wenn man zwei Pistolen von Bonn nach Berlin karrte? Da konnte man durchaus paranoid werden.

Daniel parkte den Wagen direkt vor der Gaststätte, neben einem alten Mercedes, der früher einmal gelb gewesen sein mochte. Nun aber starrte die Karre vor Dreck wie nach einer lustigen Runde mit Walter Röhrl am Steuer über eine der Schlammpisten bei der Rallye Monte Carlo.

Kurz darauf betraten die Freunde einen Flur. Dort entdeckten sie ein lausig gestaltetes Plakat voller Rechtschreibfehler.

»Driving Disco? Was soll das denn sein, Daniel?«

»Keine Ahnung. Aber du hast da eine affengeile Alliteration konstruiert. Fünf Mal D, nicht schlecht.«

»Mir wäre lieber, du würdest auf meine Frage antworten.«

Daniel sah sich das Plakat genauer an. »Das können wir doch gar nicht wissen, Bernd. Das Plakat kommt aus der Zukunft. Hier, schau mal: Driving Disco 2000 heißt der Veranstalter.«

»Ha, ha, ha.« Bernd schüttelte den Kopf und ließ es dabei bewenden.

Sie betraten den Schankraum. Die einzigen Gäste, drei an der Zahl, saßen allesamt an der Theke. Zwei von ihnen waren in ein Gespräch mit dem Wirt vertieft.

Sie sahen aus, als kämen sie gerade vom Feld: Mütze, Blaumann und graue Joppe. An ihren schwarzen Gummistiefeln klebte feuchte Erde.

Also wohl doch keine Schlammpiste, sinnierte Daniel, der in diesen beiden Männern die Insassen des ehemals gelben Mercedes vermutete.

Der dritte Gast, eher konventionell gekleidet, saß etwas abseits und starrte ins Leere. Oder auf den Boden seines Bierglases.

»Tach«, sangen Bernd und Daniel im Chor, als sie sich vor der Theke aufbauten.

»Tach«, antwortete der Wirt.

Die beiden Bauern glotzten nur und schwiegen.

Der dritte Mann reagierte überhaupt nicht.

»Kann man hier was Warmes essen?«, erkundigte sich Daniel.

»Ja«, erwiderte der Wirt; nach einer äußerst kunstvoll in die Länge gezogenen Pause fügte er hinzu: »Abends.«

»Schade.« Wieder sprachen Daniel und Bernd synchron.

»Ein Bier könnt ihr aber jetzt schon trinken.« Der Wirt lehnte sich verführerisch über den Tresen.

»Auf Kosten des Hauses?«, fragte Bernd.

Der Wirt breitete die Arme auseinander. »Heiße ich Krösus?«

Bernd zuckte mit den Schultern. »Wenn Sie das nicht wissen?«

»Bitte?« Der Wirt beugte sich weiter über die Theke. Sein Blick erinnerte an Robert De Niro in »Taxi Driver«.

»Wenn Sie nicht wissen, ob Sie dieser Krösus-Typ sind, wer zum Teufel soll es dann wissen?« Bernd verkniff sich augenscheinlich das Lachen. Solche Situationen liebte er: andere Leute auf die Palme zu bringen.

»Willst du mich verarschen?« Der Wirt kniff die Augen zusammen. Er blieb hinter seiner Theke. Regungslos. Die Bauern blieben ruhig sitzen.

Nicht jedoch der dritte Mann. Der neigte sich zur Seite und kotzte. Was aus seinem Mund herausströmte, erinnerte entfernt an Bockwurst mit Kartoffelsalat.

»Du Schwein«, brüllte der Wirt.

»Bäh«, riefen die beiden Bauern.

»Ich glaube, wir sollten hier auch abends nichts essen.« Daniel klopfte Bernd auf den Rücken. »Komm, lass uns gehen.«

Daniel sah, wie der Wirt sich mit Eimer und Wischlappen bewaffnet der Unglücksstelle näherte. Der dritte Mann verfiel prompt zurück in seine Lethargie. Er starrte wieder ins Leere. Oder auf den Boden seines Bierglases.

»Hör mal«, setzte Bernd an, als sie zurück zum Wagen stiefelten, »du bist doch auf dem Lande aufgewachsen, oder?«

»Ja, und?«

»Sind die Leute hier immer so drauf? Ich meine, so reserviert Fremden gegenüber?«

»Eigentlich nicht«, antwortete Daniel. Seine Vorfahren mütterlicherseits waren nach dem Krieg im Sauerland gelandet. Bernds Familie hingegen stammte aus dem Ruhrgebiet.

»Aber die da drin, die waren es, oder?«

»Ein bisschen.«

KAPITEL 4

Pünktlich um 19 Uhr betrat Helmut Jordan den Flur des Gevenslebener Dorfkrugs. Noch war die Treppe, die nach oben zum Tanzsaal führt, gesperrt.

Zusammen mit dem Kripobeamten warteten an diesem Aprilabend etwa 50 weitere Gäste auf Einlass; in den allermeisten Fällen handelte es sich um wesentlich jüngere Besucherinnen und Besucher. Kein Wunder, dass man ihn verstohlen beobachtete.

Abdullah bewachte die Treppe und musterte jeden Gast; Helmut etwas länger als die anderen Gäste – oder bildete er sich das bloß ein? Senol saß oben am Tisch, wartete darauf, Eintrittskarten zu verkaufen sowie Zettel und Stifte für das Quiz auszugeben.

Helmut sah sich um, doch die Frau mit den kurzen blonden Haaren entdeckte er einstweilen nicht. Weder im Flur noch später im Saal, der sich im Laufe der Zeit mehr und mehr füllte, bis schließlich etwa hundert Personen dort saßen, standen oder tanzten.

Zum Glück keine Rechtsradikalen, freute Helmut sich – zumindest keine, die sich durch ihre Kleidung zu erkennen geben. Die Gefahr, auf gewaltbereite Skins zu treffen, war seit 1989 gestiegen, vor allem im früheren Grenzgebiet. Die Wiedervereinigung hatte ein neues Nationalgefühl hervorgebracht, leider auch Chauvinismus und Rassismus. Die Wiedervereinigung hatte Hoyerswerda ermöglicht, die brutalen Angriffe auf Flüchtlingsunterkünfte dort im vergangenen Jahr.

Helmut hoffte auf einen friedlichen Abend, Abdullah natürlich eingeschlossen. Und er hoffte auf weitere Informationen und Indizien, bestenfalls Beweise.

Gegen 22 Uhr, nach einigen Gläsern Bier, traf endlich die blonde Frau ein. Allein und in demselben Outfit wie kürzlich.

Helmut wartete, bis sie sich an der Theke platzierte. Er trank rasch sein Glas leer und schlenderte zu ihr.

»Du musst mir helfen.« Wieder duzte Helmut die Frau.

Sie reagierte nicht, sah sich hektisch um.

Helmut folgte ihrem Blick. Im Eingangsbereich saß Abdullah auf seinem Hocker. Er schien beschäftigt zu sein.

»Bitte. Ich suche jemanden, der mich empfiehlt, sonst kann ich nichts kaufen. Außer dir kenne ich niemanden, der hier einkauft.«

»Willst du hier wirklich was kaufen?« Die blonde Frau taxierte ihn, ihr Blick blieb aber neutral.

Offenbar sah Helmut in ihren Augen nicht aus wie jemand, der auf Driving Discos Marihuana kaufte. Wirkte er trotz der verwaschenen Jeans und des alten Sakkos zu spießig? »Würde ich dich sonst belästigen? Hilfst du mir nun?«

»Wie denn?«

»Ich schätze, ich muss beim nächsten Quiz deinen Namen auf den Zettel schreiben.«

»Hm?«

»Deinen Namen. Wie heißt du?« Als die Frau kürzlich gewann, hatte der DJ nur die Losnummer aufgerufen.

Sie zögerte. Ihre Augen flogen durch den Raum, als suchten sie dort irgendwo Hilfe. »Marina«, flüsterte sie schließlich.

Kurz darauf stellte Yusuf die nächste Quizfrage: »Aus welcher Stadt stammen die Beatles?«

Helmut schrieb: »Liverpool. Marina empfiehlt mich. Wie geht es weiter?«

Er schlich zum DJ-Pult und drückte Yusuf den Zettel in die Hand.

Der Türke steckte ihn grußlos in die Jackentasche.

Zwei Lieder später verkündete Yusuf die Gewinner. Helmut gehörte dazu.

»Nächsten Samstag in Semmenstedt. Das Quiz um Mitternacht. Bring 100 Mark mit«, lautete die Nachricht auf dem Zettel.

KAPITEL 5

Etwas später saßen Daniel und Bernd wieder im Auto. Sie beschlossen, die Fahrtrichtung zu wechseln, da es ihnen so vorkam, als würden die Dörfer in der bisherigen Richtung stetig kleiner werden – und somit die Chance auf ein ordentliches Lokal mit Mittagstisch geringer.

Es dauerte nicht lange, bis sie das nächste Dorf sahen. Es lag in einer Mulde und bestand zu zwei Dritteln aus Bäumen. Nur einige feuerrote Dächer sowie eine Kirchturmspitze schimmerten aus der grünen Herrlichkeit hervor.

»Schön hier!« Bernds Kommentar konnte nur ironisch gemeint sein, denn sie kurvten seit Minuten durch das Dorf, ohne etwas anderes zu entdecken als in den Dörfern zuvor: Fachwerkhäuser, weiß gestrichene Häuser, Klinkerhäuser, Höfe, kleine Vorgärten mit Jägerzaun. »Es erinnert mich an irgendetwas«, fügte Bernd also hinzu.

»Wir sollten jemanden nach einer Gaststätte fragen«, schlug Daniel vor, da sie genau das unter all den Häusern bislang nicht gefunden hatten und ihm der Magen längst weit unterhalb der Kniekehle hing. Bernd dürfte es ähnlich ergehen; er schob ohnehin praktisch immer Kohldampf.

Sie erreichten einen Platz mit Bänken und einer Litfaßsäule, der als Bushaltestelle diente, jetzt allerdings wie leer gefegt wirkte.

»Hier trifft sich die Dorfjugend.« Bernd zeigte auf zahlreiche leere Bierflaschen, die in einem Papierkorb steckten.

»Aber wohl nur abends«, erwiderte Daniel. »Hier können wir jetzt niemanden fragen.«

»Doch, den Apotheker.«

»Und wo ist der?«

»In seiner Apotheke. Da.« Dabei wies Bernd auf ein Haus, das versetzt von den Bänken und der Litfaßsäule stand.

»Ah ja.« Daniel stellte den Motor ab. »Und wer geht rein?«

»Ich gehe.«

Daniel sah seinem Kumpel lächelnd nach. Bernd neigte zu unüberlegten Handlungen und Überschwang. Aber gerade dadurch bildete er einen guten Gegensatz zu Daniel, der eher ruhig und sachlich und nachdenklich war.

Die beiden kannten einander seit drei Jahren. Sie waren sich an der Bonner Uni begegnet, als sie in einem Germanistikseminar nebeneinandersaßen und zusammen ein Referat hielten. Germanistik belegten beide nur als Nebenfach, im Hauptfach studierten sie Politik. Für ihren Magister benötigten sie ein zweites Nebenfach; dort gingen sie getrennte Wege: Bernd besuchte Kurse in Anglistik und Daniel in Geschichtswissenschaft.

In Laufe der Zeit verbrachten sie einen stetig wachsenden Teil ihrer Freizeit zusammen. Sie zogen durch das nächtliche Bonn, lernten nette Studentinnen kennen, übernahmen Jobs wie Schreibarbeiten oder Kellnern. Oder Kurierdienste.

Sie würden zur gleichen Zeit fertig sein mit dem Studium und sich anschließend selbstständig machen. Gemeinsam. Noch stand das Metier nicht fest. Aber solange ihre Köpfe voller Ideen steckten, ließe sich garantiert etwas finden.

Erst das Studium, dann weitersehen, wie Bernd zu sagen pflegte. Im Zweifelsfall konnten sie zu Beginn in einem Betrieb, bei einer Zeitung oder in einem Ministerium arbeiten, Kapital ansammeln, um später zuzuschlagen.

Bernd kam zurück. »Alles klar. Hier gleich rechts und immer auf der Vorfahrtsstraße bleiben. Ungefähr ein halber Kilometer. Ein Türke. Ephesus oder so. Wir sind schon dran vorbeigefahren, es liegt nämlich direkt an der Hauptstraße.«

»Mit warmer Mittagsküche?«

»Behauptet sie jedenfalls.«

»Sie?«

»Ja, es ist eine Apotheker*in*.«

Daniel steuerte den Wagen durch die engen Straßen. Es wimmelte von abknickenden Vorfahrten. Er folgte ihnen allen. Schließlich meisterte er eine scharfe Linkskurve, die sie zurück auf die Hauptstraße brachte, und kurz darauf sahen sie links das Restaurant Ephesus. Daniel parkte das Auto neben der steinernen Treppe, die zur Eingangstür führte.

Diese Tür schien defekt zu sein. Daniel versuchte vergeblich, sie zu schließen, bevor sie einen Flur betraten, in dem linker Hand ein Flipperautomat älteren Datums stand. Ein perfekt gezeichneter Indiana Jones blickte ihnen leicht überheblich entgegen.

Ein wenig später betraten sie die Gaststube. Die Wände waren tapeziert mit Urkunden, die die einheimischen Fußball- und Basketballmannschaften gewonnen hatten. In der hinteren Ecke des Raumes kauerte eine Vitrine. Darin blitzten einige Silberpokale um die Wette. Ansonsten war die Gaststube vollkommen leer: keine Gäste, kein Wirt.

»Entweder macht der Wirt nicht genügend Werbung für seine warme Mittagsküche oder die Küche ist nicht so besonders berühmt«, resümierte Daniel.

»Oder sie ist berühmt, aber nicht unbedingt dafür, wahnsinnig gut zu sein«, vervollständigte Bernd.

Bevor sie weitere Spitzfindigkeiten austauschen konnten, betrat ein Mann den Raum. Er lächelte sie an. »Willkommen im Restaurant Ephesus. Ich bin Ali, der Wirt.«

»Hallo«, riefen Daniel und Bernd.

»Wie geht es euch?« Der Wirt klatschte in die Hände.

»Prächtig.« Bernd hob den rechten Daumen. »Und selbst?«

Der Wirt machte eine abwehrende Handbewegung.

»Nicht viel los hier«, stellte Daniel fest.

»Weißt du, die Leute von hier ...« Ali legte eine Pause ein. »Ihr seid doch nicht von hier, oder?«

»Nein«, antworteten Daniel und Bernd im Chor.

»Die Leute hier sind ... Wie sagt ihr auf Deutsch? Ja, genau, die sind irgendwie komisch. Was ich nicht kenne, mag ich nicht. Egal, ob Menschen oder Essen.«

»Schlecht«, bemerkte Bernd. »Gibt es denn mehrere Kneipen hier?«

»Nein. Aber die Menschen müssen ja nicht in die Kneipe gehen, weißt du. Sind nur die Vereine, die regelmäßig kommen. Fußball, Basketball, Gesangverein. Die essen aber nur Kleinigkeiten. Salat oder so. Sind sehr geizig, die Menschen hier. Kann ich nix bei verdienen.«

»Wie lange sind Sie denn schon hier?«, fragte Bernd.

»Im Sommer zwei Jahre. Weißt du, Probleme gab es gleich am Anfang. Da hatte ich noch nicht meinen Koch gehabt. Und meine Frau, weißt du, die kocht nicht gern. Auch nicht gut. Leider.«

»Und Sie selbst?«, erkundigte sich Daniel.

»Ich? Ich muss mich um das Geschäft und die Gäste kümmern. Kann ich nicht in der Küche stehen und kochen, weißt du. Trinkt ihr ein Bier?«

»Klar, Mann.«

Der Wirt begab sich hinter die Theke und zapfte, während Daniel und Bernd sich auf zwei Hocker setzten.

»Möchtet ihr was essen?«

»Gern«, erwiderte Daniel.

»Ich hole gleich die Speisekarte. Dann kann ich euch was empfehlen. Und erklären, was die ganzen Sachen bedeuten.«

»Das ist nett«, sagte Bernd.

Der Wirt zapfte weiter. Er ließ sich Zeit dabei. Möglicherweise glaubte er an die Sieben-Minuten-Legende. Er zündete sich eine Zigarette an und beugte sich zu ihnen. »Wo seid ihr denn her, ihr zwei?«

»Rheinland«, entgegnete Bernd.

»Und welche Stadt?«

»Bonn«, antwortete Daniel.

»Ah, Bonn. Wisst ihr, ein Cousin von mir wohnt da. In Bad Godesberg – kennt ihr das?«

»Logo.«

»Habe ich neulich mal besucht, meinen Cousin. Schöne Stadt, Bonn. Viel los. Viele hübsche Mädchen.« Bei den letzten Worten setzte Ali ein verschwörerisches Lächeln auf.

Daniel erwiderte das Lächeln. »Und was ist mit Ihrer Frau?«

Der Wirt grinste. Und kümmerte sich wieder um das Bier.

»Hier.« Er stellte ihnen jeweils ein Glas vor die Nase. Er zog keine Striche auf ihre Deckel. Vielleicht war es diesmal auf Kosten des Hauses?

»Ich geh mal die Speisekarte holen.« Der Wirt verschwand hinter einer Tür. Derweil prosteten Daniel und Bernd sich zu und tranken einen kräftigen Schluck.

»Ist das nun auf Kosten des Hauses?«, fragte Daniel.

»Nun bleib doch mal ruhig.«

»Wenn ja, dann soll er direkt große Teile bringen und nicht diese Null-Zwei-Kindereien hier.«

»Stimmt.« Bernd trank sein Glas leer, stellte er es auf den Tresen und wischte sich über den Mund.

Der Wirt kam zurück und winkte ihnen mit einer Plastikmappe zu. Er sah Bernds Glas. »Noch eins?«

Bernd hob den Daumen.

»Und du?« Der Wirt wandte sich an Daniel.

»Klar, aber mach bitte gleich mal große Teile fertig.«

Der Wirt holte zwei große Gläser aus dem Schrank hinter der Theke. Er stellte sie unter den Zapfhahn und ließ Schaum hineinlaufen. Dann erinnerte er sich an die Speisekarte. »Unser Lamm ist gut. Wir haben viele Gerichte mit Lamm.«

»Ich mag kein Lamm.« Bernd verzog das Gesicht. »Gibt's auch Rind oder Schwein? Äh, ich meine Hähnchen.« Im letzten Moment fiel ihm offenbar ein, dass Moslems kein Schwein essen und darum nicht anbieten.

»Klar. Rind bereitet der Koch als Filet zu oder als Braten.«

»Was ist Köfte?« Daniel blätterte eigenständig in der Karte.

»Köfte ist so ähnlich wie euer Gehacktes, nur anders zubereitet, weißt du.«

»Was ist Gehacktes?«, wollte Daniel von Bernd wissen.

»Hackfleisch. Mett.«

»Ach, Mett«, rief Daniel aus.

»Witzig.« Bernd sah den Wirt an.

Dieser lachte herzlich. »Ist doch ein sehr schöner Name, Achmed, oder?« Schließlich fragte er: »Trinkt ihr einen Raki mit?«

»Gern.« Diesmal war es eindeutig auf Kosten des Hauses, fand Daniel.

Der Wirt griff unter die Theke und holte eine mit einer undurchsichtigen Eisschicht bedeckte Flasche hervor.

»Ihr trinkt ihn sicherlich lieber kalt?«

»Richtig.«

»In der Türkei trinken wir ihn meist mit Zimmertemperatur. Ist stärker.«

Ali holte drei Schnapsgläser aus dem Schrank und füllte sie.

»Schmeckt besser als Ouzo«, lobte Bernd.

»Nicht wahr«, erwiderte Daniel und riskierte einen lüsternen Blick auf die vereiste Flasche.

Der Wirt bemerkt den Blick. »Noch einen?« Er schnappte sich die Flasche, um zu zeigen, wie ernst er sein Angebot meinte.

»Für mich nicht.« Bernd winkte energisch ab.

»Gern.« Daniel schob sein Glas Richtung Wirt. »Und nachher fährst du mal wieder ein bisschen, Bernd. Nicht wahr?«

Der Wirt winkte kurz darauf erneut mit der Flasche.

»Nee, ist gut jetzt«, antwortete Daniel.

Als der Wirt daraufhin die Flasche zurück in den Kühlschrank stellte und Daniel wieder in der Speisekarte blätterte, kreischten draußen Bremsen, Türen schlugen, Wortfetzen drangen durch die Stille; kurze, abgehackte Sätze, Befehlen ähnlich.

Sekunden später wurde die Tür aufgerissen und sechs junge, glatzköpfige Kerle stürmten in den Raum.

KAPITEL 6

Die Woche vor der Driving Disco in Semmenstedt verbrachten Helmut und seine Kollegen mit akribischen Vorbereitungen für die Festnahme der Bande.

Der Plan sah wie folgt aus: Außer Helmut halten sich am Samstagabend zwei weitere Polizisten im Saal auf und spielen Discobesucher. Am besten eine Frau und ein Mann und natürlich Beamte, die frisch von der Polizeischule kommen, entsprechend jung sind und weniger auffallen als Helmut. 20 Polizisten warten spätestens ab 23 Uhr in unmittelbarer Nähe der Gaststätte auf Zugriff. Das Kommando dafür geben die beiden Beamten im Tanzsaal. Der Zugriff startet in dem Moment, wenn die Gewinner des 'Mitternachtsquiz', darunter Helmut, ihre Preise erhalten.

Schief ging der Plan bereits um kurz nach 22 Uhr, als Helmut völlig unvermittelt zu den Gewinnern dieses Quiz gehörte. Dabei hatte er gar keinen Zettel abgegeben. Doch nun rief Yusuf ihn namentlich auf.

Helmut holte den Zettel ab und las: »Neukunden werden draußen bedient. Die Treppe runter und dann sofort rechts.« Er suchte den Blick seiner jungen Kollegin, die mit ihrem Partner schwofte, zeigte ihr unauffällig den Zettel und legte diesen unter seinen Bierdeckel auf die Theke, bevor er sich nach draußen begab. Die Beamtin würde hoffentlich sofort die Kollegen in Wolfenbüttel benachrichtigen.

Während er die Außentreppe nach unten stieg, überlegte Helmut, ob sie die Bande nun überhaupt noch festnehmen konnten. Sehr ärgerlich, diese unerwartete Wendung.

In diesem Augenblick griffen von hinten zwei kräftige Arme nach ihm. Von vorn schnappten die nächsten Arme zu. Gemeinsam zerrten die Männer, es handelte sich um Mo und Senol, Helmut fort von der Außentreppe. Sie schleppten ihn natürlich nach links. Dort würden ihn seine Kollegen vergeblich suchen.

Links parkte der VW-Bus, mit dem die Disco-Männer ihre Ausrüstung transportierten.

»Was wollt ihr von mir?«, fragte Helmut.

»Abdullah möchte dir in Yusufs Namen ein paar Fragen stellen«, erwiderte Mo, während er und Senol Helmut Richtung VW-Bus schubsten.

»Ich will doch nur Cannabis kaufen. Ich habe auch das Geld bei mir. 100 Mark, wie abgemacht.«

Diesmal antwortete Mo: »Das kannst du deiner Oma erzählen, Hurenficker. Die glaubt vielleicht deine dämlichen Märchen. Wir glauben eher, du willst uns reinlegen. Aber das wird Abdullah schon herausfinden. Keine Sorge, Hurenficker.«

Senol stieß Helmut brutal an die Schulter und echote: »Hurenficker.«

Noch drei Meter bis zum VW-Bus. Jede Wette, dass Abdullah hinten im Wagen saß, der Wagen schalldicht war und Abdullah ihn deshalb dort befragen wollte, wo ihn niemand hörte.

Helmut überlegte. Es ergab keinen Sinn, sich ernsthaft mit Senol und Mo anzulegen. Obwohl sie weitaus weniger furchteinflößend aussahen als Abdullah, konnte er sie kaum beide bezwingen.

Andernfalls reichte es bestimmt aus, sich loszureißen und zu türmen, oder? Das glich zwar einem Schuldeingeständnis, und er wäre als Lockvogel verbrannt. Das indes erschien Helmut erheblich erstrebenswerter, als Abdullah in einem schalldichten Raum gegenüberzusitzen.

Helmut sah sich erneut um, er brauchte zusätzlich einen Fluchtweg, und den gab es allenfalls hinter dem VW-Bus, wo eine schmale Straße entlangführte.

Jetzt oder nie.

Helmut blieb abrupt stehen und drückte sich leicht nach hinten, gegen Mo und Senol.

»Lass den Scheiß, Hurenficker«, zischte Senol, bevor Helmuts Schuhabsatz ihn mitten auf dem Fußballen traf. Senol jaulte auf und lockerte den Griff um Helmuts rechtem Arm. Im selben Moment löste sich Helmut komplett aus Senols Umklammerung und stieß Mo nach links. Sofort ließ Mo Helmuts linken Oberarm los, und Helmut rannte davon.

Als er am VW-Bus vorbeilief, hörte er die hintere Tür aufgehen. Aus den Augenwinkeln sah er Abdullah, der ohne jegliche Hektik aus dem Fahrzeug kletterte. Helmut hörte ihn rufen. »Bleibt hier, ihr Anfänger. Ich kümmere mich um den kleinen weißen Scheißer.«

Der Ruf klang in seinen Ohren nach, als Helmut es erkannte: Er rannte schnurstracks in eine Sackgasse. Dennoch sprintete er bis zum Ende, erreichte die viel zu hohen Mauern auf allen Seiten und drehte sich schließlich um.

Am anderen Ende der Straße, 15 Meter entfernt, zwischen ihm und der rettenden Bundesstraße, wartete Abdullah.

KAPITEL 7

Fikret Cakir war ein glücklicher Mann gewesen, als er in seinem Heimatdorf in der Nähe von Ankara gewohnt und als Maurer gearbeitet hatte. Er hatte dort Freunde gehabt, eine Ehefrau, die ihm gehorchte, und Kinder, die ihn achteten. Er hatte abends und am Wochenende mit den anderen Männern im Teehaus gesessen, Wasserpfeife geraucht und Politik gemacht. Er konnte jedermann verstehen und jedermann ihn.

Fikret hatte ein gemütliches Leben geführt. Dann war zweierlei geschehen: Zuerst hatte er seinen Job verloren, da die Firma pleitegegangen war. Ein paar Wochen später war sein Bruder Kemal zu Besuch gekommen. Kemal lebte mit seiner Familie in Deutschland. Er arbeitete bei VW, in einer Stadt, die Braunschweig hieß.

Kemal erzählte wundersame Geschichten von diesem Land. Wie einfach es war, dort reich zu werden. Man musste nur ein paar Jahre in Deutschland arbeiten, dann kehrte man als gemachter Mann in die Türkei zurück, um sich ein Restaurant oder ein Hotel an der türkischen Riviera zu kaufen und es sich den Rest seines Lebens gut gehen zu lassen.

Man konnte genauso gut in Deutschland bleiben und dort ein nettes und ruhiges Leben führen. Kemal hatte vor, in Deutschland zu bleiben. Gewiss lebten dort auch einige Menschen, die ausländerfeindlich waren und die Türken hassten, aber sie bildeten die Minderheit. Die meisten Deutschen verhielten sich Türken gegenüber neutral bis freundlich.

Kemal hatte zahlreiche deutsche Freunde und wurde mehr als nur geduldet in diesem fremden Land.

Ja, alles in allem waren die Vorteile eindeutig in der Überzahl. Entscheidend war, zügig eine Arbeit zu finden und einen plausiblen Grund nennen zu können, warum man die Türkei verlassen musste, um die notwendigen Papiere zu erwerben. Kemal kannte zum Glück viele einflussreiche Leute.

Allerbeste Chancen auf einen Job besaß man zum Beispiel, wenn man gut kochte. Die türkische Küche erfreute sich großer Beliebtheit in Deutschland, und türkische Lokale schossen wie Pilze aus dem Boden. Da ließe sich problemlos etwas finden, denn Fikret kochte sehr gut. Lamm zum Beispiel.

Im Zweifelsfall würde Kemal seinen Bruder bei VW unterbringen. Er kannte ein paar Leute im Betriebsrat. Kein Problem. Kemal konnte sich revanchieren, indem er diesen Leuten günstige Urlaubsunterkünfte in der Türkei vermittelte. Alles kein Problem. Lass den Kemal mal machen. Nur ein paar Jahre im gelobten Land. Zunächst Fikret allein. Die Familie konnte er später nachholen.

Fikret hatte lange überlegt, ob er dem Rat seines Bruders folgen und nach Deutschland auswandern sollte. Tagelang hatte er mit seinen Freunden und seiner Familie darüber diskutiert. Schließlich hatte sein Vater entschieden. Der hatte gesehen, wie Kemal, der ältere der beiden Brüder, sein Glück in Deutschland gefunden hatte. Warum sollte dies dem Jüngeren verwehrt bleiben? Wo er zurzeit ohnehin arbeitslos war? Wo er jederzeit in die Heimat zurückkehren konnte? Es gehörte nur ein wenig Mut dazu.

Schließlich hatte Fikret sich entschlossen zu fahren. Das fehlende Geld für die Reise wurde im Dorf gesammelt. Jeder Dorfbewohner, vom Säugling bis zum Greis, schenkte Fikret ein paar Lire.

Als Erstes hatte Fikret in Deutschland Kälte gespürt. Die Kälte in der Luft, dazu die Kälte in den Menschen. Selbst die Türken, die seit einiger Zeit in Deutschland lebten, waren auf eine seltsame Art und Weise kalt. Auch wenn sie sich größte Mühe gaben, dies zu verbergen. Aber Fikret war diese Kälte bereits an seinem Bruder aufgefallen.

Fikret wäre am liebsten sofort wieder umgekehrt, doch sein Bruder hatte ihm eine Anstellung besorgt. Im Gegensatz zu einer Arbeitserlaubnis und einer Aufenthaltsgenehmigung. Aber das würde sich mit der Zeit regeln. Da gab es genug Möglichkeiten. Kein Problem.

Bei der Anstellung handelte es sich um einen Job als Koch in einem kürzlich eröffneten türkischen Restaurant, in einem kleinen Dorf, unweit der Stadt, in der sein Bruder wohnte. Ein ehemaliger Arbeitskollege seines Bruders, selbst Türke, führte das Restaurant.

Fikret kochte meist allein, einige Male auch zusammen mit der Frau des Wirtes, vor allem dann, wenn es viel zu tun gab. Das kam regelmäßig vor, zum Beispiel, wenn Vereinssitzungen stattfanden oder die Fußballmannschaft ausgiebig einen Sieg feierte.

Fikret schlief direkt über der Gaststätte, wo er ein eigenes Zimmer besaß. Einmal in der Woche fuhr er nachmittags mit dem Linienbus in die Stadt und besuchte seinen Bruder. Kemal sorgte dafür, dass Fikret stets gültige Fahrscheine besaß, denn Fikret tat sich schwer damit, die deutsche Sprache zu lernen. Er könnte sich einem Busfahrer gegenüber niemals verständlich machen und wäre unnötig aufgefallen. Er lebte illegal in Deutschland.

KAPITEL 8

Daniel zitterte am ganzen Körper, vermied ansonsten jegliche erkennbare Bewegung. Er traute sich noch nicht einmal, zu Bernd hinüberzuschauen. Geschweige denn zum Wirt.

Die sechs jungen Männer trugen grüne Bomberjacken und Springerstiefel. Drei von ihnen hielten Baseballschläger in der rechten Hand. Sie schlugen ihre Knüppel im Takt in ihre geöffnete linke Hand. Ganz leicht und dennoch nachdrücklich, als folgten sie einem Rhythmus.

Bamm, bamm, bammbamm, bamm, bamm, bammbamm.

Die drei Glatzen mit den Schlägern blieben am weitesten vom Tresen entfernt. Vor ihnen standen zwei andere. Einer von ihnen trug eine Baseballmütze verkehrt herum auf dem Kopf. Beide Männer schwangen Fahrradketten.

Das heißt, sie schwangen sie nicht richtig, sie wedelten eher damit herum. Aber selbst dieses bloße Wedeln verursachte einen seltsamen Zischlaut, der sich mit dem Ton der Baseballschläger vermischte.

Bamm, bamm, zisch, bammbamm, zisch, zisch, bamm, bamm, zisch, bamm, zisch, zisch.

Wie klang diese Melodie erst, wenn die Kerle so richtig mit ihren Ketten und Schlägern loslegten? Wenn sie Glas und andere Einrichtungsgegenstände zerschlugen, Haut zerfetzten, Knochen zerbrachen, Augen ausschlugen?

Ein Schauer durchlief Daniel. Natürlich dachte er automatisch an seinen Opa und wie der 1933 von SA-Schergen zu Tode geprügelt worden war. Er starrte gebannt auf die sechs Skins. Vor allem auf den, der die Spitze der Pyramide bildete.

Auch er hielt etwas in der Hand. Daniel kannte sich zwar nicht mit allen Arten von Pistolen aus, aber die Größe der Pistole, vor allem der dicke, wulstige Lauf, ließ ihn vermuten, es könne sich um eine Leuchtpistole handeln.

Daniels Zittern verstärkte sich. Eiskalter Schweiß floss ihm den Rücken hinunter. Gab es einen Ausweg für Bernd und ihn? Und erst recht für den Wirt?

Der Typ, der die Pistole in der Hand hielt, schaute sich suchend im Raum um. Genaugenommen rotierten bloß seine Augen. Für den Bruchteil einer Sekunde streifte sein Blick Daniel.

Dann sah Daniel, dass die Augen des Typen sich nicht mehr bewegten, sich stattdessen fest auf etwas richteten. In diesem Moment hob der Kerl die Hand, in der die Pistole ruhte. Er streckte den Arm aus und drückte ab. Ein rosafarbener Strahl zischte durch die Luft. Es war eine verdammte Leuchtpistole.

Die Kugel sauste mitten in die Vitrine hinein, deren Glas in tausend Teile zerbarst; Pokale fielen herunter und kullerten durch die Scherben.

Dann sagte endlich jemand etwas. Nämlich der Typ mit der Leuchtpistole. Als er sprach, sah er Bernd und Daniel an. Er schaute nicht unbedingt freundlich: »Heil Hitler, ihr Schwuchteln. Verpisst euch! Und vergesst ganz schnell, uns hier gesehen zu haben. Wir kennen euer Nummernschild.«

Daniel wollte sich nicht vollkommen sang- und klanglos vom Wirt abwenden: »Tut mir leid.« Er rechnete nicht wirklich mit einer Antwort. Er erhielt auch keine, jedenfalls nicht von Ali. Dafür von einem der Skins, an dem er kurz darauf vorbeiging. Einer von denen mit Baseballschläger.

»Kanakenfreund«, zischte dieser und deutete einen Schlag in Richtung Magengrube an. Daniel zuckte zurück.

»Angsthase«, rief der Skin und deutete einen weiteren Schlag an, diesmal Richtung Kniescheibe.

Da Daniel all seinen Mut zusammennahm, das Bein nicht zurückzuziehen, traf ihn der Schläger. Zum Glück nicht mit allzu viel Wucht. Es wirkte eher so, als stieße man sich das Knie an einem Tischbein. Daniel verzog keine Miene. Darum wohl ließ der Fascho ab von ihm. So gelangten er und Bernd schließlich zur Tür.

»So, und jetzt zu dir, Kanakensau«, waren die letzten Worte, die sie hörten, bevor die Tür hinter ihnen ins Schloss fiel.

»Scheiße«, fluchte Bernd.

»Scheiße. Scheiße. Scheiße. Verdammte Scheiße.« Daniel trat Richtung Flipperautomat, stoppte sein Bein aber im letzten Moment. Weniger schlau, hier jetzt zu lärmen, dachte er.

Es war offensichtlich, was nun da drinnen geschah. Und sie standen tatenlos herum. Gestern in Bonn waren sie unbeteiligte Zuschauer gewesen, hatten sich beinahe amüsiert, als die Gewalt um sie herum ausbrach. Aber jetzt holte die Realität sie ein, machte sie zu Beteiligten.

Klar, zwei gegen sechs. Dazu sechs, die Baseballschläger, Fahrradketten und Leuchtpistolen besaßen, die gewalttätig waren, die vor nichts zurückschreckten. Sie hätten nicht den Hauch einer Chance. Oder?

Daniel blickte zur Tür, die nach draußen führte. Etwa in Kopfhöhe entdeckte er ein Fenster. Durch dieses Fenster sah er einen weiteren Skin.

»Da steht wohl einer Schmiere.«

»Und?«

»Mal sehen.« Daniel hatte keinen festen Plan, als er zu der defekten Tür marschierte, allenfalls eine Ahnung. Er wollte nur nicht vollkommen untätig bleiben, nicht zu denen gehören, die bloß zuschauen.

Als Daniel näherkam, sah er, dass der Skin oben an der Steintreppe stand, die zur Gaststätte führte, mit dem Rücken zur Tür. Er wippte lässig hin und her.

Ein Gedanke setzte sich in Daniels Kopf fest, vertrieb Ohnmacht und Furcht. Der Kerl schien weder einen Baseballschläger noch eine Fahrradkette zu halten. Gewiss auch keine Leuchtpistole. Er passte einfach nur auf.

»Komm mal, Bernd. Und bleib jetzt ganz ruhig.«

»Was hast du vor?«

»Wart ab. Bleib nur ruhig.«

»Ich bin ruhig.«

»Okay. Bleib es bitte.«

Die kaputte Tür öffnete sich nach außen, und sie war breit. Es blieb nur die Frage: So breit, dass sie fast bis zur Treppe reichte, wenn man sie aufstieß? Breit genug oder nicht?

Es gab nur einen Weg, es herauszufinden.

»Stell dich hinter mich. Ganz dicht.« Er ließ sich zurückfallen und presste seine Schulterblätter in Bernds Brustkorb. Einen Augenblick später stieß er sein rechtes Bein gegen die Tür.

Die Tür ging schwer auf, aber der Schwung reichte aus, um sie ganz aufzuwerfen. Sie war breit genug, um bis fast an die Treppe zu reichen.

Es blieb unklar, ob die Tür den Typen zuerst an den Hacken seiner Springerstiefel erwischte oder ob sich zuvor die gusseiserne Klinke für einen Moment in seinen Rücken bohrte. Wahrscheinlich geschah beides gleichzeitig.

Später fragte Daniel sich, ob er die Tür selbst dann aufgestoßen hätte, wenn er gewusst hätte, dass der Typ zwar keinen Baseballschläger, keine Fahrradkette und keine Leuchtpistole in der Hand hielt, dafür aber ein Klappmesser. Mit scharfer, geöffneter Klinge.

Aber wie konnte Daniel ahnen, dass der Fascho sich das Messer beim Fallen in den Bauch rammt und sich das Messer beim Aufprall auf den kopfsteingepflasterten Weg vor der Treppe sozusagen verselbstständigte und sich tief in den Bauch des Skins bohren würde, um dort verschiedene Organe zu zerstören?

»Scheiße«, rief Daniel, als er das Blut sah. Im gleichen Moment entdeckte er das Stück Papier, das zum Glück jenseits der Blutlache lag. Daniel hob es auf. Tatsächlich, die Schweine hatten Bernds Kennzeichen notiert. Daniel zeigte seinem Kumpel den Zettel und steckte ihn in seine Hosentasche.

Im selben Moment fiel drinnen ein Schuss. Wohl wieder eine Leuchtkugel. Daniel schaute zu einem der Fenster. Die Gardinen ließen nur einen sehr verschwommenen Blick in die über ihnen liegende Gaststube zu. Dennoch meinte er, Flammen zu erkennen.

Krieg. Das hier ist Krieg. Das kann nicht wahr sein. Das darf sich nicht wiederholen. Nicht ausgerechnet das. Dass der rechte Mob wieder mordend durch die Straßen zieht.

Das darf nicht passieren.

»Krieg.«

»Was?« Bernd starrte fassungslos auf den Toten am Boden.

»Krieg«, wiederholte Daniel. »Lass es uns zu Ende bringen«, fügte er hinzu, ohne zu wissen, woher diese Worte kamen.

»Was zu Ende bringen?«

»Das hier.«

»Wie?«

»Denk mal an dein Handschuhfach.«

Bernd schüttelte den Kopf. Er starrte unverändert auf den toten Skin.

»Und denk an den Wirt da drin. Daran, was die gerade mit dem machen.«

Bernd schwieg.

»Dann mach ich es eben allein.« Daniel rannte zum Auto.

»Bring die andere auch mit«, rief Bernd ihm nach.

Daniel schloss die Beifahrertür auf und öffnete das Handschuhfach. Er holte die Pistolen, in denen bereits Magazine steckten, aus der Plastiktüte heraus, und als er zurück zu Bernd marschierte, lud er die Waffen durch. »Lass uns reingehen.«

KAPITEL 9

Abdullah setzte sich gemächlich in Bewegung. Bei jedem seiner Schritte patschte er den Baseballschläger in seine linke Hand. Er wirkte wie jemand, der sich seiner Sache sicher ist. Die Sache hieß diesmal: Helmut zu Brei zu schlagen.

Noch 14 Meter, 13 Meter, zwölf Meter, elf.

Helmut sah Abdullahs Gesichtsausdruck: überlegen, siegesgewiss und ein bisschen wahnsinnig.

Mit Drogen vollgepumpt.

Gefühllos.

Zehn Meter.

Patsch. Patsch. Patsch.

Neun Meter.

Wie oft mochte Abdullah bereits jemanden krankenhausreif geprügelt haben? Oder zu Tode? Wahrscheinlich gehörte es zu seinem täglichen Brot. Er würde kein Mitleid kennen, kein Erbarmen mit Helmut zeigen, ihn wie eine lästige Fliege zerquetschen. Schließlich beseitigte er einen unliebsamen Zeugen. Oder was auch immer sie in Helmut zu erkennen glaubten. Schlimmstenfalls erfuhr Helmut es niemals.

Acht Meter.

Abdullah blieb auf einmal stehen. Vielleicht wollte er den Augenblick und seinen kommenden Triumph genießen. Er grinste Helmut frech an, hob den Schläger, als wolle er gleich einen Baseball quer durchs Stadion jagen.

Helmut presste seinen Körper fester gegen die unebene Wand und zuckte kurz vor Schmerz auf. Er hatte eine spitze Stelle erwischt.

Er fühlte sich wie eine Ratte in der Falle – und fragte sich zugleich: Was macht eine Ratte, wenn sie derart in der Falle steckt? Die Flucht ergreifen kann sie nicht. Sie holt stattdessen zum Gegenschlag aus.

In einem regulären Kampf wäre Helmut chancenlos. Er hatte Abdullah kämpfen sehen. Eine echte Maschine. Vor allem kampferprobt. Mit seinem bisschen Judo käme Helmut nicht dagegen an.

Es sei denn, Abdullah unterschätzt mich, sinnierte Helmut.

Der Libanese dachte offenbar, dass Helmut seine Nase zu tief in die Drogengeschäfte der Gang steckte. Eventuell hielten Abdullah und die anderen Ganoven Helmut für einen Polizisten. Aber womöglich hatte Abdullah vergessen, dass ein Polizist in der Regel eine Waffe bei sich trug.

Helmut bewahrte seine Pistole normalerweise in einem Schulterhalfter auf. Ein ausgebeultes Sakko vertrug sich allerdings nicht mit seinem Undercover-Auftritt. Deswegen steckte Helmuts Dienstpistole in einem Gürtelhalfter.

Helmut fand es an der Zeit, sie zu ziehen und gleichzeitig zu entsichern.

Das dauerte nur den Bruchteil einer Sekunde, dann richtete Helmut die Pistole auf Abdullah. Er hielt sie mit beiden feuchten und leicht zitternden Händen umschlossen, die Arme von sich gestreckt.

»Polizei! Stehenbleiben!«

Abdullahs rechte Augenbraue zuckte kurz nach oben. Er bewegte sich ohnehin nicht.

Dennoch wiederholte Helmut seine Aufforderung: »Halt, oder ich schieße.«

Abdullah ließ seine linke Schulter kreisen. Machte er sich warm? Locker warf er den Baseballschläger von der rechten in die linke Hand, um nun seine rechte Schulter kreisen zu lassen. Wie ein Gewichtheber, der genau weiß, dass er die Hantel, die vor ihm liegt, mühelos in die Höhe stoßen und olympisches Gold gewinnen kann.

Helmut konnte zudem die Gedanken des Libanesen lesen: »Der Typ schießt sowieso nicht auf mich. Schon gar nicht, wenn er wirklich Bulle ist.«

Dann, ohne jegliche Vorwarnung, hob Abdullah den linken Arm mit dem Schläger – und stürmte auf Helmut zu.

»Halt.« Noch während er rief, drückte Helmut ab.

Er hatte ursprünglich auf den linken Arm gezielt, im selben Moment aber daran gedacht, dass es möglicherweise nicht ausreiche, den Libanesen am Arm zu treffen. Abdullah könnte den Schmerz ignorieren und noch wütender und entschlossener weiterkämpfen.

Helmut schloss, um dieses Problem zu umgehen, beim Abdrücken die Augen und dachte an seine Familie.

Jetzt öffnete er die Augen wieder. Er sah Abdullah drei, vier Meter von sich entfernt vor- und zurücktaumeln, den Baseballschläger schlagbereit in der Hand, das weiße Muskelshirt unter der linken Brust rotgefärbt, die Augen weit aufgerissen.

Gerade als Helmut ein zweites Mal abdrücken wollte, sackte der Libanese in sich zusammen und fiel auf die Seite. Beim Fallen ließ er den Schläger los. Er rollte ein paar Zentimeter in Helmuts Richtung, bevor er liegen blieb.

Helmut stand wie paralysiert über dem blutenden Körper. Abwechselnd starrte er auf die Pistole in seinen noch immer zitternden Händen und auf das Einschussloch in Abdullahs Brust.

Mitten ins Herz.

Helmut hörte Stimmen. Am anderen Ende der Sackgasse tauchten Menschen auf. Mo und Senol gehörten dazu sowie einige Discobesucher, zum Glück auch seine beiden Kollegen.

KAPITEL 10

Drei Gedanken schossen Daniel durch den Kopf, als sie zurück in die Gaststube kamen. Zum einen wunderte er sich, wo die Flammen waren, die er vorhin gesehen hatte. Dann fragte er sich, warum sie all die Geräusche nicht gehört hatten, die notwendige Begleitung für das gewesen sein mussten, was hier inzwischen geschehen war. Abgesehen von der Theke sah nichts so aus wie wenige Minuten zuvor: weder Tische noch Stühle, Vitrinen, Urkunden, Silberpokale – noch Wirt. Übrig geblieben war ein einziges Trümmerfeld.

Schließlich war Daniel beruhigt, denn entgegen seinen Befürchtungen sah er alle sechs Skins auf den ersten Blick. Niemand versteckte sich hinter irgendwelchen Türen. Es gab keine Falle, keinen Hinterhalt. Dadurch blieb der Überraschungseffekt auf ihrer Seite.

Der Leuchtpistolen-Typ, einer der Fahrradketten-Typen und der, der die Baseballmütze falsch herum auf dem Kopf trug, waren damit beschäftigt, den Wirt fertigzumachen.

Als sie den Raum betraten, sahen Bernd und Daniel, wie ein Baseballschläger auf die Kniescheibe des Wirtes niedersauste. Allerdings hörten sie keinen Schrei. Der Wirt war sicherlich bewusstlos. Mindestens. Vielleicht auch längst tot. Er lag auf dem Boden, die Arme von sich gestreckt.

Der zweite Fahrradketten-Typ und ein weiterer Baseballschläger-Typ hielten sich an der Theke fest, jeder eine geöffnete Flasche Korn in der Hand. Der dritte Baseballschläger-Typ spielte Golf. Er schwang seinen Baseballschläger, um einen der Silberpokale zu treffen.

Tatsächlich gelang ihm dies genau in dem Moment, da Bernd und Daniel den Raum betraten. Das seltsame Geräusch, das der durch die Luft fliegende Pokal verursachte, vermischte sich mit dem Ausruf des Typen mit der Leuchtpistole: »Was ist los?«

Im selben Moment, als der Leuchtpistolen-Typ Bernd und Daniel sah und einen Augenblick lang unschlüssig verharrte, schien Bernd den Pokal wahrzunehmen und zu befürchten, dass der Pokal ihm galt, eine Art Angriff auf seinen Kopf darstellte, denn er schoss in die Richtung, aus der der Pokal geflogen kam.

Peng.

Wann hatte Bernd überhaupt seine Waffe entsichert? Egal, auch Daniel entsicherte seine Pistole. Klick. Sekundenbruchteile später hörte er einen Schrei – von dort, woher der Pokal geflogen kam, der im übrigen Bernds Kopf um mehr als einen Meter verfehlte.

Der Leuchtpistolen-Typ richtete mittlerweile seine Waffe auf Daniel.

Der will auf mich schießen, dachte Daniel. Der zielt auf mich. Der hat den Wirt fertiggemacht. Der ist ein Arsch. Ein Fascho. Ein Nachfahre eines der SA-Wichser, die meinen Opa umgebracht haben. Ich könnte ihn wirklich hassen. Ich müsste ihn hassen. Ich hasse ihn. Und außerdem: er oder ich. Daniel drückte ab.

Aber warum schloss er dabei die Augen? Doch nicht genug Hass? Eigentlich war er, genau wie Bernd, bei der Bundeswehr ein treffsicherer Schütze gewesen – mit der P 1 natürlich. Andererseits machte es einen Unterschied, ob man auf Pappkameraden oder Menschen zielte und schoss. Oder?

Als er die Augen wieder öffnete, sah er, wie die Leuchtkugel mitten zwischen ihm und Bernd vorbeischoss, durch die offene Tür, in den Flur, dort an die Wand krachte, direkt über dem altmodischen Flipperautomaten.

Wir sollten anschließend eine Runde flippern, Bernd und ich. Das beruhigt die Nerven.

Bernd und ich und der Wirt, verbesserte sich Daniel und trieb seinen hysterischen Gedanken weiter auf die Spitze.

Anschließend, wenn alles vorbei ist. Es wird doch vorbei sein, oder? Daniel hätte am liebsten losgeschrien.

Der Wichser hat auf mich geschossen. Der wollte mich umbringen, mir eine Leuchtkugel ins Gesicht jagen. Mitten rein. Nazi-Schwein. Dich knall ich ab.

Bevor er abdrückte, fiel Daniel ein, dass er längst geschossen hatte. Er blickte hinüber zu der Stelle, wo er den Leuchtpistolen-Typen zuletzt gesehen hatte. Der wirkte quicklebendig, sah sehr wütend aus und lud seine Leuchtpistole. Daniel hingegen konnte sich nicht bewegen.

Peng.

KAPITEL 11

So waren über drei Monate vergangen, und Fikret fühlte sich in der langsam gewonnenen Routine wohler: Kochen, Schlafen, Kochen, Schlafen. Seine einzige Sorge blieb die Sache mit der Arbeitserlaubnis und der Aufenthaltsgenehmigung. Beides zu beschaffen, erwies sich als wesentlich komplizierter, als sein Bruder versprochen hatte.

Türken, die die notwendigen Papiere nicht besaßen, wurden zurück in die Türkei geschickt. Dieses Schicksal wollte er nicht teilen. Einfach abgeschoben zu werden. Unerwünscht zu sein. Nein, es ließ sich aushalten in Deutschland, zumindest für drei, vier Jahre. Vielleicht konnte er später einen besseren Job ergattern.

Sein Bruder Kemal würde für die Aufenthaltsgenehmigung sorgen und dafür, dass seine Familie ihm nachfolgte. Alles nur eine Frage der Zeit. Alles kein Problem.

Dann kam der Tag, der alles veränderte, ein sonniger Freitag im Frühling. Um die Mittagszeit herum war wie gewöhnlich in der Gaststube nichts los, und Fikret brauchte sich nur um das Essen für den Wirt und sich selbst zu kümmern.

Die Frau des Wirtes besuchte zusammen mit ihren Kindern Verwandte in einem anderen Teil von Deutschland, mehrere Hundert Kilometer entfernt.

Fikret schaute aus dem Küchenfenster, während das Lammfleisch in der großen Pfanne vor sich hin brutzelte. Ein Auto fuhr vor. Es besaß ein anderes Kennzeichen als die Autos, die es hier sonst zu sehen gab.

Genau wie in der Türkei gab es in Deutschland ein Gesetz, das den Städten bestimmte Nummernschilder zuordnete. Die Kennzeichen aus der näheren Umgebung kannte Fikret: WF, BS, SZ, HE, GF, PE, HBS, WR. Er führte eine Liste darüber sowie eine Liste über alle Autos, die vor dem Restaurant parkten – hauptsächlich, um sich die Langeweile zu vertreiben.

Dieses Kürzel kannte er nicht: BN. Er schrieb das komplette Kennzeichen des Wagens in sein kleines grünes Notizbuch, das er stets bei sich trug, meist in der Jackentasche.

Zwei Männer stiegen aus dem Wagen. Sie gingen in die Gaststätte. Bestenfalls bekäme Fikret gleich Arbeit. Vorausgesetzt, die Reisenden hätten Hunger.

Lange Zeit passierte überhaupt nichts. Wahrscheinlich tranken die Männer nur.

Dann kam Ali zu ihm. Fikret solle etwas mehr Lamm schmoren. Da waren zwei hungrige Gäste gekommen. Ali wirkte zufrieden. Mittags kamen selten Gäste zum Essen.

Gerade als Fikret auf dem Weg zum Kühlschrank war, fuhr ein weiteres Auto vor. Der Koch ging zum Fenster und sah einen großen Wagen mit einem der ihm bekannten Kennzeichen. Es begann mit HBS.

Fikret beobachtete, wie sieben junge Burschen ausstiegen. Es waren exakt die Männer, denen man am besten auswich, vor allem, wenn man allein und Ausländer war. Diese Kerle schlugen wahllos auf Ausländer ein. Fikret wusste genug über sie. Diese Männer bedeuteten Gefahr. Große Gefahr. Und vor Gefahr flüchtete man am besten.

Zum Glück führte von der Küche eine Tür direkt zu der Treppe, über die Fikret ungesehen in die oberen Stockwerke gelang. Sollte er sich in seinem Zimmer verstecken? Oder besser gleich aufs Garagendach steigen, das von einem Fenster im Flur zu erreichen war? Dort wäre er in Sicherheit, könnte abwarten oder hinunter in den Garten hinter dem Haus springen.

Fikret stürmte die Treppe hinauf, öffnete das Fenster und kletterte auf das Dach der Garage. Auf dem Flachdach konnte er sich problemlos bewegen. Fikret kroch auf die Seite, die zur Straße führte. Nur, um einen kurzen Blick nach unten zu werfen. Vorsichtig. Eventuell war die Situation doch nicht so gefährlich. Er sah direkt auf die Steintreppe, die ins Gasthaus führte. Dort entdeckte er einen der sieben Männer. Er hielt ein Messer in der Hand und spielte damit herum. Es war gefährlich. Waren da nicht sogar Schreie zu hören? Ali?

Plötzlich flog die Tür auf und schlug gegen den Mann mit dem Messer. Er stürzte vornüber die Treppe hinunter auf das Pflaster. Dann floss Blut. Viel Blut.

Fikret beobachtete, wie ein Mann zu dem Auto mit dem fremden Kennzeichen rannte. Er sah ihn gleich darauf zurückkommen, mit zwei Pistolen in der Hand. Sehr gefährlich.

Und wieder diese Schreie? Sie kamen aus der Gaststätte, oder? Ali?

Fikret spürte, dass von diesen beiden Männern keine Gefahr für ihn oder Ali ausging. Sie wollten vielmehr auf die anderen schießen, auf die Männer mit den Knüppeln, auf die Nazis, wie Kemal sie nannte. Warum sonst hätten sie den Nazi mit dem Messer getötet?

Kurz darauf machte es peng. Unten in der Kneipe. Und gleich darauf wieder peng. Kurze Zeit Ruhe. Wieder peng. Sekunden später wieder peng. Ruhe. Fast eine halbe Minute lang. Wieder peng. Und erneut peng.

Schüsse bedeuteten Tote und Verletzte. Und Polizei. Die Polizei würde nach seinen Dokumenten verlangen. Papiere, die er nicht besaß. Man würde ihn nach Hause jagen. Zurück in die Türkei. Wie einen geprügelten Hund. Wie stünde er vor seinem Vater da? Vor den Nachbarn, die Geld für seine Reise gespendet hatten? Nein, das durfte nicht geschehen. Nicht diese Schande.

Er musste flüchten, seinen Bruder um Hilfe bitten. Rasch runter vom Dach, zum Garten, über den Zaun, in den Nachbargarten, gebückt und hastig, jetzt über den nächsten Zaun.

Dort blieb er mit der Hose an einem Pfosten hängen. Er verlor das Gleichgewicht, stürzte, landete mit dem Gesicht im Gras, rappelte sich wieder auf, sprintete zum schmalen Kiesweg, hinunter zur Straße, nach rechts, wo es ein wenig bergauf ging, und dann weiter. Aber jetzt rannte er nicht mehr so schnell, er wollte keine Eile zeigen, nicht auffallen, ruhig bleiben, nicht an die Polizei denken, nicht an das Blut.

Die Bushaltestelle.

Er fingerte umständlich eine Zigarette aus der Schachtel. Seine Hände zitterten. Schweiß floss über seine Stirn. Er wischte ihn mit einem Taschentuch ab.

Der Bus kam. Er ließ seinen Fahrschein abstempeln und setzte sich direkt hinter den Fahrer. Er schloss die Augen und sah prompt diese Bilder. Von dem Körper, der in der Blutlache schwamm. Und Polizei. Überall Polizei. Er saß in einem Zug, auf dem Weg zurück in die Türkei. »Nein!«, wollte er gerade schreien. Rechtzeitig fiel ihm ein, dass er in einem Bus saß und nicht in einem Zug. Und er fuhr nicht in die Türkei, sondern in die Stadt zu seinem Bruder. Kemal musste ihm helfen.

KAPITEL 12

Daniel brauchte einen Augenblick, um die Lage zu erfassen. Bernd hatte geschossen. Einer der Fahrradketten-Typen wollte Daniel mit seiner wild kreisenden Kette angreifen.

Später erzählte Bernd, dass auch er einen Moment lang wie versteinert dagestanden habe. Nachdem er gesehen habe, wie sein eigener, blindlings abgefeuerter Schuss den Golfspieler niedergestreckt habe.

»Ich schaue die Knarre an und denke: Bernd, Junge, was machst du hier überhaupt? Ich wäre wohl den Rest meines Lebens so stehen geblieben, doch dann macht es plötzlich wieder peng. Ich sehe die Leuchtkugel an uns vorbei zischen, durch die Tür hindurch und hinten im Flur gegen die Wand, direkt über dem Flipper. Ich weiß, Daniel, ich bin echt ein perverses Arschloch, aber in dem Moment, als ich diesen Flipper sah, da bekam ich richtig Lust, eine Runde zu spielen. Echt.«

»Ist schon gut. Ich dachte es in dem Moment auch.«

»Ehrlich?«

»Ehrlich.«

»Wahrscheinlich sind wir pervers.«

»Glaube ich nicht. Ich glaube, wir haben einfach mehr Spaß am Flippern als daran, Leute abzuknallen.«

»Meinst du?«

»Ja.«

»Als ich wieder vom Flipper wegschaue«, fuhr Bernd fort, »zum Tresen hin, da sehe ich, wie der eine Typ zusammensinkt. Weißt du, nicht der mit der Leuchtpistole, sondern der andere. Das heißt, einer der beiden anderen, derjenige, der weiter von dem mit der Leuchtpistole entfernt stand. So weit zu deinen Schießkünsten an diesem Mittag.«

»Ich habe im letzten Moment die Augen zugemacht. Ich kann es aber ohnehin immer noch nicht fassen, dass wir mit jedem Schuss getroffen haben. Echt nicht. Unter diesen Umständen. Auf echte Menschen. Zum Teil mit geschlossenen Augen.«

»Die Entfernungen waren nicht gerade groß. Das darfst du nicht außer Acht lassen, Daniel. Und die Skins haben sich nicht bewegt, die waren total perplex, weil wir zurückgekommen sind. Na ja, auf jeden Fall sackt der Typ zusammen und liegt schließlich quer überm Wirt. Dann schaue ich so zu dir rüber. Ich weiß nicht, aber ich glaube, ich wollte einfach nur sehen, wie es dir geht. Danach. Nachdem du jemanden abgeknallt hast. Und du stehst da völlig regungslos.«

»Ich konnte mich wirklich nicht bewegen.« Daniel trank einen kräftigen Schluck aus der Bierflasche.

Sie lagen auf einer Wiese, am Rande der Stadt, in der sie seit ein paar Tagen waren, seit dem Tag in der Gaststube.

Bernd fuhr fort: »*Ich denke, dem Daniel geht es wie mir. Der ist genauso fertig. Und da sehe ich den Typen, wie er sich auf dich stürzen will, die Fahrradkette schwingend. Der will Daniel fertigmachen. Das muss ich verhindern. Den mache ich fertig, bevor er Daniel fertigmacht. Dann bekam ich plötzlich Angst, ich könnte aus Versehen dich treffen. Meine Hände zitterten so. Aber irgendwie musste ich schießen. Der hätte dich sonst mit der Kette erwischt.«*

Peng.

Wieder folgte ein Schrei. Aus den Augenwinkeln heraus erkannte Daniel, wie der Fahrradketten-Typ zu Boden stürzte. Die Kette glitt ihm aus der Hand, rutschte über den Boden, vorbei an den Trümmern der Tische und Stühle und Vitrinen und Pokale. Sie blieb vor Daniels Füßen liegen. Einen Augenblick verspürte er eine unsagbare Lust, die Kette wegzuschießen. Er stellte sich vor, die Kette wäre ein Fußball und er der Mittelstürmer der Nationalelf im Endspiel der Europameisterschaft. Der andere Rudi Völler, von dem es doch nicht nur einen gab Daniel spurtete auf den gegnerischen Torwart zu und musste nur noch den Ball ins Tor schießen.

Peng.

Er schoss, aber nicht den Ball ins gegnerische Tor und nicht die Fahrradkette durch den Raum. Stattdessen schoss er mit seiner Pistole – und zwar endlich auf den Wichser mit der Leuchtpistole, der fertig geladen hatte und seine Waffe gerade wieder auf Daniel richtete.

Daniel schloss diesmal nicht die Augen, aber nicht etwa, weil er nicht mehr so aufgeregt war wie beim Schuss zuvor, sondern weil er es schlechthin vergaß. So konnte er verfolgen, wie sein Geschoss mitten im Gesicht dieses Arschlochs einschlug. Zwischen Mund und Augen.

Müsste dort nicht die Nase sein? Aber Daniel sah keine Nase, nur ein großes, tiefes Loch.

Was sind das für Geräusche? Daniel schaute in die Richtung, aus der sie kamen. Der zweite Korntrinker öffnete ein Fenster und kletterte gleichzeitig auf die Fensterbank.

Der will das Messer von dem toten Typen da draußen holen, dann kommt er zurück und sticht uns ab. Oder er haut ab. Der hat alles gesehen. Rennt gleich zu seinen Kameraden. Verrät denen alles. Erkennt uns wieder. Unser Kennzeichen wissen die ja auch schon. Sie werden uns suchen. Überall. Sie werden sich rächen. Er darf nicht entwischen. Und nicht das Messer holen.

Peng.
Peng.

»Der andere Typ«, begann Bernd an jenem Tag auf der Wiese, »der, der zwischen dem mit der Leuchtpistole und dem, den du zu Anfang unbeabsichtigt erwischt hast, stand, wollte gerade die Leuchtpistole aufheben. Na ja, er sah nicht gerade so aus, als wolle er sich ergeben oder so. Mit einer Leuchtpistole in der Hand. Dann höre ich deinen Schuss. Fast automatisch drücke ich ebenfalls ab.«

Der Typ fiel langsam. Er streckte die Arme von sich und landete auf dem Boden. Er sah aus wie ein Hochspringer, der gerade eine neue Weltrekordhöhe überwunden hatte und nun im süßen Gefühl des Triumphs auf der weichen Matte landete.

Seit wann gibt es hier ein Echo? Bernd?

Bernd, die Waffe in der Hand, schaute Richtung Theke.

»Alles klar?«

»Ja.« Bernd starrte ungläubig auf seine Pistole, ganz so, als wäre er überzeugt davon, irgendjemand hätte sie ihm gerade in die Hand geschmuggelt.

»Ehrlich«, sagte Bernd, »ich wusste plötzlich nicht mehr, wie ich zu dieser Pistole gekommen bin und warum zum Teufel ich sie in meiner Hand halte. Ich hätte sie am liebsten weggeworfen. Weit weg. Hauptsache weg.«

»Alles klar?«, wiederholte Daniel.

»Ja, Mann. Warum denn nicht?«

»Weil wir gerade sieben Menschen umgebracht haben – darum.«

Bernd schwieg.

»Sieben.«

Bernd antwortete nicht.

»Umgelegt.« Daniel sah sich in der Gaststube um und sah den Typen, der aus dem Fenster hatte steigen wollen, um das Messer zu holen. Etwas weiter rechts entdeckte Daniel den Kerl, der ihn mit der Fahrradkette angegriffen hatte und von Bernd erschossen worden war. Er lag da wie die Toten in den Filmen. Auf dem Bauch, Arme und Beine von sich gestreckt, auch die Hand, die die Fahrradkette geschwungen hatte.

Anders als im Film sah das Blut aus. Das viele Blut. Das viele echte Blut. Daniel sah hinüber zu Bernd. Der blickte sich ebenfalls um. Waren seine Gedanken genauso nüchtern und sachlich?

Da drüben lag der Typ, der mit den Silberpokalen Golf gespielt hatte. Er lag da, als schliefe er. Auf der Seite, den Schläger fest mit der rechten Hand umklammert. Als ob er sich im Schlaf daran festhielt. Er sah so friedlich aus. Abgesehen von dem Blut, das den Boden um ihn herum rot färbte.

Schließlich das Knäuel aus Leichen, links neben der Theke: Vier reglose Körper, übereinander, durcheinander, miteinander verknotet.

Der Wirt verschwand fast unter diesem Menschenknäuel, streng genommen waren nur seine seltsam abstehenden Extremitäten zu sehen. Vor allem der rechte Arm, vor dem eine der Fahrradketten lag. Natürlich lebte Ali nicht mehr. Gleich nach dem letzten Schuss war Bernd hinübergegangen, um den Puls zu fühlen. Doch es gab keinen Puls mehr.

Schräg über Ali lag der Leuchtpistolen-Typ. Es sah aus, als benutzte er den Körper des Wirtes als Deckung. Seine Beine wurden von der Theke verdeckt, sein Kopf ruhte seitlich auf dem Gesäß des Wirtes. Daniel schaute direkt in das Gesicht des Toten, direkt auf das Loch.

Quer über dem Körper des Wirtes, quasi mit dessen Körper einen rechten Winkel bildend, lag der Fascho, der am Ende versucht hatte, nach der Leuchtpistole zu greifen. Zu diesem Zweck hatte er sich über Ali geworfen, als ob er nach der Pistole hechten wollte. Er blutete sehr stark.

Der Boden in der Gaststube schien nicht waagerecht zu sein, denn das Blut floss. Es verteilte sich nicht einfach. Es floss in Richtung Leuchtpistole, und jeden Moment erreichte die rote Flüssigkeit die Waffe. Würde das Blut dann einen Kranz um die Waffe bilden? Würde es wirken, als wollte da wieder etwas nach dieser Pistole greifen? Würde dann einer von ihnen einen Schuss abfeuern? Aus Angst, aus Panik? Mussten denn nicht alle sterben, damit sie für alle Zeit Ruhe hatten?

Daniel ignorierte den Gedanken an das Blut, das nach der Leuchtpistole greifen will. Das war ohnehin ziemlich abstrus. »Es ist vorbei.«

»Genau in dem Moment, wo du das sagst, höre ich dieses Stöhnen.«

Das Stöhnen kam vom vierten scheinbar leblosen Körper, der links von der Theke den äußersten Zipfel des Menschenknäuels bildete. Es handelte sich um den Fascho, den Daniel zufällig getroffen hatte, als er auf den Wichser mit der Leuchtpistole gezielt, dann aber die Augen zugemacht hatte. Der Typ lag auf dem Rücken und auf dem linken Arm des Wirtes. Er hielt sich den Bauch.

Sie rannten hinüber zu dem Knäuel, versuchten, die Blutlachen weiträumig zu umgehen. Der Typ, der stöhnte, war zudem ausgerechnet derjenige, der Daniel wenige Minuten (beziehungsweise: gefühlte Ewigkeiten) zuvor mit dem Baseballschläger vor das Knie gehauen, einen Schlag in die Magengrube angedeutet, ihn ausgelacht, ihn »Kanakenfreund« und »Angsthase« genannt hatte.

»Ich spürte Hass in mir«, gestand er Bernd. Natürlich war es der geerbte Hass auf alle Faschisten. Aber das verriet Daniel Bernd nicht – weder an diesem Nachmittag auf der Wiese noch ein andermal. Diese Sache machte Daniel mit sich selbst aus.

Der Rechtsradikale, der seine Hände auf den Bauch presste, sah Daniel und Bernd nicht kommen, seine Augen waren fest geschlossen.

Daniel beugte sich über den zusammengekrümmten Körper und presste den Lauf seiner Pistole an den Hals des Verwundeten. »Schwör ab!«

Der Typ reagierte nicht. Es gelang ihm nur, die Augen zu öffnen. Sein Blick wirkte leer.

»Schwör ab!« Daniel bohrte den Lauf seiner Pistole tiefer in den Hals des Skins.

Der Skin öffnete den Mund, ließ dort aber keine Worte entströmen, sondern nur Blut.

»Schwör ab, du Hurensohn!«

Bernd packte ihm von hinten an die Schulter. »Hör auf!«

»Lass mich!« Daniel schlug blindlings nach Bernds Arm. Er verfehlte ihn. »Schwör ab!«

Wieder öffnete der Fascho den Mund. Erneut floss nur Blut heraus. Ein dünner, feiner, dunkelroter Strahl, wie ein Strich.

»Komm«, forderte Bernd ihn auf.

»Nein, er soll erst abschwören: Hitler ist ein Arsch – ich liebe nur Lenin und Marx. Hörst du«, brüllte Daniel. »Hitler ist ein Arsch – ich liebe nur Lenin und Marx. Sag es, verdammt.«

»Du bist krank, Daniel, du hast echt einen Schaden.«

»Er soll es verdammt noch mal aussprechen, er soll sagen: Hitler ist ein Arsch!«

»Hör endlich auf damit!« Bernd zog Daniel regelrecht weg.

Dabei verlor Daniel das Gleichgewicht und fiel nach hinten. Er wäre garantiert mit dem Kopf auf einen der Pokale gefallen, hätte Bernd diesen nicht geistesgegenwärtig weggetreten. Der Pokal landete krachend an der Wand und purzelte dann zu Boden, überschlug sich zweimal und kam endlich zwischen zwei Stuhlbeinen zum Liegen.

»Eh, du Arsch.« Daniel lag am Boden und hielt sich den Kopf. Dieser war statt auf den Pokal auf den Parkettboden geknallt.

»Tut mir leid.«

»Kein Problem.« Daniel rappelte sich langsam wieder auf. Er schaute hinunter auf den Fascho. Es floss kein Blut mehr aus dem Mund, und der Blick wirkte nicht mehr leer, sondern starr. Tot.

»Schwörst du halt nicht ab.« Daniel kam langsam wieder zu sich und ließ sich von der Wahrheit einholen. Von den sieben Leichen im Gastraum, für die er verantwortlich war und die schrecklich aussahen. Er versuchte, nicht mehr auf die Toten zu schauen. Andernfalls müsste er sich übergeben. Er sah stattdessen aus dem Fenster. »Warum ist da draußen keiner?«

»Wo?«

»Na, vor der Kneipe. All die Schüsse. Das muss doch jemand gehört haben.«

»Wollte vielleicht keiner hören?«

»Hm. Aber an den Fenstern sitzen bestimmt Leute. Da, in dem Haus direkt gegenüber.«

»Siehst du wen?«

»Nein.«

Niemanden. Warum nur?

»Wie konnte das hier bloß passieren?« Bernd fingerte eine Zigarette aus der Schachtel, steckte sie aber doch nicht an.

Daniel zuckte mit den Schultern. Woher sollte er so schnell eine Antwort haben? Eine für Bernd? Eine für sich selbst? Antworten, die jenseits seines seit 60 Jahren toten Opas lagen? Lediglich Schlagworte fielen ihm ein, Parolen: Wehret den Anfängen. Auge um Auge. Wer die Gewalt sät. Wer zum Schwert greift. Aber galten diese Parolen nicht auch für sie beide? Es dürfte einige Zeit dauern, bis sie das Ausmaß ihrer Tat überhaupt begriffen.

»Was hast du in diesem Moment wirklich gedacht?«, fragte Bernd.

»Ich weiß es nicht. Ich glaube, in dem Moment, so direkt danach, habe ich nicht so entsetzlich weit gedacht. Mir wurde nur sehr rasch klar, dass irgendwas Einschneidendes passiert ist.«

Die beiden hatten seit dem Tag in der Gaststube nicht viel über die Sache gesprochen. Als gäbe es da Dinge, die sie nicht aussprechen wollten. Aus Angst? Welche Dinge überhaupt? Die Augenblicke, in denen ihnen das Töten nicht schwerfiel? Sie waren zwar in keinen Blutrausch geraten, aber offenbar steckte zumindest in Daniel so viel Hass, dass er bereits beim zweiten Schuss nicht mehr die Augen schloss. Wie einfach es doch war, jemanden zu töten. Alles was man brauchte, schien ein Grund zu sein, der einem selbst plausibel und ausreichend vorkam.

»Einem selbst« – wie viele plausible und ausreichende Gründe zum Töten gab es da wohl? Für all die verschiedenen Menschen – jeder konnte seinen eigenen Grund nennen. Warum nur wunderten sich so viele Menschen über Kriege, über Mord, über Totschlag und andere Gewaltakte? Mord aus Leidenschaft, Mord aus Not, Mord aus Rache, Mord aus Machtgier, aus Geldgier, Mord aus Neid, aus Eifersucht, Mord aus Hass, aus Liebe, Mord aus Langeweile. So viele Gründe zum Töten. Alle schienen plausibel zu sein. Oder auch nicht.

Genau diese Einschränkung ließ Daniel nicht zur Ruhe kommen. Konnte er seine Handlung nun rechtfertigen oder nicht? Und gegenüber wem? Gegenüber der Gesellschaft? Gegenüber sich selbst? Gegenüber Gott? Falls dieser sich überhaupt dafür interessierte.

Daniel spürte auch drei Tage später keine Reue. Es tat ihm nicht leid. Oder? Was bedeuteten dann die Träume der vergangenen Nächte? Schlummerte doch irgendetwas in seinem Unterbewusstsein? Ein schlechtes Gewissen? Oder verdankte er das den Sorgen, die er sich um die Zukunft machte? Nicht nur um seine eigene Zukunft, sondern …

Jetzt, am Tage und auf dieser Wiese, redeten Bernd und er beinahe unbeteiligt über das Geschehene. Unbeeindruckt. Sachlich und nüchtern, als ginge es darum, ein Fußballspiel zu analysieren oder ein Manöver bei der Armee. Ihre Aktionen erhielten so nachträglich eine Art Logik. Die Schüsse waren dadurch sachlich notwendige Maßnahmen.

Wahrscheinlich redeten sie deshalb auf diese Weise darüber: um es wie sachlich notwendige Maßnahmen erscheinen zu lassen.

»Was sollen wir jetzt machen?« Die Sache mit den fehlenden Zeugen schien Bernd nicht zu berühren.

»Weiß nicht. Berlin ist so weit weg. Lass uns erst mal woanders hin. Ausruhen.«

»Wäre es nicht am sinnvollsten, wenn wir nach Bonn zurückfahren? Irgendwann wird das hier entdeckt werden, dann wäre es geschickter, nicht in der Nähe zu sein.«

»Ich glaube, ich packe so eine weite Strecke heute nicht mehr. Lass uns zumindest für eine Nacht hier in der Gegend bleiben.«

»Und wo genau?«

»Keine Ahnung, Bernd. Lass uns mal auf der Karte schauen.«

Sie kamen wieder in den Flur. Der Flipperautomat. Im selben Augenblick sahen sie hinüber.

»Was ist?«

»Nichts.«

Vor der Treppe badete der Skin mit dem Messer in seinem eigenen Blut. Sie schauten nur kurz hin.

Daniel blickte sich um. Warum entdeckte er hier niemanden? Die verdammten Schaulustigen, die verflixten Neugierigen. Da waren Häuser. Darin wohnen Menschen. Wo waren die?

Hallo?

KAPITEL 13

»Gewalt erzeugt in der Regel Gegengewalt, Helmut. Du wurdest angegriffen und hast dich verteidigt. Stell dir vor, du hättest danebengeschossen. Dann hätte der Kerl dir den Kopf zu Brei geschlagen, und Marianne wäre jetzt eine von diesen Polizistenwitwen, die schon immer am besten wussten, wie gefährlich unser Beruf ist.« Polizeipräsident Karl Breimer saß hinter seinem wuchtigen Schreibtisch im Braunschweiger Präsidium und sah Helmut prüfend an.

Helmut erinnerte sich an den Moment des Abdrückens, die Augen geschlossen. Er hatte an Marianne gedacht und an Nils und Matthias, seine Söhne. »Ich habe nun mal einen Menschen erschossen.«

»In Notwehr.«

»Aber ich musste ihn nicht *erschießen*. Es hätte gereicht, ihn kampfunfähig zu machen.«

Zwei Tage lag die tödliche Begegnung mit Abdullah nun zurück. Und zwei weitgehend schlaflose Nächte, in denen Helmut unentwegt an den blutverschmierten Körper dachte. In den kurzen Schlafphasen träumte er von einem muskulösen Kerl mit irrem Blick, weißem Muskelshirt und weißer Jogginghose, der auf ihn zustürmte und einen Baseballschläger schwang.

Schuldgefühle und Entschuldigungen.

Ähnlich uneinheitlich sah es der Rest der Welt: Einige Medien und arabische Organisationen nannten ihn einen Mörder und Rassisten, während seine Kollegen, seine Freunde und seine Familie einfach froh waren, dass er lebte – und ihn für unschuldig hielten.

Das letzte Wort war noch nicht gesprochen, und selbstverständlich wurde der Fall eingehend untersucht. Karl ging davon aus, dass die Ergebnisse im Laufe dieser Woche vorlägen und sie Helmut vollkommen entlasteten. Einstweilen blieb Helmut krankgeschrieben. Das erschien allen Beteiligten als die mit Abstand eleganteste Lösung. Eleganter auf jeden Fall als eine Suspendierung oder Beurlaubung.

Obwohl offiziell krankgeschrieben, besuchte Helmut an diesem Montagvormittag seinen Vorgesetzten und zugleich guten Freund Karl Breimer. Karl hatte ihn eingeladen und sich über eine Stunde Zeit genommen, um das weitere Vorgehen zu besprechen. Jetzt tranken sie Weinbrand.

Die beiden Männer hatten sich vor zwei Jahren kennengelernt. Helmut war als Kommissar gerade in die Wolfenbütteler Ermittlungsgruppe aufgenommen worden, Karl hatte einige Wochen zuvor die Leitung des Braunschweiger Polizeipräsidiums übernommen.

Karl besuchte kurz nach seiner Ernennung die Dienststellen des Präsidiums und landete so auch in Wolfenbüttel. Er unterhielt sich mit allen Beamten und erkundigte sich nach deren Werdegang. Als er von Helmut erfuhr, dass dieser vom Dorf kam, zunächst eine Malerlehre absolviert hatte und erst auf dem zweiten Bildungsweg Polizist geworden war, nickte Karl anerkennend.

Karl kam ebenfalls vom Dorf und wollte ursprünglich ein Handwerk erlernen. Er arbeitete nach der Schule ein Jahr lang in einer Molkerei, um sich schließlich doch für eine Beamtenlaufbahn bei der Polizei zu entscheiden.

Als Karl hörte, dass es früher im Winnigstedter Ortsteil Mattierzoll eine Molkerei gegeben hatte, lud er sich bei Helmut ein, und sie besichtigten gemeinsam die alte Fabrik. Eins führte zum anderen. Gegenseitige Einladungen, auch die Ehefrauen verstanden sich gut. Schnell landete man beim »Du« und so weiter.

In der Wolfenbütteler Dienststelle begegneten Helmuts Kollegen ihm seither mit gemischten Gefühlen. Gemäß seinem Rang als Kriminalkommissar befand er sich in der Hackordnung recht weit unten. Aber als Zögling des Polizeipräsidenten machte er ein paar Plätze gut. Theoretisch. Praktisch nicht, da Helmut niemals auf die Idee gekommen wäre, seine Beziehungen in irgendeiner Art und Weise auszunutzen.

Kriminalhauptkommissar Josef Stahlmann, der die Dienststelle leitete, blendete Helmuts Freundschaft zu Breimer komplett aus. Er behandelte Helmut wie jeden anderen.

Kriminalhauptkommissar Wolfgang Ostheim, Stahlmanns Stellvertreter, tat sich schwerer mit Helmuts zweideutiger Rolle. Häufig, allerdings ausschließlich auf dem Revier und nie bei gemeinsamen Einsätzen, ließ er Helmut spüren, dass er ihn für den Liebling des obersten Chefs hielt.

Wahrscheinlich, dachte Helmut, befürchtete Ostheim vor allem, bei der Neubesetzung der Dienststellenleitung übergangen zu werden. Da Stahlmann erst 54 war, dauerte es dies freilich noch eine Weile.

Ob er in zehn Jahren tatsächlich mit Ostheim konkurrieren würde? Nicht, wenn Helmut weiterhin für solche Schlagzeilen sorgte wie jetzt. »Der mit dem Colt spielt.«; »Wild West im Landkreis Wolfenbüttel.«; »Erst schießen, dann fragen?«; »Wie rechts ist die deutsche Polizei?«

All das war selbstverständlich ungerecht und falsch. Doch selbst wenn Helmut die Untersuchungsergebnisse vollkommen entlasteten: Irgendetwas blieb bekanntlich immer hängen. Nur bitte nicht der Verdacht, ich könnte irgendwie rechts sein, wünschte Helmut sich. Aber letzten Endes wusste nur er selbst: Er hätte genauso gehandelt, wenn der Dealer kein Libanese, sondern Deutscher gewesen wäre.

Wenigstens hatten sie die Drogenbande zerschlagen. Abdullah lag im Leichenschauhaus, die anderen Dealer saßen in Untersuchungshaft. Helmut hätte gern auch mit Marina gesprochen, um ihre Rolle zu klären. Aber das war eher eine persönliche Angelegenheit und für den Fall sicherlich nicht ausschlaggebend. Deshalb suchten sie Marina bislang nicht.

Karl holte ihn aus seinen Gedanken. »Und Marianne?«

»Macht sich Sorgen um mich.« Was reichlich untertrieben war. Schließlich lag sie neben Helmut und erlebte hautnah mit, wie dieser sich durch die Nächte quälte.

»Die Ärmste! Und was hält sie von den Presseberichten?«

»Sie liest zum Glück nur die Braunschweiger Zeitung.« Diese hatte vergleichsweise harmlos getitelt: »Wolfenbütteler Kommissar erschießt Türsteher.« Die Bild (»Schimanski in Semmenstedt«) hingegen hatte sogar ein Foto von ihm abgedruckt – und sich damit jede Menge Ärger eingehandelt; das Foto blieb gleichwohl in der Welt.

Karl nippte an seinem Glas. »Wie lange bist du krankgeschrieben?«

»Bis zum Ende der Woche.«

»Geh dann am besten gleich wieder zum Arzt und hänge eine Woche dran. Anschließend dürfte fürs Erste genug Gras über die Sache gewachsen sein.«

»Ich weiß nicht. Ich möchte wieder arbeiten. Mir kommt es ansonsten vor wie ein Schuldeingeständnis.«

»Nein, das Gegenteil ist der Fall. Alle werden denken, du hast an der Sache zu knabbern und bist kein kaltblütiger Killer, sondern ein Mensch, der in Notwehr einen anderen Menschen erschießen musste – und nun darunter leidet. Glaube mir, bitte.«

»Eine ganze Woche?«

»Ja. Tue uns beiden den Gefallen.«

Helmut seufzte.

»Du baust doch gerade und kannst dich eine Weile intensiver um diese Sache kümmern.«

Karl hatte recht. Jordans errichteten in Winnigstedt ein neues Haus. Das bisherige Heim der Familie, ein Haus aus den 30er-Jahren und am Dorfrand gelegen, erwies sich zunehmend als unpraktisch. Nils und Matthias teilten sich ein Zimmer, brauchten aber dringend eigene Räume. Sie waren zehn beziehungsweise zwölf Jahre alt. Ebenso dringend benötigte Marianne ein Arbeitszimmer, zumal sie vor einem Jahr zur Direktorin ihrer Grundschule befördert worden war und wortwörtlich ihre Arbeit mit nach Hause schleppte.

Der Rohbau stand, mit dem Innenausbau hatten die Maurer gerade angefangen. Helmut fuhr gern mit dem Rad dorthin, um sich den Baufortschritt anzusehen.

»Bleibt es bei euren Plänen für den Umzug?«, hakte Karl nach.

Helmut nickte. »Dieses Jahr noch.«

Karl hob sein Glas. »Auf euer neues Heim.«

Helmut tat es ihm gleich.

KAPITEL 14

»Hast du keine zu Hause?« Daniel blickte überrascht auf die Schachtel in seiner Hand, die zwei Kondome enthielt. Er lehnte sich so lässig wie möglich an den Stehtisch. Das erwies sich angesichts dieses unerwarteten Geschenks als gar nicht so einfach.

Bernd, der neben Daniel stand, bekam kaum mit, was um ihn herum passierte, denn er blätterte in einem Stadtmagazin, das in dieser Kneipe auslag, deren Namen Daniel sich nicht gemerkt hatte.

»Auf dem Klo gab es nichts anderes, und außerdem: Geht dich das was an?« Die junge Frau schaute Daniel herausfordernd an.

Wobei auch etwas Anderes in ihrem Blick lag. Traurigkeit? Verzweiflung? Daniel konnte es nicht einordnen. Aber es interessierte ihn.

Die Frau wirkte darüber hinaus angetrunken.

Genau wie Daniel. Bei ihm reichte es sogar, um kurzzeitig die Geschehnisse in dem türkischen Restaurant zu verdrängen. »Jetzt schon«, sagte er und sah demonstrativ auf die Kondome.

»Ganz schön dreist.« Die Frau stemmte die Hände in die Hüften.

»Mehr dreist? Oder mehr schön? Oder mehr ganz?« Daniel achtete darauf, wirkungsvolle Pausen zwischen den Fragen zu setzen. Streng genommen war er sogar ziemlich betrunken, und er hatte den ganzen Tag nichts gegessen.

Die Frau lächelte. Sie lächelte dieses »Ich-weiß-Bescheid-Lächeln«. Und um dies zu unterstreichen, nickte sie außerdem.

Dabei wusste sie überhaupt nichts. Woher sollte sie auch wissen, was an diesem Tag passiert war?

Dieser Gedanke kam auf Daniel zugerast wie ein Geschoss. Ein Geschoss, dem auszuweichen unmöglich war. Er versuchte es erst gar nicht, bot dem Schicksal trotzig und ermutigt durch besagten Alkoholkonsum die Stirn.

Doch dann streifte ihn das Geschoss nur. Ein kurzer, belangloser, zuckender Schmerz – das war alles. Er lebte. Oder mehr als das? Diese Frau. Da war irgendetwas. Nicht zu greifen. Aber er spürte es: Sie konnte ihm vielleicht etwas geben, eine Art Gegenmittel, eine Medizin, die ihm half, die Sache in der Gastwirtschaft zu verarbeiten, die seelischen Wunden zu heilen, die ihm diese Tat unweigerlich zufügen würde. Zumindest in dieser alkoholgeschwängerten Nacht könnte sie ihm helfen, ihn ablenken.

Der blonden Frau gefiel die Situation offenbar. Hätte sie sich sonst auf dieses Spielchen eingelassen und Kondome von der Toilette mitgebracht? Gewiss nicht. Sie hätte ihn einfach stehen lassen.

Die unerwartete und unfassbare Wendung dieses schlimmen Tages hatte sich zufällig ergeben. Einfach dadurch, dass Daniel der Frau im Weg stand. Er hatte sie nicht kommen gesehen, sie auch vorher nicht bemerkt und darum nicht beachtet. Obwohl sie sehr gut aussah, doch Daniels Gedanken waren ganz woanders gewesen.

Bernd und er standen seit einer Stunde an diesem Tisch, nachdem sie zufällig in diese Stadt namens Wolfenbüttel gekommen waren. Sie hatten lange Zeit geschwiegen. Hier in der Kneipe und zuvor, nachdem sie sich ins Auto gesetzt hatten und von der Gaststätte weggefahren waren, ohne einen Blick in die Straßenkarte zu werfen.

Sie waren blindlings durch die Gegend gefahren, kamen durch Dörfer, die genau wie die Dörfer zuvor aussahen, bis sie einen etwas größeren Ort erreichten, der Schöppenstedt hieß. Hier trafen sie eine Polizeistreife. In einer Seitenstraße. Während Daniel, der doch wieder fuhr, mit 80 Sachen über die Hauptstraße raste. Der Streifenwagen folgte ihnen nicht. Glück gehabt. Mindestens Trunkenheit am Steuer! Oder klebte Blut unter ihren Schuhen? An ihren Händen nicht. Alle paar Minuten betrachtete Daniel panisch seine Hände; einmal landete er deswegen fast im Graben.

Fünfmal musste Daniel auf der Landstraße rechts heranfahren. Viermal übergab er sich, einmal Bernd.

Der Schweiß an Daniels Rücken war irgendwann getrocknet, das Blut auf dem Boden im Gastraum wohl kaum.

Einen Plan hatten sie nicht.

Seitdem sie den Tatort verlassen hatten, bewegte Daniel sich wie ferngesteuert. Ohne eigenen Willen trieb er dahin, erledigte automatisch das, was notwendig war: weg vom Tatort. Am besten schnell ein paar Drinks einwerfen, um zu verdrängen. Und dann weitersehen. Nach Bonn? Nach Berlin? Irgendwohin? Kraft sammeln. Sich sortieren. Das schien allerdings einstweilen nicht machbar.

Erst als sie durch die Straßen von Wolfenbüttel fuhren, brach Bernd das Schweigen. »Guck mal da: Jägermeister.«

In der Tat war auf der rechten Seite das Jägermeisterwerk zu sehen.

»Ich dachte, das wäre in Braunschweig.«

»Tja.«

Sie kamen an eine große Kreuzung.

»Guck mal da.« Bernd meinte das große rote Gebäude, auf das sie zufuhren. »Die Polizei.«

Daniel antwortete nicht, aber er sah einen Mann, der gerade auf das rote Gebäude zumarschierte und in seine Richtung sah. Ihre Blicke trafen sich für den Bruchteil einer Sekunde.

»Guck mal da«, rief Bernd ein drittes Mal. »Eine Kneipe. Kann man draußen sitzen.«

»Und?«

»Hast du Lust drauf?«

»Gern.« Das passte schließlich perfekt zu Daniels Plan: Ein paar Drinks einwerfen, um die bösen Gedanken zu verdrängen. Löcher in Gesichtern. Schüsse in den Rücken. All das Blut.

»Dann park doch hier irgendwo.«

KAPITEL 15

Die beiden Polizisten waren schlecht gelaunt. Eine Stunde vor Dienstschluss erhielten sie die Durchsage: Verkehrsunfall in der Nähe des Schöppenstedter Freibades. Mindestens zwei Fahrzeuge waren darin verwickelt. Personenschaden inklusive. Eine Frau hatte sich ein Stück Zunge abgebissen. Ein Krankenwagen sei unterwegs. Obwohl das Opfer Apothekerin sei, erklärte der Kollege aus der Dienststelle. Die beiden sollten sich auf dem schnellsten Weg dorthin begeben.

»Mist, verdammter.« Polizeihauptmeister Bernd Karger hatte sich gerade eine Zigarette angesteckt und warf diese nun wütend aus dem Fenster. Er rauchte grundsätzlich nicht beim Fahren und ohnehin nur aus dem Fenster heraus, da es den Kollegen störte. »Und warum ist es jetzt so wichtig, dass die Alte eine Apothekerin ist? Der Typ da in der Dienststelle, dieser Neue, der nervt irgendwie.«

»Will witzig sein, schätze ich.« Polizeihauptmeister Rolf Schäfer erging es als Beifahrer etwas besser. Er konnte sein Mettbrötchen in Ruhe weiteressen, wenn Karger fuhr.

Wegen der Mettbrötchen parkten Karger und Schäfer in dieser Seitenstraße der Bansleber Straße. Sie wollten ungestört einen Snack einwerfen, um sich die endlose Zeit bis zum Feierabend zu verschönern. Karger rauchte sogar schon die sprichwörtliche Kippe danach, während Schäfer noch kaute; er hatte sich drei Brötchen beim Metzger besorgt, Karger nur zwei.

»Auf Witze kann ich jetzt gut verzichten.« Karger warf seiner Kippe einen sehnsüchtigen Blick hinterher. »Der Mist dauert mindestens eine Stunde. Und Gaby hat die Lasagne um sieben fertig.« Die Lasagne war einer der Gründe, warum es Karger bei zwei Mettbrötchen belassen hatte. Er brachte ohnehin einige Pfunde zu viel auf die Waage.

»Ich wollte eigentlich ins Stadion nachher.« Schäfer war seit Kindesbeinen glühender Anhänger der Braunschweiger Eintracht und Stammgast in der Südkurve.

»Halb acht oder acht?«

»Acht.«

»Schaffst du bestimmt.«

»Hoffentlich.«

»Mit wem gehst du hin?«

»Meinem Schwager.«

»Gegen wen?«

»Blau-Weiß Berlin.«

»Geht um nix mehr, oder?«

»Nee.«

»Hast du nicht früher im Stadion Dienst geschoben?«

»Ist lang her. Da haben sie in der Ersten Liga gespielt.«

»Vielleicht schaffen sie es ja nächste Saison, wieder hochzukommen?« Karger, einem heimlichen Verehrer des in dieser Gegend Deutschlands besonders unbeliebten Hamburger Sportvereins, interessierte es die Bohne, in welcher Liga Eintracht Braunschweig spielte. Er wollte nur quatschen und damit die Abfahrt zur Unfallstelle inklusive abgebissener Apothekerinnenzunge hinauszögern. Nur das mit der Kippe gerade war etwas voreilig gewesen, die hätte er locker zu Ende paffen können.

»Glaube ich nicht. Düsseldorf wieder dabei, Duisburg. Wird hart.«

»Schade, ich würde gern mal wieder ins Stadion gehen, müsste aber Bayern kommen oder Gladbach, wie früher.« Während er seinem Kollegen schamlos ins Gesicht log, fuhr Karger los, Richtung Bansleber Straße; im Rückspiegel glomm die zu zwei Zügen gerauchte Kippe.

»Pass auf«, rief Schäfer, da sie ziemlich schnell auf die größere Straße zufuhren. »Du hast hier keine Vorfahrt.«

»Weiß ich doch, Mann.« Karger trat aufs Bremspedal. Plötzlich kam von rechts ein Fahrzeug herangerauscht. 80 Sachen, schätzte Karger. Es summte nur kurz, und schon war der Wagen an ihnen vorüber.

»Scheiße.« Karger schlug auf das Lenkrad und bremste komplett ab. »Und wir können nicht hinterher. Mist! Hätte ich mir gern geschnappt, die Sau. Hast du das Kennzeichen gesehen?«

»Nur den Anfang: B und N.«

»Und der Rest?«

»Keine Ahnung. Ging viel zu schnell.«

»Marke?«

»Kleinwagen. Fiesta oder Polo oder Ibiza, irgendwie so was in der Art.«

»Farbe?«

»Rot.« Kurze Pause. »Oder eher so lila?«

»Oder mehr so gelb?«

»Mann, ging doch so schnell. Du hast ja selbst nichts gesehen.«

»Ich bin schließlich der verdammte Fahrer.« Außerdem ließ Kargers Sehfähigkeit in letzter Zeit ein wenig nach, aber darüber sprach er nicht gern. Er müsste mal bei Gelegenheit einen Augenarzt aufsuchen.

Da Schäfer genussvoll an seinem Brötchen knabberte, griff Karger zum Funktelefon. Er meldete den Vorfall und erinnerte daran, dass sie zum Unfall in der Wallpforte fuhren und sich nicht weiter um den Möchtegern-Senna kümmern konnten.

»Welche Marke?« Der neue Kollege in der Dienststelle gab sich auf einmal ziemlich zugeknöpft.

»Ein Kleinwagen auf jeden Fall.«

»Geht es ein bisschen präziser, Kollege?«

»VW Polo, Seat Ibiza, einer in dieser Größenordnung. Oder ein Ford Fiesta oder Peugeot 205.«

»Na, toll. Ist es also kein Fiat oder Opel gewesen. Und die Farbe?«

»Ein rötlicher Ton, leicht lila.« Karger konnte vor seinem inneren Auge förmlich sehen, wie der Schnösel in der Zentrale die Augen verdrehte.

»Wie steht's mit dem Kennzeichen?«

»Leider nur die ersten beiden Buchstaben: Berta Nordpol.«

»Bindestrich dazwischen?«

»Was?«

»Ob ein Bindestrich zwischen Berta und Nordpol war?«

»Warte mal, ich frage den Kollegen.« Karger presste das Sprechgerät an seine Brust und wand sich an Schäfer: »Mit oder ohne Bindestrich?«

»Was?«

»War es Berta Nordpol oder Berta Strich Nordpol?«

»Ich glaube, Berta Nordpol.« Kurze Pause. »Nee, halt, mit einem Strich dazwischen, bin mir ganz sicher.«

»Okay.« Karger sprach nun wieder mit der Zentrale: »Berta Strich Nordpol.«

»Alles klar. Ein Berliner also.«

»Genau, ein Berliner, will wohl zum Fußball oder so.«

Der Schnösel in der Zentrale schnaubte deutlich vernehmbar, und garantiert rollte er wieder mit den Augen. »Dann gebe ich eure Angaben mal weiter. Ende.«

»Ende.« Karger konnte regelrecht hören, wie der Penner das Wort »Angaben« in Anführungszeichen setzte. »Wichser.«

»Hör mal«, sagte Schäfer kurz darauf, als sie sich endlich dem Unfallort näherten, wo sich ein paar Schaulustige versammelt hatten, »BN, ohne Strich dazwischen, gibt es so was überhaupt?«

»Klar, Mann.«

»Und?«

»Mein Gott, wie hast du bloß deine ganzen Prüfungen geschafft?«

»Nun sag schon.«

»Bern.«

»Ah ja, klar.«

»Nein, eben nicht klar. Bern liegt in der Schweiz. BN bedeutet Bonn. Unsere frühere Hauptstadt. Du erinnerst dich?«

»Vage.« Schäfer lachte, wahrscheinlich wegen seiner eigenen Dummheit.

Karger hingegen war nicht nach Lachen zumute. Er dachte die ganze Zeit an das abgebissene Stück Zunge, das in einem der Fahrzeuge lag. Blutig. Wer würde das Teil denn einsammeln? Hoffentlich die Jungs aus dem Krankenwagen.

Doch der Krankenwagen war nicht zu sehen.

KAPITEL 16

»Hm, Jever«, freute sich Daniel etwas später (aber lange, bevor er die Frau kennenlernte), als sie an einem der großen weißen Plastiktische saßen, jeder ein großes Glas Bier vor sich.

Daniel hatte im Laufe des Tages einige Biere getrunken, vier, fünf Halbe seit neun Uhr. Dazu die beiden Gläser Raki. Aber über den Tag verteilt, spürte er kaum eine Wirkung. Er könnte wohl den ganzen Abend weitertrinken, ohne größere Substanz- oder Sprachverluste. Er wollte es darauf ankommen lassen, und er hoffte, so die düsteren Gedanken zu verscheuchen.

Hin und wieder trieben seine Gedanken allerdings in eine vollkommen andere Richtung: Wie dämlich konnte man bitteschön sein, sich nicht schnellstmöglich aus dem Staub zu machen und sich stattdessen nur ein paar Kilometer entfernt vom Tatort herumzutreiben?

Enorm dämlich!

Daniel versuchte, sich damit zu trösten, dass sie bislang keinerlei Erfahrungen als Massenmörder gesammelt hatten und nun ganz einfach das taten, was ihnen als Erstes in den Sinn kam: auf die geniale Idee warten. In der Zwischenzeit konnten sie ein Bier trinken.

»Prosit, Bernd.«

»Prosit, Daniel.«

Oder zwei. Schließlich gab es keine Zeugen für ihren Massenmord, deshalb spielte es auch keine Rolle, wo sie sich aufhielten.

»Prosit, Bernd.«

»Prosit, Daniel.«

Die Tische füllten sich. Sie tranken jeder ein drittes und ein viertes Bier. Die Gäste um sie herum redeten laut und gestenreich. Daniel gefiel diese Stimmung, seine Gedanken hellten sich auf. »Ich will jetzt jemanden kennenlernen.«

»Ein Mädchen?«

»Egal, ob Mädchen, Junge – völlig egal. Irgendjemanden.«

»Ja, fein. Dann geh doch an irgendeinen Tisch und stell dich vor: Hallo, ich bin Daniel aus Bonn. Ich will euch jetzt kennenlernen.«

»Idiot.«

»Wie sonst?«

»Hier ist es doof. Lass uns irgendwo anders hingehen.«

»Nee, nicht irgendwohin laufen.«

»Dann lass uns wenigstens reingehen zur Abwechslung.«

So gelangten sie an einen der hohen Tische gegenüber der Theke. Während er das bunte Treiben beobachtete, hatte Daniel die Idee, unbedingt jemanden kennzulernen, beiseitegeschoben. Stattdessen hing er doch wieder seinen Gedanken nach. Natürlich. Die Geschehnisse des frühen Nachmittags ließen sich nicht verscheuchen. Selbst zehn weitere Gläser Bier schafften das nicht, allenfalls vorübergehend.

»Hier leben die Leute auch«, sagte Bernd völlig unvermittelt. Zuletzt hatte er in einem Stadtmagazin herumgeblättert.

»Was?«

»Hier leben die Leute auch.«

»Warum sollten sie das nicht tun?«

»Weil hier die Provinz ist.« Bernd vertiefte sich wieder in seine Zeitschrift.

»Kann ich mal durch?«, erklang eine Stimme hinter Daniel. Eine weibliche Stimme. Er beschloss, sich nicht angesprochen zu fühlen.

»Hallo?«

Eine Hand berührte seine Schulter. Er drehte sich um. Blaue Augen strahlten ihn an. Unter kurzen blonden Haaren. Dazu ein Lächeln, das auch Julia Roberts als »Pretty Woman« nicht besser hinbekommen hätte. Die Frau schien etwa in Daniels Alter zu sein, also Anfang 20, sie trug ein weißes T-Shirt mit Jeansweste darüber sowie Jeans und braune Stiefel.

Diese Augen. Dieses tiefe Blau. Daniel versank augenblicklich darin und bemerkte gar nicht, wie er sofort alles andere ausblendete. Wirklich alles.

Natürlich durfte er sich genau das nicht anmerken lassen. Stattdessen brauchte er jetzt einen richtig guten Spruch. Irgendwo zwischen »Hoppla, immer langsam mit den jungen Pferdchen« und »Wat los, Puppe? Zu mir oder zu dir?« Etwas wie »Wo hast du bloß diese Wahnsinnsaugen her?« Oder »Lass die Hand ruhig da liegen, tut echt gut.« Oder?

Das Nachdenken ermüdete ihn, und Daniel gähnte kräftig, schloss dabei sogar die Augen. Als er wieder die Frau anschaute, sah er, wie das Julia-Roberts-Lächeln irgendwo in der Unendlichkeit von Zeit und Raum verschwand. Vorher fasste es das Strahlen der blauen Augen bei der Hand und nahm es mit auf die Reise. Zurück blieb nur ein ratloser Blick. Und ein Satz: »Zeit für die Heia, Junge.«

»Du bist wohl auf cool programmiert, was?« Bevor die Frau etwas erwidern konnte, fügte Daniel hinzu: »Und wenn es irgendwie geht, versuche bitte, mich nicht Junge zu nennen.«

»Sondern?«

»Daniel.«

»Okay, Zeit für die Heia, Daniel. Besser so?«

Daniel lachte. Das fing ja gut an. Die Frau spielte tatsächlich mit. »Was ist eigentlich dein Anliegen?«

»Ich möchte einfach nur durch.«

»Ach so. Na, dann geh doch.« Daniel trat einen Schritt zur Seite und ließ die Frau passieren. »Bringst du mir was mit?«

Die Frau antwortete nicht und verschwand in dem Gang, der zu den Toiletten führte.

War es das schon? Schade. Diese Augen. Aber nicht nur die Augen allein. Ihr Blick deutete noch etwas anderes an. Ein Geheimnis? Traurigkeit? Verzweiflung? Daniel war kein Psychologe und kein Hellseher. Oder Frauenversteher. Aber irgendetwas stimmte nicht mit dieser Frau. Irgendetwas. Nicht greifbar. Nicht zu benennen. Etwas, das nur er spürte?

Nach allem, was heute passiert war, fühlte Daniel sich vielleicht irgendwie automatisch zu anderen Personen hingezogen, die ein Päckchen mit sich herumschleppten. Oder war es einfach nur Liebe auf den ersten Blick? Wobei Liebe ein starkes Wort war. Vor allem etwas übertrieben nach gerade einmal zwei Minuten, oder?

Kurz darauf hielt Daniel die Präservative in der Hand. Gut drauf, die Frau, dachte er. Schlagfertig. Witzig. Die Kondome bedeuteten ja nicht zwangsläufig, dass Daniel sie benutzen sollte, wenn er mit dieser Frau schlief. Obwohl …

Vielleicht schleppte die junge Frau regelmäßig Kerle ab? Angesichts der fortgeschrittenen Uhrzeit und ohne Bleibe in der Stadt wäre diese Variante gar nicht übel.

Und Bernd? Nun ja, zunächst einmal abwarten. Ruhig bleiben und abwarten. Und zu guter Letzt: Gab es auf Damentoiletten Automaten mit Kondomen?

»Mehr dreist«, antwortete die Frau, nachdem sie fertig war mit Nicken und Lachen – und beendete damit endlich die Szene, die mit der Übergabe der Kondome angefangen hatte.

In diesem Moment drängelte sich ein junger Mann mit Hornbrille zwischen Daniel und der Frau durch. Er murmelte: »Hi, Britta.«

Die junge Frau erwiderte den Gruß, drehte sich dabei aber nicht um. Der Typ deutete diese Geste richtig und marschierte weiter.

»Ein Freund von dir, Britta?« Auf diese Weise erfuhr Daniel nebenbei den Namen seines Gegenübers.

»Was? Der? Nee, danke. Der hat mir irgendwann mal den Abend fast verdorben. Fasching oder so.«

»Wie? Gibt es hier doch Karneval und Fasching und all das? Ich dachte, so was gibt es hier im Norden nicht.«

»Wie? Bist du nicht von hier?«

»Nein.«

»Ja, und wo bist du her?«

»Bonn«

»Ex-Hauptstadt.«

»Wessen Ex?« Das kam von Bernd, der seinen Kopf auf Daniels Schulter legte. »Hast du deine Ex getroffen, Daniel?«

»Das ist Bernd.« Daniel machte eine weit ausholende Handbewegung in dessen Richtung. »Und das ist Britta.« Daniel machte eine ebenso weit ausholende Handbewegung in Brittas Richtung.

»Bist du auch aus Bonn?«, fragte Britta Bernd.

»Jawohl.« Bernd sprach etwas undeutlich; er hatte im Laufe des Tages noch mehr getrunken als Daniel.

»Wie groß ist das eigentlich?«

»So 300.000 Einwohner.«

»Das ist ja viel größer als Wolfenbüttel.«

»Wie groß ist das?«

»Zwischen 50.000 und 60.000.«

»Immerhin.« Bernd klang ironisch.

»Was soll das denn heißen?«

»Es kam mir nicht so groß vor.«

»So? Wie lange seid ihr denn schon hier in unserer schönen Stadt?«

Bernd sah nicht auf seine Uhr. Er besaß gar keine. Stattdessen schaute er Daniel an, der ihn angrinste. Bernd blieb nichts anderes übrig, als zu schätzen. »Ein paar Stunden ungefähr.«

Das klang gar nicht einmal so falsch. Daniel hätte ähnlich geschätzt.

»Und was habt ihr alles gesehen?«

Bernd dachte angestrengt nach. Er schaute auf seine rechte Hand und schien im Kopf die Attraktionen durchzugehen, die sie hier gesehen hatten. Der Daumen streckte sich, danach der Zeigefinger. Dann verschwanden beide Finger wieder und Bernd begann von Neuem. Daumen, Zeigefinger. Und schnell wieder zurück. Erneut der Daumen, und diesmal sprach Bernd dabei. »Die Kneipe hier.« Er schlug mit der linken Hand gegen den abgespreizten Daumen der rechten Hand. »Draußen vor der Kneipe. Die ganzen Tische. Und die ganzen Stühle und, ach, ja, Jägermeister haben wir gesehen.«

»Ausgerechnet.« Britta verdrehte die Augen.

»Wieso?«, fragte Bernd.

»Da habe ich früher gearbeitet.«

»Aha, interessant.«

Daniel kam sich vor wie bei einem Tennisspiel. Hin und her flog der imaginäre Ball zwischen Britta und Bernd. Immer hübsch den Kopf bewegen, damit man nichts verpasste. Links, rechts, links, rechts, links, rechts, links. Britta sah ihn an und lachte.

»Ist alles in Ordnung mit dir, Daniel?« Sie zwinkerte ihm zu.

»Klar.« Daniel hätte natürlich ebenso gut eifersüchtig sein können, da sich seine Eroberung nun mit seinem Kumpel verlustierte. Aber er spürte, dass Britta die ganze Zeit über auf seine Reaktionen achtete.

»Apropos alles in Ordnung«, ertönte eine fremde weibliche Stimme in Daniels Rücken. Er drehte sich um und sah eine junge Frau, die an ihm vorbeiblickte, direkt auf Britta. Sie war so blond wie Britta, hatte ihre wesentlich längeren Haare zu einem Pferdeschwanz gebunden. »Wenn du lieber hier stehen möchtest, Britta, dann kannst du mir das ruhig verraten, denn dann wäre ich nämlich auch lieber hier, vor allem, weil ich dahinten so allein bin und mich langweile, während ihr euch hier köstlich amüsiert, und ich würde mich halt auch gerne amüsieren, denn dazu sind wir schließlich hier, oder Britta?« Sie holte keine Luft. Nur ganz kurz, hinter »Britta«, um zu ergänzen: »Na, dann stell uns mal vor.«

Britta stellte vor. »Also: Daniel und Bernd. Steffi.«

»Hallo«, sagte Daniel.

»Schön«, ergänzte Bernd.

»Hallo«, antwortete Steffi. »Wie habt ihr es eigentlich geschafft, die Britta anzubaggern? Sie ist sogar geblieben, was eigentlich nicht unbedingt ihre Art ist, weil sie halt keinen Bock hat, sich von irgendwelchen Typen die Tasche volllabern zu lassen, wo es doch nun wirklich so ist, dass die meisten eh nichts anderes zu erzählen haben als Blablabla und Blubb, ich meine, warum um alles in der Welt ist sie ausgerechnet bei euch geblieben?«

Da war es wieder, dieses ungebrochene Vertrauen in die eigene Grammatik und Sprechfähigkeit, dieses sich mutige Stürzen in schier unendliche Satzkonstruktionen. Ohne zu atmen.

Aus den Augenwinkeln sah Daniel, wie beeindruckt Bernd war. Er starrte Steffi verzückt an. Dann wären ja die Fronten geklärt, freute Daniel sich und schielte zu Britta, die ihrerseits zu ihm schielte und lächelte. Hatte sie gerade das Gleiche gedacht wie Daniel?

»Daniel hat mich angegähnt.« Britta zwinkerte Daniel zu.
»Oh!« Steffi lachte.

»Mein Gott, ihr seid gestern ja schnell bei der Sache gewesen«, wunderte sich Bernd am nächsten Morgen, als sie vor einem Café in der Wolfenbütteler Fußgängerzone saßen und Cappuccino tranken.

»So richtig kann ich es mir – oder dir – nicht erklären, Bernd. Aber wahrscheinlich muss nur im richtigen Augenblick der oder die Richtige kommen und das Richtige tun oder sagen und zack. Da bedarf es gar keiner großen Worte, keiner Anlaufzeit. Alles läuft wie von selbst. Leider passiert das gerade ein- oder zweimal im Leben, schätze ich. Höchstens. Wenn du Pech hast, dann nie. Oder in einem Augenblick wie diesem, wo man eigentlich andere Dinge im Kopf hat und besser aus der

Gegend verschwinden müsste. Spätestens übermorgen müssen wir in Berlin sein. Dann müssen wir den Leuten dort erklären, warum ein paar Patronen fehlen und ihnen verschweigen, dass es sich neuerdings um zwei Tatwaffen handelt.«

»Ich fürchte, das werden wir nicht hinbekommen. Die Sache von gestern wird ziemlich rasch die Runde machen, und es ist leider nicht auszuschließen, dass wir von unseren Auftraggebern mit dieser Sache in Verbindung gebracht werden. Sie werden unsere Aktion nicht gutheißen. Wir werden womöglich auf irgendeiner schwarzen Liste landen. Ich will gar nicht das Wort Abschussliste in den Mund nehmen. Aber darüber will ich jetzt weder nachdenken noch reden, sondern über dein Mädchen: Du meinst, Britta zieht nicht mit jedem ab?«

»Ich denke, nicht.«

»Du hoffst.«

»Ja.«

»Und sonst?«

»Sei nicht so neugierig.«

»Komm schon.«

»Wie es halt so ist.«

»Nicht ganz so präzise, bitte.«

»Und selbst, Bernd, wie lief es bei euch?«

»Ich kann mich nicht beklagen.« *Bernd pfiff vor sich hin.*

»Einzelheiten, Junge.«

»Du lässt dir ja auch nicht in die Karten gucken.«

»Blödmann!«

Etwas später spazierten Daniel und Britta durch die menschenleere Fußgängerzone. Straßenlaternen erleuchteten die Fachwerkhäuser und die Schaukelpferde, die alle paar Meter im Boden verankert waren.

Es hatte sich praktisch von selbst ergeben, dass sie nach draußen gegangen waren. Daniel hatte vergessen, wer wen gefragt hatte.

Hin und wieder hielten sie vor einem Schaufenster und betrachteten die Auslagen. Die ganze Zeit über erzählte Britta von sich und ihrem Leben. Sie arbeitete mittlerweile bei einem Rechtsanwalt, dessen Büro in der Fußgängerzone lag. Sie zeigte ihm das Gebäude. »Da oben arbeite ich, Kanzlei Conradi.«

Natürlich waren alle Fenster dunkel. Dennoch stellte Daniel sich vor, wie Britta am Montag dort oben sitzen und aus dem Fenster sehen würde, wie sie die Menschen betrachtete, die vorbeigingen. Auf den Schaukelpferden säßen Kinder und lachten. Falls sie während der Arbeit überhaupt Zeit hatte, aus dem Fenster zu schauen.

»Woran denkst du?«, fragte sie.

»Ich denke daran, wie du am Montag dort oben in deinem Büro sitzt und wie du aus dem Fenster blickst. Und wie anders dann alles aussieht. Menschen gehen hier entlang, Kinder spielen.«

Britta lächelte.

»Wirst du dann an mich denken?«, fragte er.

»Ja. Vielleicht gehst du ja hier vorbei, und wir winken uns zu. Und in meiner Mittagspause gehen wir irgendwo was essen. Oder arbeitest du dann? He, was arbeitest du eigentlich? Du hast ja überhaupt noch nichts von dir erzählt. Außer, dass du aus Bonn kommst und deshalb am Montag eher nicht durch Wolfenbüttel laufen wirst. Jetzt aber mal los.«

»Doch, ich habe dir was von mir erzählt, zum Beispiel, wie ich mir vorstelle, dass du da oben in deinem Büro sitzt und aus dem Fenster schaust. Und ich habe gesagt, ich fände es schön, wenn du dabei an mich denkst. Ist das nicht wichtig?«

»Es ist auf jeden Fall schön. Sehr schön sogar. Aber ich möchte halt gerne was von dir wissen.«

»Lass uns ein bisschen gehen.« Daniel ergriff ihre Hand. Er wollte wirklich gern weitergehen. Doch sie zog ihn zu sich, und er ließ sie gewähren, denn das war einfacher, als Fragen zu beantworten oder ihnen auszuweichen.

Der erste Kuss, und er bestätigte das, was Daniel zuvor gespürt hatte: Hier entstand etwas, das tiefer reichen konnte als dieser eine Abend.

Fühlte Britta es ebenfalls? Nachdem sie ihn voller Verlangen geküsst hatte, sogar ihre Hände an seinem Körper herabgleiten gelassen und ihren Busen an seinen Brustkorb gedrückt hatte, hielten ihre Hände plötzlich inne, blieben an seinem Rücken liegen, und ihre Zunge rieb sich weniger heftig an seiner, eher zurückhaltend, probierend, zärtlich.

Schließlich lösten sich ihre Zungen, doch ihre Gesichter blieben eng beieinander.

Britta blinzelte. »Was geschieht mit uns?«

»Ich weiß es nicht, ich weiß nur, dass ich es geschehen lassen möchte.«

Der zweite Kuss, von Beginn an sanft forschend und ausgiebiger als der vorherige.

»Willst du mir wenigstens verraten, was du hier machst?«

»Ich bin sozusagen auf Durchreise.«

»Und wohin willst du?«

»Nach Berlin.«

Es folgt eine kleine Pause.

»Und wie lange bleibst du hier?« Ihre Stimme klang matt.

»Momentan ist mir Berlin ziemlich egal.« Er wich erneut aus. Einerseits war das gemein, andererseits unvermeidbar. Er konnte Britta weder von seinen Kurierdiensten erzählen noch von der Hinrichtung der sieben Skins. Sollte er nicht ohnehin besser in absehbarer Zeit das Gespräch auf das Thema Übernachtung lenken? Darüber hatten sich Bernd und er bislang keinerlei Gedanken gemacht. Aber schlafen mussten sie. Zur Not in einem Hotel. Hoffentlich würde es nicht nötig werden. Auch nicht für Bernd. Als sie vorhin die Kneipe verlassen hatten, waren Bernd und Steffi in ihren Flirt vertieft gewesen.

Er blickte Britta an und versuchte ein Lächeln. Fragen lagen in ihrem Blick. Wann sprach ihr Mund sie aus?

»Und Bonn?«

Da war die erste Frage. »Und wie wichtig ist dir Bonn?«, bedeutete sie, mit dem Zusatz, natürlich in Klammern: »Hast du dort ein Mädchen?« Alles in allem hieß es wohl: »Was kann ich, Britta, von dir erwarten?«

»Bonn ist ganz weit weg.«

»Und was heißt das konkret?«

»Es ist nicht so sonderlich wichtig.«

»Nicht so sonderlich wichtig«, wiederholte Britta zögerlich. »Und was ist dir wichtig?«

Daniel zögerte. Sollte er ein weiteres Mal versuchen, sich in Albernheiten zu flüchten? Oder lief er dadurch Gefahr, sie zu verstimmen? Aber bedurfte diese Situation nicht einer Wende? War es nicht bereits zu ernst?

Und wenn schon? Er wollte es ja ernst haben. Nicht unbedingt sein Kopf, der weiterhin mit Leuchtpistolen, Baseballschlägern, Pistolen und Blutlachen beschäftigt war. Aber sein Herz. »Was mir momentan wirklich wichtig ist, ist hier mit dir zu sein, deine Hand zu halten, die Sterne zu betrachten, dir zuzuhören.«

Sie lächelte und drückte seine Hand fester. Kurz darauf küssten sie sich ein drittes Mal. Dann stellte sie endlich die entscheidende Frage: »Wo schlaft ihr denn heute Nacht?«

»Gibt bestimmt viele Hotels in Wolfenbüttel.«

»Aber ob man da jetzt noch einchecken kann?«

»Nicht?«

»Nein.« Sie lächelte. »Wartest du auf eine Frage?«

»Ich weiß nicht. Aber nachdem du mir vorhin die Kondome in die Hand gedrückt hast und wir uns jetzt dreimal geküsst haben, hege ich da eine gewisse Hoffnung.«

»Natürlich kannst du bei mir schlafen.«

»Wohnst du denn allein?«

»Ja.«

Er küsste sie sanft aufs Auge. Sie zuckte. Hab keine Angst, hätte er fast gesagt. Ich werde dir nicht wehtun, ich habe heute genug Menschen verletzt.

Kaum holten ihn diese Gedanken wieder ein, wunderte er sich, warum ihre Tat in diesem Moment nicht schwerer auf seinen Schultern lastete. Warum erdrückte sie ihn nicht? Kam das erst noch? Oder würde er mit dem Töten leben können? Was für ein perverser Gedanke! Aber gab er nicht auch Hoffnung? Darauf, dass das Leben weiterging? Es sei denn, dass man sie doch erwischte, vor Gericht stellte und verurteilte.

Zum ersten Mal kam ihm dieser entsetzliche Gedanke: Es drehte sich hier möglicherweise nicht ausschließlich um sein Seelenleben, sondern gleichfalls um seine physische Freiheit.

Nein, niemals ins Gefängnis, zusammen mit Kinderschändern, Vergewaltigern, Rassisten und Mördern.

KAPITEL 17

Helmut Jordan betrachtete prüfend den frischen Putz seines künftigen Einfamilienhauses. Sah gut aus. Der Kriminalkommissar nickte zufrieden.

Es war Freitagabend und Helmut wie durch ein Wunder frühzeitig genesen. Plötzlich benötigte man ihn wieder in der Dienststelle am Grünen Platz in Wolfenbüttel.

Josef Stahlmann hatte den Polizeipräsidenten darum gebeten, dass Helmut sich nicht länger krankschreiben ließ, stattdessen seine Krankheit gewissermaßen vorzeitig abbrach.

Denn seit dem frühen Nachmittag war im Landkreis Wolfenbüttel nichts mehr so, wie es einmal war. Und das hatte nichts zu tun mit Abdullahs Tod und Helmuts Schuld oder Nichtschuld. Dieses Thema dürfte nun aus den Medien verschwinden. Dort würde sich fortan garantiert alles um das »Massaker von Wittmar« drehen, wie der NDR den Vorfall nannte.

Wittmar war ein Dorf etwa auf halber Strecke zwischen Wolfenbüttel und Winnigstedt, direkt an der Bundesstraße 79 und am Fuße der Asse gelegen, eines kleinen Höhenzuges, deutschlandweit vor allem dank seiner Salzstollen bekannt – und des darin zwischengelagerten Atommülls. Bisher. Ab sofort würde man Asse und Wittmar vor allem mit dem Tod von acht Menschen in Verbindung bringen.

Am Nachmittag hatte Stahlmann ihn angerufen und gebeten, sofort nach Wittmar zu kommen. So konnte Helmut den Tatort, eine türkische Gaststätte namens Ephesus, bereits wenige Stunden nach dem Gemetzel begutachten. Überall Blut.

Gesichter mit Löchern, wo sonst Nasen waren. Ein zu Tode geprügelter Türke mit gebrochenen Gelenken und Rippen. Zerschlagene Möbel und Vitrinen. Messer, Baseballschläger, Fahrradketten sowie eine Leuchtpistole.

Sein erster Gedanke: Hier hat eine Art Bandenkrieg getobt. Skinheads gegen Autonome oder gegen Türken.

»Oder verfeindete Skinheadgruppen gegeneinander?«, spekulierte der Kollege Ostheim.

»Gibt es so was überhaupt?«, fragte Stahlmann.

Doch das wusste niemand.

Der Wirt hatte einfach nur Pech gehabt, zwischen die Fronten geraten zu sein. Da spielte es keine Rolle, welche Arten von Banden hier gewütet hatten.

Vorhin, in der Dienststelle, hatte Stahlmann eine neue Theorie präsentiert: Die Skins wären demnach Täter und Opfer zugleich. Irgendjemand hatte sie vorgeschickt, um den Laden zu demolieren und den Wirt einzuschüchtern – oder zu beseitigen. Anschließend beseitigten die Auftraggeber die Skins.

»Denkst du an Schutzgelderpressung?« Ostheim redete seinem Vorgesetzten gern nach dem Mund.

Stahlmann nickte. »So etwas in der Richtung.«

»Schutzgelderpressung?« Helmut hob leicht die Stimme. »Das wäre der erste Fall hier bei uns.«

Stahlmann blieb unbeeindruckt. »Irgendwann ist immer das erste Mal.«

»Ganz genau«, fügte Ostheim unnötigerweise hinzu.

Helmut war alles andere als überzeugt. »Seit wann werden Skins für so etwas engagiert? Und von wem würden sie sich engagieren lassen? Garantiert nicht von Türken.«

»Für Geld machen selbst die alles«, behauptete Ostheim.

»Aber nicht sich von Ausländern kaufen lassen«, lautete Helmuts Antwort.

Stahlmann sah ihn ernst an. »Du darfst eines nicht vergessen, Helmut: Die Skins durften sich an einem Ausländer austoben – und bekamen dafür Geld. Und wer weiß, vielleicht geht die Schutzgelderpressung von Deutschen aus?«

Ostheim und alle anderen Kollegen hielten diese Mutmaßung für denkbar, einen Bandenkrieg allerdings für realistischer.

Diese Version schickten sie schließlich der Presse. Die Medien gaben sich einstweilen mit dieser fadenscheinigen Theorie zufrieden. Im Gegensatz zu Helmut. Für ihn blieben zu viele Fragen offen: Warum zum Beispiel hatte es nur unter den Rechtsradikalen Opfer gegeben? Abgesehen von dem Türken, der die Gastwirtschaft betrieb.

Er setzte sich auf die provisorische Eingangstreppe und las in seinen Notizen: »An der Theke befanden sich – trotz der allgemeinen Zerstörung – mehrere nicht zerbrochene Gläser: drei Schnapsgläser, benutzt, zwei kleine Biergläser, ebenfalls benutzt, sowie zwei große Biergläser, gerade gezapft.«

Darüber war er gestolpert. Seinen ersten Gedanken, vier Gläser gleich vier Personen, verwarf er rasch und ersetzte ihn durch einen zweiten: Zwei Gäste trinken an der Theke Bier. Sie legen mit kleinen Gläsern los, steigen aber auf große Gläser um, weil die kleinen zu schnell leer sind.

Helmut zog es zwar vor, aus kleineren Gläsern zu trinken, aber er kannte genug Männer, die schneller tranken als er und darum die großen Gläser bevorzugten. Es gab nur ein Problem: Sie hatten keinerlei Hinweise auf diese beiden

Personen gefunden. Sie hatten nur die Toten entdeckt: sieben Skinheads und den türkischen Wirt. Die Kollegen waren der Ansicht, die Skins hatten das Bier getrunken, bevor es zum Kampf gekommen war.

Aber wie verhielt es sich mit den Schnapsgläsern? Drei an der Zahl, alle drei benutzt. Die Skins hätten sich garantiert nicht die Mühe gegeben, den Schnaps in Gläser zu füllen, sondern direkt aus der Flasche getrunken. Zwei Flaschen Korn waren sichergestellt worden. Sie hatten recht weit von der Theke entfernt am Boden gelegen.

Außerdem hatte Helmut an den Schnapsgläsern gerochen. Der Geruch hatte ihn nicht an Korn erinnert. Eher an Ouzo oder Pernod. Oder natürlich an Raki, denn es handelte sich um ein türkisches Restaurant.

Das alles ergab wenig Sinn.

Sinn ergab allenfalls die Aussage: Rechtsradikale trinken lieber deutschen Korn als türkischen Raki.

Helmut las wieder in seinen Aufzeichnungen. Vieles blieb unerklärlich. Wie die Sache mit den Leuchtkugeln. Eine war gegen die Wand im Flur geflogen.

Warum?

Im Flur gab es ansonsten keinerlei Anzeichen eines Kampfes. Vielleicht hatte die Tür zur Gaststätte offen gestanden? Eine der Banden stürmt in die Kneipe und überrascht die andere. Warum sollten sie die Tür hinter sich schließen? Dann feuert einer der Überraschten mit der Leuchtpistole und zielt daneben. Das Geschoss saust durch die Tür und prallt gegen die Wand über dem Flipperautomaten.

Warum um alles in der Welt beschossen sich Menschen gegenseitig mit Leuchtpistolen? Unfassbar. Die andere Bande hatte sogar richtige Schusswaffen benutzt und auf Menschen geschossen, ihnen die Nasen aus dem Gesicht gefeuert.

Fast alle waren von vorne erschossen worden. Nur einem war eine Kugel in den Rücken gejagt worden. Noch skrupelloser. Dieser Skin hatte unterhalb eines Fensters gelegen. Das Fenster war halb geöffnet. Augenscheinlich hatte der Typ fliehen wollen. Ab durchs Fenster. Dann jagt ihm jemand gnadenlos eine Kugel in den Rücken.

Und der Typ, der draußen vor der Kneipe gelegen hatte, direkt bei der Treppe, in einer riesigen Blutlache? Es sah so aus, als hätte er sich das Messer selbst in den Bauch gestoßen. Wie ein Japaner, der Harakiri macht. Warum zum Teufel tat er so etwas? Völlig unlogisch. Man müsste die Laborbefunde abwarten, vor allem, was Fingerabdrücke betraf. Zum Beispiel die auf den Gläsern.

Eine Menge Arbeit lag vor ihnen. Vieles davon würde man ohne ihn verrichten. In Labors und Obduktionssälen. Ihn würde man wie so oft vor vollendete Tatsachen stellen. Im günstigsten Fall stimmten einige dieser Tatsachen mit seinen Mutmaßungen überein.

Es musste einfach etwas Logischeres geben als diese Bandenkrieg-Theorie. Aber was?

Die Gläser konnten durchaus Basis für eine andere Theorie sein. Zunächst die Schnapsgläser, aus denen vermutlich Raki getrunken worden war. Angenommen, da waren drei Männer, die Raki tranken. Einer davon konnte gut und gerne der Wirt gewesen sein. Er trank zusammen mit seinen Gästen. Entweder, weil es Freunde oder Bekannte von ihm waren, möglicherweise Stammgäste aus Wittmar, oder weil es sich dabei um eine Art Brauch handelte.

So weit, so gut. Der Wirt trinkt mit zwei Gästen türkischen Schnaps. Die Gäste trinken außerdem Bier, zu Beginn aus kleinen, später aus großen Gläsern. Alles völlig normal. Das ergab Sinn. Eine Szene, wie man sie in zahlreichen Kneipen vorfindet, ob nun mittags oder abends.

Doch zwischen dieser friedlichen Szene am Tresen und dem Zeitpunkt, da in der Kneipe sieben dahingemetzelte Männer (plus einem vor der Kneipe) lagen, war etwas passiert, was nicht normal, nicht nachvollziehbar war.

Offenbar kamen auf einmal sieben Skins, bewaffnet mit Baseballschlägern, Fahrradketten, Messern und einer Leuchtpistole. Sie prügelten den Wirt zu Tode und demolierten die Möbel. Das passte zu denen, auch wenn es in dieser drastischen Form zum Glück selten geschah. Das war der eine Teil der Geschichte.

Aber wie verhält es sich mit den anderen beiden Gästen? Denen, die unter Umständen nur in seiner Fantasie existierten? Vielleicht waren sie längst wieder weg, bevor die Schläger eintrafen? Sie wären wohl spätestens getürmt, als die Skins die Kneipe stürmten. Und die Skins waren nur hinter dem Wirt her. Weil dieser Türke war.

Die anderen beiden Männer hatten die Skins davonziehen lassen, weil sie keine Ausländer waren. War doch klar, dass beide aus Angst schwiegen. Oder weil sie die Aktion der Skins ohnehin guthießen? Nein, das war zu weit hergeholt.

Okay, angenommen, es hatte sich so abgespielt. Dann wäre Folgendes erklärt: Die Existenz der Gläser, aller Gläser, vor allem der beiden, die gerade gezapft worden waren, der Tod des Wirtes, die Zerstörung des Lokals. Immerhin etwas. Es blieb das Sterben der Skins.

Irgendjemand war hinzugekommen. Jemand, der Pistolen besaß. Noch wussten sie nicht, wie viele Pistolen benutzt worden waren. Man musste die ballistischen Untersuchungen abwarten.

Immerzu warten. Helmut hasste es, viel lieber erledigte er alles selbst.

KAPITEL 18

Sie saßen auf einer Parkbank in der Nähe von Brittas Wohnung und betrachteten schweigend den sternklaren Himmel. Millionen Lichter blitzten dort, vermittelten den Hauch einer Idee von der Größe des Universums.

Britta unterbrach die Stille: »Weißt du, heute soll hier in der Nähe was ganz Schreckliches passiert sein. Habe ich vorhin im Radio gehört.«

»Was denn?« Daniel schluckte. Auf einmal holte ihn diese Wirklichkeit wieder ein. Radio und Fernsehen berichteten offenbar schon heute über den Vorfall.

»In so einem Kaff wurden acht Leute umgebracht.«

»Was für Leute?«

»Skins und Türken.«

»Eine Schießerei?«

»Offensichtlich. Die Polizei will eine Suchaktion starten.«

»Crazy.«

»Ja. So was hat es hier echt noch nicht gegeben.«

»Gibt's denn viele Skins hier bei euch?« Daniel versuchte verzweifelt, vom Thema abzulenken, die Schuldgefühle zu vertreiben.

»In Wolfenbüttel geht es so. In Braunschweig ein paar mehr. Und bei euch in Bonn?«

»Ich sehe zum Glück selten welche. Aber geben tut es mehr als genug.«

Sie blieben eine Weile schweigend sitzen, dann spazierten sie die letzten Meter zu Brittas Wohnung, und Daniel gelang es vorübergehend, seine Schuldgefühle zu unterdrücken.

In der darauffolgenden Nacht, der Nacht auf Sonntag, beichtete Britta ihm, dass auch sie sich schuldig am Tod eines Menschen fühlte.

Sie lagen im Bett, der Vollmond schien ins Fenster, sodass Daniel wieder diese Traurigkeit in ihren Augen sehen konnte, die ihm in der Kneipe aufgefallen war.

»Wegen mir ist ein Mensch gestorben«, flüsterte sie, als Daniel sie darauf ansprach.

Sie erzählte ihm eine unglaubliche Geschichte. Demnach steckte Britta in einer Sache, die ungefähr so illegal war wie Daniels Kurierdienst. Allerdings wurde Britta gegen ihren Willen darin verwickelt. Ihr Bruder hatte Schulden bei Drogendealern, und Britta half ihm, sie zu begleichen. Sie arbeitete als Lockvogel für potenzielle neue Kunden dieser Dealer.

Sobald sie einen Fisch an der Angel hatte, sollte sie einschätzen, wie zuverlässig dieser Neukunde war. Wenn ihr jemand verdächtig vorkam, benutzte sie einen Decknamen, Marina, angeblich der Name einer aztekischen Spionin. Solche Verdächtigen überprüften die Dealer, bevor sie ihnen Drogen verkauften.

Beim letzten Verdächtigen geriet die Sache vollkommen aus dem Ruder, und am Ende wurde einer der Dealer erschossen.

»Der Kunde war eigentlich Polizist und ermittelte im Geheimen.« Britta wirkte aufgeregt. »Er benahm sich zwar irgendwie seltsam, aber das hätte ich im Leben nicht gedacht. Eher, dass er seinen Kindern hinterherspioniert oder so. Nur darum habe ich ihn überhaupt gemeldet. Die Dealer wollten ihm auf den Zahn fühlen, und dann ist Abdullah auf einmal tot. Er hat den Polizisten mit einem Baseballschläger angegriffen. Auf den Zahn fühlen kenne ich anders.«

»Aber du kannst nichts dafür. Die Sache ist eben eskaliert.«

»Wenn ich den Mann einfach empfehle, passiert nichts.«

»Aber der war Polizist. Früher oder später wäre etwas passiert.«

»Dann hätte ich aber nichts damit zu tun gehabt.«

»Du hast keine Schuld an dem, was passiert ist. Wenn gewalttätige Menschen aufeinandertreffen, kann alles passieren.«

»Ich weiß nicht.«

Daniel sah die Tränen in Brittas Augen und musste ihr in diesem Moment einfach seine Geschichte erzählen. Um Britta zu trösten. Er verschwieg nichts, nicht die Kurierdienste und nicht die Tötung der sieben Skins. *»Das ist eine richtige Schuld.«*

Zu seinem Erstaunen antwortete Britta: *»Richtig so.«*

»Findest du das nicht schlimm?«

»Ihr beide kommt da in diese Kneipe, möchtet eigentlich nur was essen, und dann geratet ihr in diese Sache rein: Jemand soll zusammengeschlagen oder umgebracht werden. Und dann wollt ihr einfach nur helfen. Ich glaube, die meisten Menschen hätten so gehandelt wie ihr. Ich auf jeden Fall. Ich hasse Skins.«

»Aber deswegen darf man sie doch nicht töten.«

»Sie wollten aber jemanden umbringen, und ihr habt versucht, es zu verhindern.«

»Es hat aber nicht geklappt, wir sind zu spät gekommen, und wir haben trotzdem diese sieben Menschen umgebracht.«

»Es war Notwehr.«

»Notwehr? Das akzeptiert kein Gericht. Wenn sie uns kriegen, werden sie uns einsperren. Und wenn uns unsere Auftraggeber vorher erwischen, werden die uns vielleicht sogar töten. Das wird ebenso passieren, wenn uns die Kameraden der Skins erwischen.«

»Ihr müsst euch verstecken. Ich verstecke dich.«

»Das ist lieb von dir.« Es änderte freilich nichts an seiner Schuld. Und langfristig nichts an seiner Strafe.

Tröstlich klang ihr Vorschlag dennoch.

»Wie? Kein Fahrstuhl?«, rief er mit gespieltem Entsetzen, als sie ins Treppenhaus kamen und Daniel alles daransetzte, die Radiomeldung zu verdrängen. Mit Albernheiten konnte er sich und andere gut ablenken. Zumal jetzt, im angetrunkenen Zustand.

»Stell dich mal nicht so an. Wir müssen gerade mal bis ins zweite Stockwerk.«

»Du hast gut reden. Du musst ja auch nicht die schwere Tasche bis nach oben wuchten.« Damit meinte er seine kleine Reisetasche, die er vorhin aus Bernds Auto geholt hatte.

»Soll ich die Tasche tragen, damit du dich nicht überanstrengst?«

»Okay.« Er gab ihr die Tasche.

»Die ist ja gar nicht so schwer.«

»Sonst hätte ich sie dir wohl nicht gegeben, oder?«

»Oder?«

»Hör mal, was denkst du eigentlich von mir?«

»Verschiedenes.«

»Was soll das denn heißen?«

»Ach, komm jetzt.«

Im ersten Stock hielt Daniel an. »Ich möchte jetzt R. Bußmann kennenlernen.« Er machte Anstalten, auf die Klingel zu drücken.

»Lass das.« Britta schüttelte den Kopf.

»Sag mir erst, wofür das R steht.«

»Für Regina.«

»Aha. Und ist sie nett, die Regina?«

»Nein, ist sie nicht. Sie nervt ständig wegen Schneedienst oder wegen des Treppenhauses, das ich angeblich nicht putze, obwohl ich dran bin. Und sie ist hässlich, klein und überhaupt. Wenn du sie unbedingt kennenlernen willst? Ich geh dann schon mal hoch.«

Natürlich hatten sie die ganze Zeit über geflüstert. Vor allem zuletzt hatte Britta sehr leise gesprochen. Schließlich war es durchaus denkbar, dass Regina Bußmann an ihrer Tür lauschte. Was sollte man sonst unternehmen, in einer lauen Freitagnacht, um kurz nach halb eins, wenn man klein, hässlich und noch nicht einmal nett war?

»War nur Spaß. Ich komm natürlich mit dir.«

»Möchtest du was trinken?«, fragte sie, als sie wenige Minuten später unschlüssig in Brittas Wohnzimmer standen.

Daniels Tasche lag längst im Schlafzimmer und seine Kulturtasche im Badezimmer. Nun gab es im Grunde genommen nichts mehr zu erledigen. Sie konnten sich schlafen legen (müde waren beide), sie konnten da weitermachen, wo sie vor dem Erwähnen der Meldung im Radio angefangen hatten – oder sie konnten etwas trinken, um die wesentliche Entscheidung ein wenig vor sich herzuschieben.

»Was hast du denn so da?«

»Jede Menge: Wein, Bier, Sherry, Gin, Southern, Tee, Kaffee, Milch und Saft.«

»In dieser Reihenfolge, bitte.«

Diese Albernheit war weniger der Radiomeldung geschuldet, sondern der Nervosität, die ihn plötzlich überkam. Sie waren nun nicht mehr in der Öffentlichkeit zu zweit, sondern in einem sehr privaten Rahmen, der sie zwar vor unliebsamen Beobachtern schützte, ihnen aber gleichzeitig die Alternative raubte: Auf der Straße war es jederzeit möglich, ja sogar angebracht, Küsse und weitere

Zärtlichkeiten abzubrechen. In der intimen Atmosphäre einer Wohnung brach man in der Regel nicht vorzeitig ab.

Das warf Fragen auf: Fangen wir an, ohne aufzuhören? Was könnte es ändern, wenn wir das tun? Bereuen wir es am Ende sogar? Oder setzen wir eine ganz große Sache in Gang, die wir niemals wieder stoppen möchten?

»Was?«

»Nee, warte mal. Ich nehme lieber den Kaffee zwischen dem Gin und dem Southern.«

»Möchtest du nun was trinken oder nicht?«

»Trinkst du denn was?«

»Einen Saft.«

»Dann gib mir bitte einen Southern.«

Während Britta sich um die Getränke kümmerte, betrachtete er die Bilder an der Wand. Hauptsächlich Schwarz-Weiß-Fotos aus den 40er-, 50er- und 60er-Jahren, in schwarzen Wechselrahmen: Motive aus Paris, New York oder San Francisco. Nicht ganz sein Geschmack, aber ganz nett anzuschauen.

Britta kam zurück, reichte ihm das Glas. Dann setzten sie sich auf den Boden. Auch Britta schien nicht zu wissen, wohin dieser Abend sich bewegte. Möglicherweise beschäftigte sie sich mit den gleichen Fragen wie er.

Es handelte sich allerdings um ziemlich dämliche Fragen. »Ich möchte es geschehen lassen«, hatte er vorhin gesagt und es auch gemeint. Also strich er ihr sanft durchs kurze blonde Haar – und schließlich tranken sie eine Weile lang weder Saft noch Southern Comfort.

KAPITEL 19

Helmut hielt es für ausgeschlossen, dass es sich um die Aktion eines Einzeltäters handelte. Um dieses Gemetzel anzurichten, waren mehrere Männer nötig gewesen. Warum nicht zwei? Warum nicht die beiden Gäste, die mit dem Wirt Raki tranken? Vielleicht hatten sie helfen wollen?

Aber woher besaßen sie die Waffen? Warum trugen sie die Pistolen bei sich? Hatten sie sie den Skins abgenommen? Hätten sie dem Wirt dann nicht wirkungsvoller helfen können? Seinen Tod verhindern? Kamen sie einfach zu spät? Unsinn, sie saßen ja bereits im Gastraum. Zumindest in Helmuts Theorie. Eventuell mussten sie die Pistolen zunächst holen? Von daheim? Also Einheimische?

Helmut drehte sich im Kreis. So kam er nicht weiter. Er lenkte deshalb seine Gedanken auf die toten Skinheads: Diese stammten nach vorläufigen Erkenntnissen aus den neuen Bundesländern. Dort gab es ohnehin größere Probleme mit Rechtsradikalen. Die Kollegen in Halberstadt und Magdeburg versuchten nun, herauszufinden, warum die Skins ausgerechnet in diese Gastwirtschaft gekommen waren.

Natürlich befragte man zusätzlich bekannte Skins im Landkreis Wolfenbüttel. Daran wollte sich Helmut gleich morgen früh beteiligen, zusammen mit Wolfgang Ostheim.

Man wusste allerdings, wie unkooperativ die Neonazis waren. Außerdem dürften sie wohl alles daransetzen, sich selbst zu rächen.

Die Motive der Rechten ließen sich moralisch nicht nachvollziehen. Höchstwahrscheinlich ging es ihnen bloß darum, dieses türkische Lokal zu zerstören, inklusive Wirt. Alles Fremde sollte aus Deutschland verschwinden. Erst recht auf dem Land. Hier war es sowieso leichter, so eine Aktion durchzuziehen – bei dem geringen Ausländeranteil. In Berlin, zumal in Kreuzberg oder Neukölln, hätten sich die Rechten diese Aktion wohl niemals getraut.

Doch zurück zu den beiden Männern. Helmut war sich zunehmend sicherer über deren Existenz, und er wollte sie finden. Waren es also Bewohner aus dem Dorf? Das würde die Suche erleichtern. Oder türkische Freunde vom Wirt? Oder Durchreisende? Auf dem Weg in die ehemalige DDR beziehungsweise nach Berlin oder von dort zurück?

Seitdem die Autobahnen derart überfüllt waren, wichen viele Reisende auf Nebenstrecken aus. So kamen in letzter Zeit regelmäßig Fremde durch die Dörfer im Landkreis Wolfenbüttel. Bot es sich da nicht an, in einer Dorfgaststätte etwas zu essen?

Etwas zu essen, echote es in seinem Kopf. Was für ein Esel er doch war! Warum hatte ihn die Speisekarte nicht eher alarmiert? Sie hatte aufgeschlagen auf dem Tresen gelegen. Folglich hatte jemand in die Karte geschaut. Gewiss nicht die Skins. Sondern Gäste, die etwas essen wollten. Warum nicht die beiden Männer? Sie saßen gemeinsam an der Theke. Warum sollten sie da mehr als eine Karte benutzen? Ja, die Speisekarte konnte ein nützliches Indiz sein, um seine Theorie zu erhärten.

Er blätterte wieder in seinen Notizen. Richtig, in der Küche hatten sie angebranntes Fleisch entdeckt.

Wer kochte überhaupt? Der Wirt selbst? Damit wäre erklärt, warum das Fleisch angebrannt war.

Oder kochte die Ehefrau des Wirtes? Auf jeden Fall nicht an diesem Freitag, denn sie war unterwegs, und die Polizisten konnten sie bislang nicht benachrichtigen. Laut einer Nachbarin besuchte die Ehefrau Verwandte. Leider wusste die Nachbarin nicht, wo diese wohnten und wie lange die Frau wegbleiben würde.

Wer also hatte das Fleisch anbrennen lassen? Der Wirt? Oder gab es einen Angestellten, einen Koch?

Um das herauszufinden, musste Helmut nach Hause radeln und telefonieren. Schließlich kannte er von zahlreichen gemeinsamen Fußballspielen einige Leute in Wittmar, die für den dortigen TSV kickten; Helmut selbst spielte natürlich für den TSV Winnigstedt, mittlerweile in der Altherrenmannschaft.

Zuhause angekommen, blätterte Helmut im Telefonbuch. »Rode, Rommel, Rottmann.« Er wählte die angegebene Nummer.

»Rottmann.« Zum Glück ging Arthur direkt dran.

»Helmut Jordan hier. Aus Winnigstedt. Du erinnerst dich doch, oder?«

»Klar, Helmut. Ist ja nicht lange her, da haben wir euch hier vom Platz gefegt.«

Richtig, vor drei Wochen hatte der TSV Winnigstedt in Wittmar gespielt. Vom Platz gefegt war indes etwas übertrieben. Eins zu Drei hatte Helmuts Team verloren. Reichlich unglücklich zudem.

»Der Schiri, den ihr besorgt habt, hatte aber seinen Anteil daran.« Eigentlich wollte Helmut nicht über verlorene Fußballspiele quatschen, doch ein bisschen Small Talk gehörte sich einfach.

»Na ja, einer der Elfer war schon berechtigt.«

»Der andere aber nicht. Und wir hätten mindestens drei Elfer kriegen müssen.«

»Drei?« Arthur lachte. »Alles klar, Helmut. Ich schätze mal, du rufst nicht deswegen an. Du bist schließlich bei der Kripo. Da ich in Wittmar wohne, könnte dein Anruf mit heute Nachmittag zusammenhängen, oder?«

Auch Helmut lachte, obwohl das Thema alles andere als lustig war. »Erwischt. Ich muss dich tatsächlich etwas fragen: Wer hat bei eurem Türken gekocht? Er selbst, seine Frau?«

»Der Ali hat einen Koch gehabt seit ein paar Monaten.«

Helmut jubelte innerlich. Eine neue Spur? Ein Augenzeuge? »Weißt du zufällig seinen Namen?«

»Leider nicht. Ich habe ihn auch nur ein- oder zweimal gesehen. Er steckt meist in der Küche. Aber kochen kann er. Richtig gut.«

»Hast du eine Ahnung, wo er vorhin gewesen sein könnte?«

»Nein. Aber soviel ich weiß, kocht er jeden Tag dort, mittags und abends. Er wohnt direkt über der Gaststätte. Da ist eine kleine Wohnung. Das heißt, er befindet sich nicht unter den Opfern?«

»Das darf ich dir nicht verraten, Arthur. Du kannst es dir aber ausmalen, wenn ich mich nach einem Koch erkundige.« Die kleine Wohnung hatten sie beim Durchsuchen des Hauses gefunden und nichts entdeckt, das Rückschlüsse auf den Bewohner zuließ. Sie waren davon ausgegangen, dass der Wirt die Wohnung nutzte. Aufgefallen war ihnen nur ein geöffnetes Fenster zum Garagendach. Vielleicht war das der Fluchtweg des Kochs? Das würde passen.

»Ich verstehe. Furchtbar, diese Sache. Ali war ein feiner Kerl. Das haben zwar nicht alle in Wittmar so gesehen. Aber diese paar Leute haben ihn und sein Restaurant einfach nur ignoriert. Zu so einer Tat wäre hier niemand fähig.«

»Hatte Ali also deiner Meinung nach mit niemandem im Dorf Ärger?«

»Soweit ich weiß, nicht.«

»Hatte er denn enge Freunde hier?« Solche, die ihn im Ernstfall mit Waffengewalt verteidigen, fügte Helmut gedanklich hinzu.

»Eng ist vielleicht etwas übertrieben. Eher gute Bekannte. Aber so lange ist Ali ja noch nicht hier in Wittmar. War, meine ich. Vielleicht hätten sich diese engen Freundschaften noch entwickelt?«

»Und wie steht es mit Leuten von außerhalb?«

»Ob Ali außerhalb von Wittmar enge Freunde hatte?«

»Zum Beispiel.«

»Das weiß ich nicht, Helmut.«

»Und andersherum: Sind da mal Fremde gewesen bei ihm, die ihn bedrohten oder so?«

»Gesehen habe ich niemanden. Aber wer interessiert sich schon für eine Gaststätte oder deren Wirt in einem Kaff wie Wittmar?«

»Vielleicht hatte Ali bei jemandem Schulden?«

»Das klingt doch sehr nach Räuberpistole. Ich meine, ich weiß es natürlich nicht. Ich kann es mir aber echt nicht vorstellen.«

Ich ebenso wenig, dachte Helmut. Laut sagte er: »Wir müssen in alle Richtungen ermitteln, um das Verbrechen aufzuklären.«

»Mit anderen Worten: Ihr habt keine Idee, wer die Skins niedergemetzelt hat? Ach, vergiss es. Das wirst du mir eh nicht beantworten dürfen.«

»Stimmt. Leider. Aber du hast mir sehr geholfen, Arthur. Danke.«

Die beiden sprachen noch über ein paar Belanglosigkeiten, dann legte Helmut auf. Da hatte sich eine neue Sachlage ergeben. Unter Umständen sehr vielversprechend. Bestenfalls ein Zeuge.

Endlich. Bislang hatten sie keinen einzigen Zeugen gefunden. Dabei wohnten eine Menge Menschen in unmittelbarer Nähe der Kneipe. Zur Tatzeit, zwischen halb zwei und halb drei, war jedoch niemand zu Hause gewesen. Aus den verschiedensten Gründen.

Nun war dieser Koch aufgetaucht, zumindest in Erzählungen. Aber er existierte, hatte sich vielleicht zur Tatzeit in der Kneipe aufgehalten und Dinge beobachtet, konnte Personen identifizieren.

Nur, wo steckte er jetzt?

KAPITEL 20

Daniel schleppte sich ins Badezimmer, um die beiden Kondome (ja, die aus dem Automaten) zu entsorgen und sich die Zähne zu putzen. Auf dem Rückweg kam ihm Britta lächelnd entgegen. »Ich geh duschen. Magst du auch?«

»Nee, nicht unbedingt. Falls es dich nicht stört, wenn ich nachher ungeduscht neben dir liege.«

Gleich darauf lag er im Bett und wollte eigentlich auf Britta warten, doch das gelang ihm nicht.

Er saß wieder im Auto. Diesmal fuhr Bernd. Endlich. Der Kerl hatte sich schließlich den ganzen Tag erfolgreich gedrückt, und nachts fuhr Daniel ohnehin nicht gern.

Es war allerdings weder hell noch dunkel und darum gar nicht festzustellen, ob Nacht oder bereits der Samstag angebrochen war.

Wenn Daniel aus dem Autofenster schaute, sah er stets die gleiche Landschaft an sich vorbeiziehen. Mit Feldern, einem kleinen Waldstück und mit dieser Scheune, die ihm irgendwie bekannt vorkam.

Richtig, mittags waren sie daran vorbeigefahren, und er hatte sich gewundert, wie verlassen diese Scheune inmitten der Äcker wirkte. Er hatte irgendeine Vision gehabt, die diese Scheune betraf. Etwas Seltsames.

Beim gefühlt hundertsten Mal, da sie an der Scheune vorbeifuhren, bremste Bernd scharf und zog das Lenkrad brutal nach rechts.

Sie holperten über einen Feldweg, der zur Scheune führte.

Dann löste sich mit einem Mal der Hintergrund auf, selbst der bewaldete Hügel hinter der Scheune verschwand, genau wie die Äcker. Als hätte jemand die Umgebung wegradiert und nur die Scheune, den Feldweg und Bernds Auto übrig gelassen.

Bernd stoppte vor dem Gebäude und sah Daniel an. So hatte Daniel seinen Freund noch nie gesehen: die Augen weit aufgerissen, der Blick leer. Bernd schwieg, machte keine Geste. Dennoch wusste Daniel, was er von ihm verlangte. Daniel sollte aussteigen. Allein.

Daniel knallte die Wagentür zu. Schon fuhr Bernd los, den Feldweg entlang, wahrscheinlich zurück zur Straße; diese war ebenfalls nicht mehr zu erkennen.

Das Scheunentor stand einen spaltbreit offen, und ein diffuses Licht schimmerte hindurch. Plötzlich bewegte sich das Tor knarzend um wenige Zentimeter vor und zurück. Zeitgleich bemerkte Daniel den Wind, der aufkam. Der Wind spielte mit dem Scheunentor. Wer sonst?

Er verharrte einen Augenblick lang unentschlossen und marschierte endlich zum Tor.

Der Spalt war gerade breit genug, damit er hindurch passte. Hinter ihm knarzte erneut das Tor.

Wieder der Wind.

Immerhin bleibt das Tor geöffnet, dachte er, dann kam der nächste Windstoß und schlug das Tor zu.

Daniel nahm es hin, ohne sich zu sorgen, ob er jemals wieder hinauskam.

Auf den ersten Blick wirkte die Scheune – bis auf die tragenden Balken – vollkommen leer. Keinerlei landwirtschaftliches Gerät, kein Stroh, keine Tiere. Nur in der Mitte des

Raumes baumelte vom Dach herab eine schwere Kette mit einem Haken daran.

Kurz dachte Daniel, jemand hinge an dieser Kette, mit dem Kopf nach unten, am Haken …

Dann blinzelte er, sah erneut zu der Kette hin und stellte beruhigt fest, dass dort doch niemand hing.

Die Quelle des Lichtscheins befand sich am anderen Ende der Scheune, etwa zehn Meter entfernt. Dort brannte eine Art Lagerfeuer, was Daniel in einer komplett aus Holz errichteten Scheune für ziemlich unverantwortlich hielt.

Schemenhafte Schatten tanzten um das Feuer herum. Sie winkten Daniel zu sich.

Zögerlich ging er in ihre Richtung. Die Eisenkette mit dem Haken bewegte sich quietschend von links nach rechts, und wieder schien dort jemand zu hängen. Einen Moment lang sah dieser Mensch wie Bernd aus. Kein Wunder, dass Bernd nicht mit in die Scheune kommen wollte, dachte Daniel.

Wieder half das Blinzeln, um die Vision zu beenden.

Er ging an der Kette vorbei, zum anderen Ende der Scheune.

Langsam nahmen die Schatten am Lagerfeuer Gestalt an. Daniel erkannte Rudolf, ihren Auftraggeber, wenn es sich um Transporte nach Berlin drehte. Rudolfs Pranken ruhten auf den Schultern zweier südländisch aussehender Männer; beide hatte Daniel noch nie gesehen. Vermutlich die Berliner Kunden. Rudolf löste die Hand von der Schulter des Mannes rechts von sich und zeigte auf Daniel.

»Das ist der Kerl«, schrie Rudolf.

Ein weiterer unbekannter Mann stand hinter Rudolf und seinen Kumpeln. Etwa Mitte 30, mit Sakko und Cordhose gekleidet, Seitenscheitel. Intuitiv ahnte Daniel, dass es sich um einen Polizisten handelte. Vielleicht um den Mann, der am späten Nachmittag das Polizeipräsidium betreten hatte?

Der Mann holte eine Pistole hervor und betrachtete diese ungläubig.

Das Lagerfeuer spiegelte sich im Lauf der Pistole, und in dieser Spiegelung entdeckte Daniel für den Bruchteil einer Sekunde jemanden. Diese Person hatte kurze blonde Haare und trug eine Jeansweste über einem weißen T-Shirt.

Britta?

Dann steckte der Polizist seine Waffe weg, und die Spiegelung verschwand.

Hinter dem Polizisten lagerte eine große Gruppe von Menschen, beinahe alle mit kahl rasierten Schädeln und Oberkörpern wie Arnold Schwarzenegger in seinen besten Tagen, alle knapp zwei Meter groß, mit grünen Bomberjacken und Springerstiefeln.

Es waren nicht die Skins aus dem Restaurant. Es waren andere, und es waren wesentlich mehr als sieben, und sie fixierten Daniel.

Daniel war längst am Haken vorbeigegangen, nun drehte er sich um – und sah sich selbst dort baumeln, sein blanker Hintern qualmte.

Zum Glück half erneut das Blinzeln.

Stattdessen starrte Daniel nun in ein fürchterlich entstelltes Gesicht, ein Gesicht, dem die Nase fehlte.

Im selben Moment entdeckte Daniel sechs weitere Gesichter und Körper. Blutverschmiert, zum Teil hingen Gedärme aus offenen Wunden.

Sie bewegten sich kein Stück, starrten ihn an.

Anklagend?

Sie hätten allen Grund dazu, fand Daniel und zog das naheliegende Fazit: Er stand zwischen der Gruppe seiner Opfer und seiner Jäger. Keine Chance zu fliehen. Hier kam er nicht mehr lebend heraus.

Warum sonst hatte der Wind das Tor zugeschlagen?

Warum sonst wäre Bernd einfach weggefahren, ohne ihn anzusehen?

Warum sonst hatte er sich dort am Haken hängen sehen?

Seine Opfer näherten sich ihm, langsam, ungelenk, so wie die Zombies in den Filmen aus den 70er-Jahren.

Wie ferngesteuert schritt Daniel Richtung Feuer. Die Gestalten dort lösten sich vor seinen Augen auf, kehrten im nächsten Moment zurück, veränderten ihre Position, verschwanden erneut, kamen zurück, wechselten die Stellung, so lange, bis sie eine Kette bildeten, einen Durchgang. Nur für ihn, und exakt bis zum Feuer.

Daniel näherte sich dem Feuer, die Hitze spürte er nicht. Genauso wenig die Blicke der Menschen. Vielleicht sahen sie einfach durch ihn hindurch?

In der Glut steckte ein massiver Metallstab mit Holzgriff. Daniel schluckte, dachte automatisch an seine Vision: er am Haken mit qualmendem Po. Er erahnte sein Schicksal.

Der Skin mit dem Loch im Gesicht strich an ihm vorbei, geradewegs zum Feuer. Er schnappte sich den Stab und präsentierte Daniel das heiße Ende. Es zeigte einen glühenden Davidstern ...

Nein. Nein. Nein.

»Nein!«

»Was ist?«

Woher kam diese Stimme?

»Was ist? Wo bin ich?«, fragte Daniel in die Dunkelheit hinein.

»Du hast gerufen, richtig geschrien«, antwortete die Stimme.

Eine weibliche Stimme. Brittas Stimme.

»Was habe ich gerufen?« Er drehte sich dorthin, wo er Britta in der Finsternis vermutete. In dieser Nacht leuchtete der Mond nicht in das Zimmer hinein, das sollte erst in der kommenden Nacht geschehen.

»Ich weiß nicht. Ich habe dich nur rufen gehört. Ich bin davon aufgewacht. Es klang, als wärst du in Gefahr.«

»Tut mir leid.«

»Mir tut es leid für dich. Du bist vollkommen verschwitzt.«

Er berührte seine Stirn und sein T-Shirt. Beides fühlte sich feucht an.

»Muss nur mal aufs Klo, denke ich. Und bin im Dunkeln wohl leicht verwirrt gewesen.«

»Ah so.«

»Wo ist denn das Licht?«

»Warte.« Sie richtete sich auf, um einen Lichtschalter zu betätigen.

Eine winzige Lampe über dem Bett beleuchtete ihr Gesicht. Sie war so hübsch anzusehen in diesem Halbdunkel, trotz ihrer völlig verklebten Augen. Oder gerade deswegen?

»Du bist schön.«

»Danke.«

Als er kurz darauf zurückkam, schlief sie bereits wieder. Er knipste das Licht aus und legte sich behutsam neben sie. Ihre

Haut fühlte sich so warm an. Am besten nicht wieder loslassen. Aber das war reines Wunschdenken. Der Albtraum hatte ihm seine Lage verdeutlicht. Er schwebte in vielerlei Hinsicht in Gefahr. Im schlimmsten Fall suchten ihn die Geister der Toten noch in vielen Nächten heim. Hinzu kamen die greifbaren Gefahren. Neben der Polizei und ihren Auftraggebern waren es die Kumpane der getöteten Skins. Sie würden nach Bernd und ihm suchen, um sich zu rächen. Egal, ob man ihnen tatsächlich Zeichen auf die Haut brannte, die Rache wäre brutal und mit Sicherheit tödlich.

Bei Rudolf und seinen Geschäftspartnern bestand zumindest eine vage Hoffnung. Sie fänden es eventuell nicht so verwerflich, dass Bernd und er mit den Pistolen Skins erschießen. Rudolf, der aus Rumänien stammte, arbeitete regelmäßig mit Türken, Libanesen oder Russen zusammen. Rechtsradikale dürften somit automatisch nicht zu seinen Freunden zählen. Doch verlassen durften sie sich nicht darauf.

Andererseits erschien es unwahrscheinlich, dass die Skins oder ihre Auftraggeber sie in nächster Zeit fanden. Die Gefahr, der Polizei in die Fänge zu geraten, blieb wesentlich größer. Sie konnten folglich nicht hierbleiben, um genau darauf zu warten. Sie durften auch nicht zurück nach Bonn fahren, wo Rudolf und Konsorten sie erwarteten. Aus praktisch dem gleichen Grund konnten sie nicht nach Berlin fahren.

Sie mussten irgendwo anders hin. Nur wohin? Und wovon sollten sie leben? Ihr Bargeld reichte ungefähr für eine Woche. Nun gut, sie besaßen Pistolen. Warum nicht unterwegs ein paar Banken ausrauben? Unsinn. Sie brauchten einen anderen Plan. Mit diesem Gedanken schlief Daniel schließlich wieder ein. Unruhig, aber traumlos.

Nach einem hastigen Frühstück fuhren sie am Samstagvormittag in die Innenstadt, um sich mit Bernd und Steffi zu treffen. Die Mädchen bummelten durch die Fußgängerzone. Bernd und Daniel setzten sich in ein Café, um »schön den Ball flach zu halten«, wie sie es nannten.

Sie studierten zunächst die Zeitungen, die im Café auslagen. Marktschreierische Überschriften wie »Blutbad im Restaurant«, »Das Massaker von Wittmar« oder »Blutiger Freitag auf dem Dorf« dominierten die Titelseiten. Dazu Fotos vom Tatort und Stellungnahmen verschiedener Landesminister und Bundesminister sowie von allen möglichen Kriminalbeamten. Die Journalisten schrieben über umfangreiche Ermittlungen und spontane Razzien im rechtsradikalen Milieu. Selbst einen Bandenkrieg hielt die Polizei für möglich: türkische Jugendliche, ultralinke autonome Gruppen oder rivalisierende rechtsradikale Horden.

Die Polizei tappte ganz augenscheinlich im allertiefsten Dunkeln.

Fern der Titelseiten entdeckten Daniel und Bernd eine Meldung über einen Verkehrsunfall mit Personenschaden: eine Gehirnerschütterung und eine abgebissene Zunge. Bei der Person mit der abgebissenen Zunge handelte es sich ausgerechnet um eine Apothekerin aus Wittmar.

»Meinst du, das ist die Apothekerin, bei der du warst?«

»Ja. Andernfalls hätte sie bestimmt der Polizei erzählt, da wäre jemand in ihre Apotheke gekommen, der eine Kneipe gesucht hat. Jetzt hat sie andere Sorgen und wahrscheinlich Sprachprobleme.«

»Ihre Aussage stünde garantiert in der Zeitung. Eher als der ganze Schwachsinn mit den wilden Horden.«

Kurz darauf sagte Daniel: »Ich hatte mich schon gefragt, was mit der Frau des Wirtes passiert ist.«

»Die, die weder gern noch gut kocht?«, erinnerte Bernd sich.

»Besucht sie also Verwandte.« Diese Information hatte Daniel einer der Zeitungsmeldungen entnommen.

»Das ist bestimmt ihr Lover, den sie besucht«, spekulierte Bernd.

»Na klar, die Frau und ihr Liebhaber«, stimmte Daniel ein.

»Erinnert mich an irgendwas.«

»Klar, Bernd, dieser fiese Film, wo sie sich gegenseitig auffressen.«

»Wie hieß der doch gleich?«

»Der Dieb, die Frau und ihr Liebhaber.«

»Waren da nicht vier?«

»Stimmt. Lass mich überlegen.« Daniels Blick fiel auf die Getränkekarte. »Ich weiß es.«

»Und?«

»Der Koch.«

»Genau. Der Dieb, der Koch, die Frau und ihr Liebhaber. Oder hieß es: Der Koch, der Dieb, die Frau und ihr Liebhaber?«

»Egal. Auf jeden Fall sind es diese vier.«

»Ja, und?«

»Die Frau des Wirts konnte nicht sonderlich gut kochen.«

»Stimmt. Und deswegen gab es einen Koch, nicht wahr?«

»Ja, das hat sogar der Wirt erwähnt, aber.« Daniel stockte.

»Was aber?«

»Wo steckte der Koch?«

»Als wir in der Gaststätte waren?«

»Ja. Als wir kamen, als die Skins kamen, als randaliert wurde, als geschossen wurde, als wir gingen, als die Polizei kam und so weiter. Kein Wort vom Koch in den Zeitungen. Auch nicht als Opfer, was ja auch möglich wäre.«

»Vielleicht hatte er frei.«

»Ja, vielleicht. Aber lass uns lieber mit dem Schlimmsten rechnen, Bernd: Der Koch hielt sich in der Kneipe auf, und die Polizei sprach mit ihm.«

Bernd rieb sich das unrasierte Kinn. »Das glaube ich nicht. Der Koch hat vielleicht unser Auto oder uns gesehen und hätte das der Polizei bestimmt erzählt. Dann wären die Zeitungen voll mit Phantombildern von uns. Es wäre überall Polizei unterwegs auf der Suche nach uns und dem Fiesta.«

Daniel nickte. »Trotzdem: Wo befand sich der Koch, als es im Gastraum losging? Warum hat ihn niemand gesehen? Weder vorher noch nachher? Und wo ist er jetzt?«

»Nehmen wir mal an, der Koch sieht uns kommen. Und die Skins. Spätestens dann bekommt er Schiss und macht die Biege, oder?«

»Natürlich. Nur wohin?«

»Keine Ahnung, wohin ein türkischer Koch flüchtet, der in so einem Kaff arbeitet.«

»Ich auch nicht, Bernd.«

»Was schlägst du also vor?«

»Lass uns erst einmal abwarten.«

Danach schwiegen sie eine Zeit lang. Bis Bernd endlich sagte: »Mein Gott, ihr seid ja gestern schnell bei der Sache gewesen.«

Etwas später kamen die Mädchen und setzten sich zu ihnen an den Tisch. Steffi hatte sich einen dieser kurzen

Röcke gekauft, die – nach Steffis eigener Aussage – zu eng anliegen, um die Beine zu bewegen.

»Hui, ein ganz kleines Schwarzes.« Bernd hielt sich den Rock vors Gesicht. Er schnupperte daran.

»Gefällt er dir?« Steffi lächelte.

»Ja.«

Daniel wandte sich an Britta. »Hast du dir nichts gekauft?«

»Ich habe da zwar was gesehen, aber ich konnte mich nicht so recht entscheiden, und da dachte ich, ich frage dich mal, ob du nicht Lust hast, mitzukommen, um dir das Teil anzuschauen und mich zu beraten. Ich meine, natürlich nur, wenn dir danach ist. Ich bin halt manchmal ziemlich unentschlossen, und Steffi konnte mir nicht so recht helfen.«

Daniel lächelte, denn dieser Vorschlag wischte seine letzten Bedenken weg, er könne in Brittas Augen doch nur ein One-Night-Stand sein.

»Warum lächelst du?«, fragte sie.

»Weil ich dich beim Klamottenkauf beraten soll.«

»Findest du das nicht gut?«

»Im Gegenteil: Ich finde es sehr schön.«

Nun lächelte Britta.

»Warum lächelst du?«

»Weil ich es schön finde, dass du es schön findest.«

Nun lächelten beide.

»Kriegt euch mal wieder ein«, rief Bernd.

»Turteltauben«, stimmte Steffi ein.

Kurz darauf erreichten Britta und er die Boutique. Britta zog eine weiße Bluse über und betrachtete sich unschlüssig vor dem Spiegel.

»Und?«

»Klasse.«

»Ehrlich?«

»Natürlich ehrlich.«

»Soll ich sie kaufen?«

»Auf jeden Fall. Steht dir fantastisch.«

»In T-Shirts fühle ich mich eigentlich wohler.«

»Mag ja sein. Aber in dem Teil siehst du einfach umwerfend aus.« Am liebsten hätte er sich nach hinten fallen lassen, um seinen Worten Nachdruck zu verleihen. Aber er hatte Bedenken, unglücklich zu stürzen, irgendwo mit dem Kopf aufzuschlagen und sich üble Verletzungen zuzuziehen. Dazu fühlte er sich weiß Gott nicht in der Stimmung.

»Du Charmeur.«

»Nee, ehrlich: Wenn ich dich so sehe, könnte ich mich glatt in dich verlieben.«

»Und warum tust du es nicht?«

»Weil ich es schon bin.«

»Ja?«

»Ja.«

Sie zog ihn zu sich, packte ihn regelrecht am Kragen. Ein kleiner Anfall von Brutalität. Ein netter kleiner Anfall. Sie küsste ihn. »Ich habe dich lieb.«

KAPITEL 21

Karsten Müller hieß der einzige Skinhead in Wittmar, genauer gesagt der einzige aktenkundige Skinhead. Eine Körperverletzung vor drei Jahren. Schlägerei vor einer Kneipe in Salzgitter-Lebenstedt. Die Sache war im Sande verlaufen, doch die Akte existierte noch. Müller war 23 Jahre alt und arbeitslos. Er wohnte allein in Wittmar, zufällig ganz in der Nähe des Fußballplatzes, den Helmut nur zu gut kannte.

Helmut störte es nicht, an diesem Samstag zu arbeiten. Er würde allerdings lieber den Koch suchen. Vor allem nach der vergangenen Nacht, in der ihn wie so häufig Abdullah aufgesucht hatte. Doch diesmal verlief der Albtraum etwas anders ab als sonst. Als Schauplatz diente nicht die Gasse neben der Gaststätte zur Linde, sondern eine Art Scheune. Zumindest sah es im Innern so aus.

Als der Traum losging, stand Helmut bereits in dieser Scheune. Sie war weitgehend leer, nur hier und da lagen Strohballen herum, nicht gestapelt, sondern einzeln, bunt verteilt, ohne erkennbares System.

Helmut hielt seine Pistole in der Hand, schussbereit, doch Abdullah konnte er zunächst nicht sehen. Stattdessen lungerten in einer der Ecken einige Skins herum: die Toten von Wittmar. Sie waren unverletzt, und je stärker Helmut sich auf diese Gruppe konzentrierte, desto deutlicher wurde, dass die Rechtsradikalen nicht einfach nur herumlungerten. Sie schlugen und traten auf zwei andere Menschen ein.

Helmut erkannte einen der beiden: Ali, den Wirt. Auch das andere Opfer sah südländisch aus. Das musste der Koch sein.

Helmut wollte gerade zu den Skins rennen, um den ungleichen Kampf zu beenden, als er eine Bewegung seitlich von sich wahrnahm. Er drehte sich und sah die junge Frau, die ihn möglicherweise an Abdullahs Bande verraten hatte. Richtig, sie hieß Marina. Schräg hinter ihr lauerte ein Mann in Marinas Alter, etwas unscharf, Gesicht und Kleidung nur schwer zu erkennen. Scharf und deutlich stach nur das hervor, was er in der linken Hand hielt: ein großes Bierglas.

Sollte das etwa einer der Männer sein, die mit Ali Bier und Raki getrunken hatten? Und war Marina seine Komplizin?

Irgendwie kam ihm der Mann bekannt vor. Helmut erinnerte sich an eine kurze Szene vom Nachmittag. Ein Auto, das vor der Ampel am Grünen Platz wartete. Hatte dieser Mann am Steuer gesessen?

Halt, was war das? Auf einmal sah Helmut auch die rechte Hand des Mannes: Sie hielt eine Pistole. Und plötzlich steckte auch in Marinas rechter Hand eine Waffe. Schon sprinteten die beiden los, der Mann ließ zuvor sein Glas fallen. Sie rannten auf Helmut zu, kamen immer näher.

Helmut war außerstande, ihnen auszuweichen, selbst, als die beiden nur noch einen Meter entfernt waren. Doch das war überhaupt nicht nötig, denn Marina und der Fremde liefen einfach durch ihn hindurch, sie interessierten sich nicht für Helmut, sondern für die Skins.

Im selben Augenblick materialisierte sich an der Stelle, an der Marina und der Fremde gestanden hatten, eine ganz in Weiß gekleidete Gestalt. Abdullah.

Im Gegensatz zum Abend in der Gasse verzichtete Abdullah auf Spielereien, er stürzte sofort los und schwang seinen Baseballschläger.

Helmut schoss.

Er wachte schweißgebadet auf. Marianne wachte ebenfalls auf und fragte ihn nach seinem Traum. Er erzählte ihr nur die halbe Wahrheit, nichts von Marina und dem Fremden. Nichts von Ali und dem Koch. Marianne sorgte sich ohnehin genug, wenn er von Abdullah träumte.

Mit zitternden Knien ging er zur Toilette. Auch wenn er nicht alle Elemente des Traums begriff (vor allem nicht Marinas Rolle), wusste er doch, dass es immer dringender wurde, diesen Koch zu finden.

Ein weiterer Gedanke ließ ihm keine Ruhe: Sollte die Schießerei tatsächlich so etwas wie Notwehr gewesen sein, der Versuch zu helfen? Vielleicht war es sogar gelungen, dem Koch zu helfen? Sogar der Schuss in den Rücken musste nicht unbedingt eine Hinrichtung gewesen sein. Stattdessen ein versehentlicher Treffer? Ein Querschläger? Der Koch wusste es eventuell.

Doch der Koch musste sich gedulden. Denn nun wartete Helmut mit dem Kollegen Ostheim vor diesem weiß gestrichenen Mehrfamilienhaus am Fuße der Asse und drückte zum dritten Mal auf die Klingel.

Endlich ertönte der Summer, und Helmut drückte die Tür auf. Im Treppenhaus roch es nach Desinfektionsmittel, ein Hund bellte bedrohlich.

Karsten Müller wohnte im Erdgeschoss, seine Tür war verschlossen; das Hundebellen kam aus seiner Wohnung.

»Wahrscheinlich so ein Kampfhund«, spekulierte Ostheim.

»Bloß nicht, ich kann schon Pudel nicht leiden«, antwortete Helmut. Da sich die Tür zu Müllers Wohnung nicht öffnete, klingelte er auch dort.

»Wer ist da?«, rief jemand durch die verschlossene Tür. Der Hund bellte laut.

»Polizei.«

Die Tür öffnete sich einen Spalt, gesichert durch eine Kette. Eine Hundeschnauze quetschte sich hindurch. Es war kein Pudel. Eher einer dieser Kampfhunde. Er fletschte die Zähne.

»Dienstmarken«, schnauzte die Stimme hinter der Tür.

»Erst den Hund weg«, befahl Ostheim.

»Dienstmarken!«

Der Hund bellte lauter.

Helmut und Ostheim sahen sich unschlüssig an, holten schließlich ihre Dienstmarken heraus und hielten sie Richtung Türspalt.

»Los, Hermann, ich bring dich kurz ins Badezimmer.«

Türen wurden geöffnet und geschlossen. Das Bellen wurde leiser, und endlich löste Müller die Kette und öffnete die Tür.

»Was wollt ihr?« Müller posierte in Unterhemd und Bundeswehrhose im Türrahmen. Barfuß. Seine Haare waren kurz geschnitten, aber er trug keine Glatze. Er war unrasiert und sah übermüdet aus.

»Mit Ihnen reden«, sagte Ostheim.

»Habt ihr einen Durchsuchungsbefehl?«

»Wir möchten reden. Hier und jetzt oder nachher auf dem Präsidium. Das können Sie sich aussuchen. Aber wir werden reden.« Ostheim wirkte ruhig und bestimmt. Das mochte Helmut an ihm.

»Worüber?«

»Über gestern.«

»Gestern?«

»Restaurant Ephesus. Ein paar Meter von hier.«

»Da bin ich gestern nicht gewesen.«

»Das behauptet auch niemand. Aber es gab acht Tote dort, und wir müssen herausfinden, wer dafür verantwortlich ist.«

»Irgendwelche Schweine waren das. Kanaken oder so. Die werden bald merken, dass sie da einen Fehler gemacht haben. Und was für einen. Seid ihr fertig?« Müller blieb demonstrativ im Türrahmen stehen. Aus dem Badezimmer drang das Bellen leicht gedämpft zu ihnen.

»Nein, wir möchten gern etwas länger mit Ihnen sprechen, Herr Müller. In der Wohnung?« Ostheim blieb ruhig.

»Leute, ich bin gerade aufgewacht.«

Helmut schaltete sich ein. »Herr Müller, Ihnen scheint doch daran gelegen zu sein, dass wir den Mord schnell aufklären. Vielleicht können Sie etwas dazu beitragen. Je rascher wir diese Information bekommen, desto schneller schnappen wir die Täter.«

»Und was macht ihr dann mit denen? Paar Jahre Gefängnis und fertig. Abgeknallt gehören die. Wie Vieh.«

»Eins nach dem anderen, Herr Müller. Erst mal müssen wir sie finden, dann sehen wir weiter.« Helmut ging einen Schritt nach vorn.

Endlich machte Müller ihnen Platz und ließ sie in die Wohnung. »Aber Kaffee koche ich euch keinen, damit das klar ist.«

Kurz darauf saßen sie zu dritt in Müllers Küche, wo sich der Abwasch in der Spüle und darum herum stapelte und selbst der Tisch voller Geschirr stand, zum Teil mit verkrusteten Essensresten. Mitten auf dem Tisch thronte ein übervoller Aschenbecher.

Insgesamt kein schöner Anblick, und der Geruch passte leider perfekt. Kalte Asche und altes Fett.

Helmut wusste nicht so recht, wohin er schauen sollte, denn auch Müller sah alles andere als frisch aus. Schließlich entdeckte Helmut etwas, das ihn ablenkte, seine Laune gleichwohl nicht gerade verbesserte. Im Gegenteil. Neben der Küchentür hing ein altes Wahlplakat einer Partei namens ANE, der Arbeitsgemeinschaft Nation Europa. Es ging um die Europawahlen des Jahres 1977, und diese Partei hatte offenbar den Hitler-Stellvertreter Rudolf Heß als Kandidaten aufgestellt.

Heß saß doch 1977 in diesem Spandauer Gefängnis, überlegte Helmut und merkte nicht, wie Müller seinem Blick folgte.

»Ein echter Deutscher. Den haben die Scheißrussen auf dem Gewissen.« Müller nickte grimmig.

Richtig, dachte Helmut, Heß war vor ein paar Jahren im Gefängnis gestorben. Laut sagte er. »Mag sein, Herr Müller. Doch jetzt mal zu unserem Thema: Sie wissen also, was gestern hier los war?«

»Ja, klar.«

»Unter den acht Opfern sind sieben Skinheads. Wir konnten sie mittlerweile allesamt identifizieren und haben Fotos von ihnen, leider nur welche von gestern.« Ostheim holte eine Mappe aus seiner Tasche und wollte die Fotos auf dem Tisch ausbreiten, doch dort fand er keinen Platz. Es blieb ihm nichts anderes übrig, als Müller die Fotografien nacheinander in die Hand zu drücken und ihm den Namen des jeweiligen Opfers zu nennen. »Kennen Sie einen von denen, Herr Müller?«

»Nee, nie gesehen, die Jungs, und die Namen nie gehört. Die kommen eh alle aus dem Osten. Mit den Jungs von dort habe ich nichts zu schaffen. Ich hänge nur mit Leuten aus Wolfenbüttel und Lebenstedt ab.«

»Zwei kommen aus Jerxheim, Landkreis Helmstedt«, erklärte Helmut.

Müller steckte sich eine Zigarette an. »Echt? Ich dachte, das liegt drüben.«

Ostheim kramte ein achtes Foto hervor und zeigte es Müller: »Ali Sahin, ein weiteres Opfer. Kennen Sie ihn?«

»Soweit ich weiß, ist das der Kanake, der die Kneipe unten an der Leipziger Straße betreibt.«

»Herr Sahin war Türke, und nun ist er tot. Zeigen Sie sich bitte etwas respektvoller.« Nur mit Mühe gelang es Helmut, ruhig zu bleiben. Zum einen das Wahlplakat, zum anderen Müllers rassistische Wortwahl.

»Nennt ihr ihn, wie ihr wollt. Ich nenne ihn jedenfalls Kanake.« Müller blies seinen Qualm absichtlich mitten in Helmuts Gesicht.

Bevor Helmut seinen Arm auch nur ansatzweise heben konnte, lag Ostheims Hand darauf. Der Kollege erwies sich als wesentlich abgebrühter, und nun übernahm er wieder die Gesprächsführung. »Kannten Sie Sahin denn persönlich?«

»Natürlich nicht.«

»Waren Sie jemals in diesem Restaurant?«

»Nicht, seit es ein Kanakenschuppen ist. Früher schon, als es noch eine deutsche Gaststätte war.«

Helmut spürte den Zorn in sich aufsteigen, aber wieder war Kollege Ostheim flinker: »Für uns stellt diese Sache von gestern ein Riesenrätsel dar, Herr Müller. Wir können uns vorstellen, dass Ihre Kameraden dorthin gekommen sind, um den Laden zu demolieren. Sehen Sie das auch so?«

»Klar, warum nicht?«

»Aber Sie als einheimischen Kameraden hat man nicht darüber verständigt?«

»Hä? Die müssen mich doch nicht um Erlaubnis bitten.«

»Aber vielleicht mal hören, ob sie mitmachen möchten?«

»Alter, ich kenne die Typen nicht. Kannte sie nicht, meine ich. Und die kannten mich nicht.«

»Aber Sie hätten gern mitgemacht, nicht wahr?«

Helmut bewunderte Ostheims Taktik.

Müller ließ sich nicht aus der Reserve locken. »In meinem Heimatdorf? Spinnt ihr?«

Die Antwort klang einerseits bizarr (in einem anderen Ort würde Müller sich gern daran beteiligen, ein Lokal kurz und klein zu schlagen), andererseits glaubte Helmut sie, da diese Antwort einer gewissen Logik entsprang. Er hatte sich mittlerweile wieder etwas besser im Griff und stellte die nächste Frage: »Wie gesagt: Wir können uns vorstellen, dass Ihre Kameraden gekommen sind, um den Laden zu demolieren. Aber offenbar töteten sie bei dieser Gelegenheit den Wirt. Glauben Sie, Ihre Kameraden hatten das von Beginn an vor?«

»Heiße ich Jesus?«

»Dass Ihre Kameraden Ausländer umbringen wollen, das passiert durchaus. Letztes Jahr Hoyerswerda.«

»Merkt ihr es eigentlich? Die Kameraden in diesem Hoyerswerda kenne ich erst recht nicht. Keine Ahnung, wo das Kaff liegt. Geht mir eh schwer am Arsch vorbei. Und die nächste Frage könnt ihr euch schenken: Ich habe noch keinen umgebracht. Noch nicht mal einen Kanaken.«

Wieder landete eine Ladung Qualm in Helmuts Gesicht, doch diesmal war er vorbereitet. »Okay, dann fällt diese Frage weg. Schlimmstenfalls hatten Ihre Kameraden von Anfang an vor, Herrn Sahin zu töten. Dann kam alles anders, und am Ende lagen Ihre sieben Kameraden tot auf dem Boden.«

»Das waren nicht meine persönlichen Kameraden – wie oft soll ich das denn noch sagen?«

»Können Sie sich denn vorstellen, was passiert ist?«

»Irgendwelche Kanaken haben die feige abgeknallt. Was sonst?«

»Aber woher sollen diese Leute gekommen sein?«

»Die haben in der Kneipe auf die Kameraden gewartet.«

»Aber warum lassen sie dann zu, dass Herr Sahin zu Tode geprügelt wird?«

»Ich habe keine Ahnung, wie diese Kanaken ticken. Ist mir auch scheißegal, Leute.«

»Sie glauben also, die Landsleute von Herrn Sahin waren bereits in der Kneipe?«

»Ja, klar.«

»Zufällig oder mit Absicht?«

»Hä?«

»Zufällig oder mit Absicht, weil sie auf Ihre Kameraden warteten, ihnen also eine Falle stellten?«

»Was für eine Falle? Woher sollen die Kanaken denn wissen, dass meine Kameraden kommen?«

»Also Zufall?«

Müller steckte sich eine neue Kippe an. »Klar.«

»Und die Pistolen trugen die Türken demnach auch zufällig mit sich?«

»Haben die doch immer. Und Messer.«

Helmut schluckte. Die letzten Fragen hatte er abwechselnd mit Ostheim gestellt. Diese kleine Choreografie hatten sie nicht einstudiert. Das ergab sich meist so. Deshalb arbeitete Helmut auswärts gern mit Ostheim zusammen, zumal dieser ihm bei Verhören nie das Gefühl gab, wegen der beiden Dienstgrade, die sie trennten, minderwertig zu sein. Selbst seine eingebildete Rivalität um die Nachfolge der Dienststellenleitung konnte Ostheim in solchen Momenten ausklammern. Dennoch ahnte Helmut, dass der Kollege sehr bald eine Frage stellen würde, um Stahlmanns Theorie der Ereignisse im Ephesus zu untermauern. Nun geschah es.

»Wir gehen davon aus, dass Ihre Kameraden nicht zufällig auf ihre Mörder trafen und es sich bei diesen Mördern um eine andere Bande handelt.«

Müller fiel beinahe die Kippe aus dem Mund. »Was für eine Scheißbande denn?«

»Andere Skins? Türken? Rocker? Auf jeden Fall dürfte es um Revierkämpfe gegangen sein.«

Jetzt lachte Müller. »Revierkämpfe? Das ist doch Schwachsinn. Was für ein Scheißrevier soll denn Wittmar sein?«

»Nicht Wittmar allein. Die ganze Gegend. Verschiedene Gangs versuchen, den Landkreis zu kontrollieren. Wir denken unter anderem an Schutzgelderpressung.«

Müller drückte seine Kippe aus. »Das wird ja immer kranker. Gangs, Revierkämpfe, Rocker, Schutzgelderpressung – wo leben wir? In der Scheißbronx? Hier gibt es nirgends was zu holen. Allenfalls in Braunschweig.«

Ostheim blieb dran. »Vielleicht stammt die eine Gang ja aus Braunschweig und will ihr Gebiet erweitern – und Ihre Kameraden kamen denen in die Quere.«

»Nee, ist klar. Und der Boss der Gang heißt Al Capone, oder was?«

»Das nicht, Herr Müller. Aber beim Rest sind wir uns sicher.«

Im Gegensatz zu Ostheim war Helmut davon keineswegs überzeugt. Er konnte aber schlecht seinem Kollegen in den Rücken fallen – und dann ausgerechnet vor diesem Miststück.

Müller stand auf. »War es das jetzt?«

Auch Helmut und Ostheim erhoben sich, und die drei Männer schritten Richtung Flur. Sofort fing der Hund im Badezimmer wieder an zu bellen; während der Befragung hatte er sich weitgehend still verhalten.

Plötzlich drehte sich Müller zu Helmut um und sah ihm direkt ins Gesicht. »Jetzt fällt mir wieder ein, wo ich deine Visage schon mal gesehen habe. In der Bildzeitung. Du hast letzte Woche diesen Kameltreiber abgeknallt, stimmt's? Sauber, Alter. Gibt ja doch ein paar gute deutsche Polizisten.«

Umgehend spürte Helmut wieder Ostheims Hand auf seinem Arm – bevor er überhaupt daran dachte, den Arm zu bewegen. Helmut sagte kein Wort, auch nicht, als er mit Ostheim zurück zur Dienststelle fuhr.

Ostheim schwieg ebenfalls. Wahrscheinlich dachte er darüber nach, ob Müller irgendetwas von sich gegeben hatte, was seine Theorie mit den rivalisierenden Banden erhärtete.

Helmut hatte sich während des Gesprächs mit Müller nichts notiert, das in dieser Richtung verwertbar wäre. Im Gegenteil. Aber wer weiß, was Ostheim aufgeschrieben hatte – oder nachträglich hinzufügte?

KAPITEL 22

Er traf Kemal zu Hause an. Fikret erzählte ihm die ganze Geschichte. Anschließend sprach sein Bruder wie üblich vom Abwarten. Zunächst einmal die Meldungen über den Vorfall. Was genau passiert war. Bloß nicht die Polizei benachrichtigen. Nicht ohne gültige Papiere. Vielleicht klärte sich ja alles. Zum Guten. Man durfte die Hoffnung nicht verlieren. Abwarten.

Fikret wartete ab: von Freitagnachmittag bis Samstagabend. Es gab Meldungen über den Vorfall, die Kemal ihm übersetzte. Ali war tot, offensichtlich von den Nazis erschlagen. Schlimm. Auch alle Nazis waren getötet worden.

Von den beiden anderen Gästen, dachte Fikret.

Das waren gute Männer. Die Polizei hatte keine Ahnung, dass sie überhaupt existierten. Die Polizei vermutete einen Bandenkrieg. Die Polizei in Deutschland sei ziemlich dämlich, meinte Kemal. Und: Man müsse noch länger warten.

Mittlerweile hatte Fikret genug davon. Genug vom Herumsitzen in der Wohnung seines Bruders. Genug vom Starren auf die Tapete, auf den Aschenbecher, auf den Tisch mit der Marmorplatte, auf den Fernseher, wo er sowieso nicht verstand, worüber die Schauspieler redeten.

Er musste raus, eine halbe Stunde oder länger an der frischen Luft herumlaufen. Hier drinnen würde er unweigerlich eingehen.

Sein Bruder war nicht da. Niemand hielt ihn davon ab, hinauszugehen.

Fikret streifte durch die breiten Straßen, die diesen Teil der Stadt bestimmten. Es gab nur vereinzelte Geschäfte und Kneipen. Niemand hielt sich draußen auf, stellte seinen Stuhl auf den Bürgersteig, um mit Nachbarn und Freunden zu reden und Tee zu trinken.

Überall nur Leere und Kälte.

Warum bloß hatte er auf die anderen gehört? Auf seinen Bruder? Auf seinen Vater? Das hatte er nun davon: Einsamkeit und Unglück. Die Gefahr, aus dem Land gewiesen zu werden. Die Blamage im Heimatdorf.

Ach, sollten sie ihn doch entdecken. Dann wäre es wenigstens vorbei. Besser als diese ständige Vorsicht, diese Unruhe, die allgegenwärtige Gefahr.

Er überquerte einen Zebrastreifen. Da hinten gab es einen Biergarten. Menschen saßen dort. Redeten. Lachten. Vielleicht konnte man dort sogar so etwas wie Wärme finden. Ihre Art von Wärme. Wie es ihre Art zu reden war. Zu lachen. Zu leben.

Ja, sie redeten und lachten. Sie lebten. Aber er gehörte nicht zu ihnen. Würde niemals zu ihnen gehören.

Daheim in der Türkei hätte auch er lachen können und reden. Ja, daheim. Er blickte nicht mehr zum Biergarten hinüber. Daheim. Daheim. Daheim. Tränen stiegen in seine Augen.

KAPITEL 23

Simone tanzte durch ihr Zimmer. Samstagabend, kurz nach halb acht, im Radio lief die internationale Hitparade, und sie hatte es endlich geschafft, eine Kassette zu kaufen, um die besten Songs mitzuschneiden. Dazu die Aussicht auf eine Grillparty.

Cher sang gerade, wie wichtig ein Kuss sein konnte. Ein starkes Lied, das sie natürlich aufnahm. Genau wie den folgenden Song, »Joyride«, auf Platz 4. So langsam wurde es spannend. Auf Platz 3 folgte »Altogether now«. Das Lied brauchte sie allerdings nicht aufzunehmen, die aktuelle CD der Band stand längst in ihrem Regal. Wer wohl auf den Plätzen 2 und 1 lag?

In diesem Augenblick hörte sie ihre Mutter rufen.

»Simone.«

»Ja?«

»Telefon.«

»Komme.«

Sie sprang die Treppe hinunter und hörte, wie ihre Mutter »Sie kommt« in den Hörer sprach.

»Ja? Hier Simone.«

»Hallo, Simone, hier ist Holger.«

Holger war Gastgeber der heutigen Party. Ein Arbeitskollege von ihr und früher auch von ihrer Freundin Britta. Ein netter Kerl, allerdings stand er eher auf Britta.

»Ja, was gibt es, Holger?«

»Du hast doch eine umfangreiche Plattensammlung?«

»Hauptsächlich CDs.«

»Ja, klar, meine ich ja. Könntest du bitte ein paar davon mitbringen? Ich passe höchstpersönlich darauf auf. Verspreche ich dir.«

»Kann ich machen. Was denn für Musik?«

»Am besten so aktuelle Sachen. House und Rave. Älteres besitze ich selbst genug. Aber es kommen jede Menge Leute, die lieber diesen neuen Discomurks hören.«

»Ein paar Ravesachen stehen in meinem Regal. House etwas weniger. Snap.«

»Snap ist okay. Die mag ich sogar. Du kommst zusammen mit Britta, oder?«

War ja klar, dass er nach ihr fragte.

»Ja, ich hole sie nachher ab. Läuft der Grill?«

»Mache ich gleich an.«

»Okay. Bis dann.«

»Ja, bis dann. Denke bitte an die CDs.«

Ja, Holger war ein Netter. Vielleicht ein bisschen langweilig auf Dauer.

Sie kam zurück in ihr Zimmer. Im Radio liefen die Nachrichten. Wieder diese Geschichte in Wittmar mit den ganzen Toten. Schrecklich. Außerdem hatte sie dank Holger verpasst, wer die Nummer 1 in der Hitparade war. Wie blöd.

Sie spulte die Kassette zurück und ließ sich ein weiteres Mal von Cher aufklären. Den Refrain sang sie laut mit. Dann zog sie einen Pullover über, sprang die Treppe hinunter, verabschiedete sich von ihren Eltern, schwang sich in ihren Wagen und fuhr los.

KAPITEL 24

»Alles, nur nicht Marius!«

Sie waren zurück in Brittas Wohnung, Britta kniete vor ihrer Plattensammlung und suchte verzweifelt nach Musik, die auch Daniel gefiel.

Bernd und Steffi waren in Steffis Wohnung gefahren. Am Abend würden sie sich eventuell wieder treffen.

Was danach geschehen würde, blieb vollkommen unklar. Daniel hatte zwar allerhand mit Bernd besprochen, aber das Wichtigste hatten sie ausgeklammert. Stattdessen hatten sie sich schweigend darauf verständigt, vorerst bei den Mädchen zu bleiben, ihr unverhofftes Liebesglück zu genießen.

Ob Bernd und Steffi genauso verliebt waren wie Britta und er, blieb einstweilen unklar. Ebenso wenig wusste Daniel, wie Bernd sich wirklich fühlte. Hatte auch er einen Albtraum gehabt letzte Nacht?

Über derart persönliche Angelegenheiten sprach Bernd selten. Er war kein nachdenklicher Typ wie Daniel. Eher impulsiv. Ihrer Freundschaft tat es bestimmt gut, dass sie sich nicht allzu ähnlich waren, sich vielmehr ergänzten. Nur auf tiefgreifende Gespräche durfte man bei Bernd nicht hoffen.

»Tracy Chapmann?«

»Gott bewahre.«

»Also nicht?«

»Nein.«

»BAP?«

»Muss nicht sein.«

»Mann, das ist aber kompliziert mit dir.«

»Ach, mach einfach irgendwas. Außer Tracy Chapmann, Marius oder BAP.«

»Kommst du bitte selbst mal gucken?«

Er krabbelte zu ihr. Sie drehte sich zu ihm um und schaute ihn, wie er meinte, herausfordernd an. »Guck nicht so frech.«

»Ich gucke, wie ich will«, erwiderte sie mit gespieltem Trotz.

»Dann guck doch, wie du willst.« Daniel griff sie an der Taille und warf sie vorsichtig auf den Rücken und sich selbst über sie.

»Hilfe«, rief sie.

»Wie? Hilfe?«

»Du kannst mich doch nicht einfach umwerfen.«

»Du hast doch gesehen, wie gut ich das kann.«

»Macho.«

Zum Glück klingelte das Telefon erst mehrere Stunden später. Britta machte sich gerade im Badezimmer hübsch, Daniel ruhte sich vor dem Fernseher aus. Die Sportschau lief; der VfB Stuttgart, Borussia Dortmund und Eintracht Frankfurt marschierten weiterhin im Gleichschritt zur deutschen Meisterschaft.

»Telefon«, rief er in Richtung Badezimmertür.

Britta kam heraus, sie trug nur ein T-Shirt. Unten herum war sie vollkommen nackt. Ihre Haare waren nass.

»Mach mal bitte leiser.« Britta nahm den Hörer ab.

»Ja?«

...

»Ach, hallo. Ich wollte dich gerade anrufen.« Sie schnitt eine Grimasse, die wohl andeuten sollte, dass sie das keineswegs vorgehabt hatte.

...

»Nee, das klappt heute Abend doch nicht.«

...

»Mir geht es irgendwie nicht so gut.«

...

»Weiß nicht. Wohl was mit dem Magen oder so.« Britta hielt sich bei diesen Worten tatsächlich den Bauch.

...

»Nee, lass mal, ich würde dir nur den Abend verderben.«

...

»Was?«

...

»Nee, ist lieb von dir. Ehrlich. Aber ich weiß, es ist besser, wenn ich allein bin, wenn es mir nicht so gut geht.« Wieder schnitt sie eine dieser Grimassen. Sie telefonierte offensichtlich mit einem ihrer Verehrer. Jemandem, mit dem sie für heute Abend verabredet war. Und der gerade ganz geschmeidig abserviert wurde.

…

»Ich melde mich dann bei dir.« Beim Auflegen fügte sie hinzu: »Oder auch nicht.«

»Ein Verehrer von dir?« Daniel gab sich unbeteiligt.

»Vergiss es einfach.«

»Aber du warst irgendwie mit ihm verabredet, oder?«

»Ja, er hat mich zu seiner Grillparty heute Abend eingeladen. Es kommen einige nette Leute. Wird bestimmt klasse. Eigentlich schön blöd von mir, hierzubleiben.«

»Warum tust es denn?«

»Muss ich das wirklich sagen?«

»Ich denke nicht.«

Bevor sie ein weiteres Mal in inniger Umarmung verschmelzen konnten, klingelte erneut das Telefon.

Steffi wollte besprechen, was man am Abend zusammen unternehmen könnte. Das dauerte keine Minute, denn eigentlich wollte niemand irgendetwas unternehmen. Alle blieben lieber zu Hause und …

»Und was?«, fragte Britta, nachdem sie aufgelegt hatte.

Bevor Daniel antworten konnte, klingelte es erneut – diesmal an der Haustür. Britta schlich zum Fenster und spähte nach unten. »Mist, die habe ich völlig vergessen.«

»Hm?« Daniel wollte zu Britta gehen, aber sie bedeutete ihm, sich vom Fenster fernzuhalten.

»Meine Freundin Simone. Sie will mich abholen und mit mir zusammen zu dieser Grillparty fahren.«

»Und jetzt?«

»Nichts.« Britta zuckte mit den Schultern. »Ich reagiere einfach nicht. Simone wird denken, ich bin nicht zu Hause, und fährt wieder. Zum Glück habe ich mein Auto in der Parallelstraße geparkt und sie sieht es nicht.«

»Aber der Gastgeber wird deiner Freundin doch nachher erzählen, wie er mit dir telefoniert hat und was du ihm erzählt hast. Krankheit und so. Das passt doch hinten und vorn nicht.«

»Hättest du es lieber, wenn ich mitfahre, damit du in Ruhe deine Sportschau gucken kannst?«

»Welche Sportschau?« Mit der Fernbedienung schaltete Daniel den Fernseher aus.

KAPITEL 25

Vom Haus ihrer Eltern bis zu Britta waren es nur ein paar Minuten. Simone musste bloß aufpassen, nicht an der kleinen Straße, die zu Simones Wohnung führte, vorbeizufahren. Zum Glück gab es da eine Fußgängerampel. Dahinter ging es rechts rein und kurz darauf wieder rechts. Jetzt eine Parklücke suchen, möglichst in der Nähe von Hausnummer 3.

Sie fand tatsächlich eine Lücke, direkt neben dem Weg, der zum Hauseingang führte. Wo wohl Britta ihren kleinen roten Seat Marbella geparkt hatte?

Simone erreichte den Hauseingang und klingelte. Sie wartete, kontrollierte das Schild an der Klingel. Dann klingelte sie wieder. Nichts tat sich. Eine Minute verging. Sie klingelte ein drittes Mal. Wartete einige Augenblicke länger, zuckte mit den Schultern und stiefelte zurück zu ihrem Auto.

Wenigstens wusste sie nun, warum sie vergeblich nach Brittas Auto gesucht hatte. Britta war nicht daheim. Lag ein Missverständnis vor? Nein, sie sollte Britta von zu Hause abholen. Darüber hatten sie gestern gesprochen, bevor Britta mit Steffi losgezogen war. Seitdem hatte sie nichts mehr von Britta gehört.

Kurz darauf fuhr Simone am Bahnhof vorbei. Da war doch noch was, oder? Sie überlegte. Mist, die CDs! Ausgerechnet. Umkehren? Ach nee, so wichtig dürfte es wohl nicht sein. Obwohl, hatte nicht Holger extra deswegen angerufen? Wäre es da nicht peinlich, ohne die CDs zu kommen? Halt, musste sie nicht hier links rein? Klar. Sie riss das Steuer herum. Stand da nicht eine Extraampel für

Linksabbieger? Oh, Gott, da rannte gerade jemand über die Straße. Bremsen. Bremsen. Sie kam zum Stehen. Aber kurz zuvor hatte es einen dumpfen Aufprall gegeben.

***

Fikret näherte sich einer Fußgängerampel, die er durch den Tränenschleier vor seinen Augen nur verschwommen erkennen konnte. Wohin spazierte er überhaupt? Wenn er hier die Straße überquerte und geradeaus weiterging, würde er dann nicht zum Bahnhof gelangen? Dort wären Züge. Züge, die ihn fortbrachten von hier. Weit fort. Er bräuchte nur ein Ticket. Das bekäme er irgendwie hin.

Er sah das grüne Männchen leuchten und trat auf die Straße.

Ehe seine Augen den Wagen wahrnahmen, hörte er das Quietschen der Reifen. Und bevor er reagieren konnte, kollidierte der linke Kotflügel des Wagens mit seinem rechten Oberschenkel.

Fikret wurde zur Seite geschleudert. Das Letzte, was er spürte, war der Aufprall auf dem harten Asphalt. Danach spürte er lange Zeit nichts.

***

Simone würgte den Motor ab, verharrte einen Moment voller Entsetzen, sah den reglosen Körper auf der Straße liegen und konnte nicht begreifen, dass sie etwas damit zu schaffen hatte. Mit schweißgebadeten Händen umklammerte sie das Lenkrad. Schweiß rann auch an ihrer Stirn herab.

Gab es dort wirklich eine Ampel für Linksabbieger? Falls ja, hatte sie grün angezeigt? Warum konnte sie sich nicht auf eine Sache konzentrieren, auf das Autofahren zum Beispiel?

Sie versuchte, auszusteigen, um nach dem Mann zu sehen. Aber ihre Hände konnten das Lenkrad nicht loslassen. Warum lief denn niemand hier herum? Warum kam niemand zu ihr? Jemand, der sie bei der Hand nahm, sie tröstete? Ihr versprach, dass sich der Mann nur leicht verletzt habe und alles gut werde?

Endlich gelang es ihr, die Hände vom Lenkrad zu lösen. Sie schaffte es sogar, sich vom Sicherheitsgurt zu befreien. Das gab ihr genug neue Energie, um aus dem Wagen zu steigen.

Sie näherte sich langsam dem Mann, der reglos auf der Straße lag. Ganz in der Nähe des Rinnsteins. Hoffentlich lebt er noch, flehte sie.

Simone konnte keine Blutlache entdecken, sah überhaupt kein Blut. Vielleicht hatte es ihn nicht so schlimm erwischt? Nur eine kleine Gehirnerschütterung?

Sie kniete sich neben den Mann und versuchte, ihn zur Seite zu drehen, aber dafür fehlte ihr die Kraft. Sie konnte ihn keinen Millimeter bewegen.

Simone ließ sich erschöpft auf den reglosen Körper sinken. Sollten sie doch beide hier sterben. In der Gosse.

Sie schloss die Augen, um sich ihrem Schicksal willenlos zu ergeben. Und hätte fast nicht mehr die Stimmen der Menschen gehört, die sich schnellen Schrittes dem Unfallort näherten.

KAPITEL 26

»In Bonn gibt es auch jede Menge Rechtsanwälte«, flüsterte Daniel, als sie nebeneinander im Bett lagen und Brittas Kopf an seiner Schulter ruhte.

Als er kurz zuvor ihr Gesicht gestreichelt hatte, hatte er ihre Tränen bemerkt. »Was ist?«

»Ich habe Angst, du fährst irgendwann weg und ich sehe dich niemals wieder.«

Er wusste, dass er sehr bald aus Wolfenbüttel verschwinden musste, zwar nicht unbedingt Richtung Bonn, aber das konnte er ihr in diesem Augenblick nicht sagen. Die Nacht der Wahrheit sollte erst noch kommen. Allerdings war ihm nie zuvor so klar gewesen, dass er wiederkommen würde, zu ihr. Oder sie zu ihm. Darum hatte er die Sache mit den Anwälten erwähnt, um sich und ihr Mut zu zuzusprechen.

Britta versuchte zu lächeln. Es gelang ihr nur zum Teil. Zwei, drei Tränen begleiteten das Lächeln.

»Nein, ehrlich«, begann er, »ist es nicht egal, ob du hier oder in Bonn arbeitest? Wäre kein Akt, dort einen Job für dich zu finden.«

»Ist denn in deinem Leben dort überhaupt Platz für mich?«
»Warum soll da kein Platz für dich sein?«
»Ich weiß nicht. Du erzählst so wenig von dir und deinem Leben. Ich weiß kaum etwas darüber. Beispielsweise, ob du ein Mädchen hast – dort.«

Bonn schien in diesem Moment sehr weit entfernt zu liegen. So weit entfernt, dass er nicht einmal vor sich selbst die Frage beantworten konnte, ob er ein Mädchen hatte – dort.

Gewiss, es gab ständig Mädchen in seinem Leben. Aber er liebte keines von ihnen. Er liebte Britta. So absurd das klang – nach der kurzen Zeit, die sie einander kannten. Außerdem sah er in ihr den Rettungsanker, der ihn vor dem Ertrinken bewahrte. »Ich habe kein Mädchen dort. Und in meinem Leben ist jede Menge Platz.«

Mit diesen Worten schlief er ein.

Plötzlich saßen Bernd und er wieder im Auto. Daniel lenkte. Er war ohnehin der bessere Fahrer. Bernd trank außerdem zu viel.

Natürlich düsten sie über diese Bundesstraße. Natürlich rasten sie an der Scheune vorüber. Mehrere Male. Bis Bernd ihn an den Arm fasste und ihm zu verstehen gab, dass er nun endlich abbiegen müsse auf diesen Feldweg.

Daniel stieß Bernds Hand weg und fuhr an dem Feldweg vorbei.

Nur wenige hundert Meter später blockierten verschiedene Fahrzeuge die Straße. Polizeiautos. Vor den Autos wartete der Mann mit dem Sakko und dem Seitenscheitel. Er hielt etwas in die Höhe. Daniel konnte es nicht erkennen. Vielleicht ein Heißbrand mit einem Davidstern?

Daniel wendete. Bernd nickte. Dennoch fuhr Daniel erneut an dem Feldweg vorbei.

Erneut nur wenige hundert Meter später blockierten Fahrzeuge die Straße auch in dieser Richtung. Beim Näherkommen erkannte Daniel die Kennzeichen: Die Autos kamen aus Bonn und Berlin.

Wieder wendete er. Wieder nickte Bernd. Diesmal bog Daniel ab. Die Scheune wirkte wie immer verlassen. Das Tor stand einen spaltbreit offen. Ein diffuser Lichtschein drang heraus. Da ich heute der Fahrer bin, schicke ich Bernd in die Scheune, dachte Daniel. Doch Bernd war weg. Ist er etwa in die Scheune gegangen? Ich muss ihn suchen, ihm helfen. Daniel stieg aus. Das Scheunentor klapperte. Klar, der Wind. Daniel quetschte sich durch das Tor. Das Tor schlug zu.

Die Scheune schien leer zu sein. Keinerlei landwirtschaftliche Fahrzeuge, kein Stroh, nichts. Außer der Kette mit dem Haken mitten in der Scheune.

Genau dort qualmte es. Bernd hing am Haken.

Nein, Bernd, nein. Nein. Nein. Nein.

»Nein!«

»Was ist mit dir?«

Woher kam die Stimme? Wo war er überhaupt? Diesmal fiel es ihm schneller ein, denn dank des Mondscheins konnte er sie sehen. Britta. Zum Glück. Alles würde gut werden. Irgendwie.

Anfänglich zögerte er, mit der Wahrheit herauszurücken. Doch in dieser Nacht erzählte Britta ihm ihre Geschichte, und das löste endlich seine Zunge.

»Wir sind Seelenverwandte.«

Wer hatte das gesagt? Sie oder er? Egal.

»Wir haben einander gefunden.«

Wer hatte das gesagt? Sie oder er? Egal.

»Weil wir einander brauchen, wir können einander helfen.«

Wer hatte das gesagt? Sie oder er? Egal.

»Ich liebe dich.«

»Ich liebe dich.«

KAPITEL 27

In seiner Stammdisco in Schöningen hatte er schon länger Hausverbot. Mit seinen Kameraden hatte er zu häufig andere Gäste angepöbelt. Ihnen auf die Fresse gehauen. Wenn es Kanaken waren oder Zecken.

Warum lassen die Wichser solche Kreaturen überhaupt in eine deutsche Disco? Andererseits, wenn es eine richtige deutsche Disco wäre, käme dieses Pack gar nicht rein. Die Kanaken kämen noch nicht einmal nach Deutschland rein. Und die Zecken säßen allesamt im Lager.

Eines Tages wäre es so weit. Dann konnte er sich an den Wichsern in Schöningen rächen. Den ganzen Scheißladen kurz und klein hauen. Den Teil könnte er sogar vorziehen. Genügend Leute hätte er. Trotz der gestrigen Verluste.

Sieben Kameraden tot.

Morgen Abend würde es ihnen zu Ehren einen Fackelzug geben, in Quedlinburg. Einem Zentrum der Bewegung.

Hausverbot, wie gesagt. Deshalb saß er in dieser Dorfdisco in Schöppenstedt, die schon bessere Zeiten gesehen hatte, als der Schuppen MOT hieß, Music on Top.

Da war er noch zu jung gewesen für Discobesuche; er hatte ohnehin auf der anderen Seite des Zaunes gewohnt. Da gehörte Schöppenstedt zum Feindesland.

Er trug Zivil, keine Bomberjacke, keine Springerstiefel, natürlich erst recht keinen Baseballschläger – und außerdem eine Kappe, um die Glatze zu verdecken.

Darauf hatte sein Gegenüber bestanden, der Typ, der irgendwie mit der Republikaner-Partei verbandelt war, den

Reps, die so gern ihre Aktionen koordinierten. Es sollte alles wie vor 60 Jahren sein: hier die Partei, dort die Schläger, wie früher die SA.

In dem Haufen hätte er sich wohlgefühlt. Den roten Ärschen so lange auf die Fresse hauen, bis Ruhe war. Für immer.

Eines Tages …

Noch war die Bewegung nicht groß genug, gab es nicht genug Anhänger in der Bevölkerung. Ein paar Tausend Asylanten mehr, das würde die Sache ändern.

Siehe Hoyerswerda.

In Rostock gab es wohl gerade Ärger mit so einem Wohnblock voller Schlitzaugen. Die Reps und die von der NPD planten bereits irgendeine Aktion. Hoffentlich so erfolgreich wie in Hoyerswerda.

Die Anzugtypen würden sich dann wieder nicht die Hände schmutzig machen. Sein Gegenüber war so ein Anzugträger. Ein hohes Tier bei einer Landesbehörde in Hannover. Ein Beamter. Seine wahre Identität blieb ein großes Geheimnis. Angeblich konnte er der Bewegung sehr nützlich sein.

Sie saßen in einer Nische, konnten dank der lauten Musik in Ruhe quatschen.

Über die Sache gestern.

Der Anzugträger hatte die Sache nicht angeordnet, und selbst er hatte nichts davon gewusst.

»Also, was ist da passiert?« Der Anzugträger steckte sich eine Kippe an.

»Keine Ahnung. Alleingang von Ronny Berger, schätze ich.«

»Ein verdammter Heißsporn, dieser Ronny. Wie kam er bloß auf diese Idee?«

Das fragte er sich seit gestern ständig, es gab nur eine mögliche Erklärung. »Ich schätze, Ronny ist zufällig an diesem Kanakenschuppen vorbeigefahren und hat sich darüber aufgeregt, dass so was auf dem Land überhaupt geschehen kann. Dann hat er wahrscheinlich spontan ein paar Jungs zusammengetrommelt und ist direkt wieder hin, um dem Kanakenwirt eine Lektion zu erteilen.«

»Könnte sein. Das passt zu Ronny. Sein Bruder macht natürlich sofort mit, und dann finden sie fünf weitere Kameraden. Kanntest du die alle?«

»Die beiden aus Jerxheim nicht. Die anderen ja.« Klaus war sogar ein guter Freund von ihm gewesen. Jetzt war Klaus tot.

»Eine Scheißaktion, selbst ohne dieses Ende. Klar, der Plan ist die nationale Befreiung unserer Heimat. Aber wir wollten als allererstes die Dörfer entlang der früheren Grenze von Asylanten und anderem ausländischen Gesindel säubern und dann den Radius Stück für Stück erweitern. Wittmar hätte frühestens in die zweite Phase gehört. Eine Scheißaktion, eine richtige Scheißaktion.«

Er zuckte mit den Schultern. Der Anzugträger nervte ihn. Waren sie wirklich auf solche Bürokraten angewiesen, um ihre Heimat wieder lebenswert zu machen? Dazu brauchten sie vor allem ihre Fäuste und die Baseballschläger. Na gut, seit gestern zusätzlich Pistolen. »Scheiße ist vor allem, dass sieben Kameraden tot sind.«

»Klar, da hast du recht.«

»Hast du eine Ahnung, wie das passieren konnte? Vor allem, wer es war? Du kennst doch wen bei den Bullen.« Zum Glück gab es in den Reihen der hiesigen Polizei ein paar Patrioten.

»Hör mir mit diesen Pennern aus Wolfenbüttel auf. Die denken allen Ernstes, da tobt ein Bandenkrieg. Schutzgelderpressung! Und jetzt sind sich zwei Banden in die Quere gekommen.«

»Solche Idioten. Wer soll denn die andere Bande sein?«

Der Anzugträger drückte seine Kippe im Aschenbecher aus. »Da wird es noch abgedrehter. Terroristen, Türken, Rocker oder – jetzt halte dich fest – Mafia.«

»Mafia? Gucken die zu viel Fernsehen oder was? Und, was glaubst du, wer es war?«

»Freunde von dem Türken, die sich zufällig dort herumtrieben und helfen wollten?«

»Dann wären sie aber zu spät gekommen.«

»Um zu helfen: ja. Für den Rest nicht.«

»Woher hatten die überhaupt die Waffen?«

»Woher kriegt man Waffen? Man muss nur den Markt kennen.«

Der Anzugträger tat mal wieder höchst geheimnisvoll. Garantiert wusste er wesentlich mehr, als er zugab. Angeblich saß der Kerl direkt an der Quelle. Innenministerium? Egal.

Jetzt steckte er sich eine Kippe an. »Kennst du denn den Markt?«

»Ich kenne einen Markt, und zwar den Markt, wo wir Waffen bekommen könnten. Da kriegen die Kanaken aber nichts. Es gibt jedoch mehrere Märkte. Ist ein interessanter Aspekt.«

»Hm?«

»Woher stammen die Pistolen, mit denen unsere Kameraden niedergemetzelt wurden? Mit etwas Glück kommt man so an diese feigen Wichser ran. Wenn man die Spur der Waffen zurückverfolgt.«

Der Anzugträger überraschte ihn angenehm. »Ich dachte, das ist nicht der Markt, den du kennst?«

»Ich nicht. Aber die Leute, die unseren Markt betreiben. Die werden wissen, was die Konkurrenz so treibt.«

»Du hörst dich also um?«

»Darauf kannst du einen lassen, Kamerad.«

»Gib mir bitte Bescheid, wenn du was rausfindest, ja?«

»Sicher. Dann kannst du richtig die Sau rauslassen mit den Jungs.«

»Dann benötigen wir Pistolen.«

»Ich weiß. Die besorge ich euch auf unserem Markt.«

KAPITEL 28

Als sie am Sonntag Richtung Wald fuhren, um spazieren zu gehen, erkannte Daniel die Gegend rasch wieder: Es handelte sich um die Strecke, die sie am Freitag gefahren waren. Bevor es zu dem »Zwischenfall« in der Kneipe gekommen war. Tatsächlich fuhren sie gerade an der Scheune vorbei.

Britta schien zu spüren, dass etwas nicht stimmte. »Ist was mit dir? Du bist auf einmal so ruhig.«

»Das ist die Scheune aus meinen Träumen.«

Gemeinsam hatten sie in der vergangenen Nacht herausgefunden, dass die Albträume höchst mysteriös waren: Schließlich stimmte seine Beschreibung des Polizisten im Sakko auffällig mit dem Polizisten überein, den Britta verraten und der dann Abdullah erschossen hatte.

Gespenstisch? Hellseherisch? Übernatürlich? Gehörte es zu ihrer Seelenverwandtschaft, die ebenfalls ein wenig übernatürlich war? Oder half hier bloß der Zufall nach? Vielleicht war es wirklich der Kerl, den Daniel am Freitag am Wolfenbütteler Polizeipräsidium gesehen hatte? Sie hatten das Rätsel nicht lösen können, waren stattdessen in einen unruhigen Schlaf verfallen, der bis zum Vormittag angedauert hatte.

Nach dem Frühstück hatte Daniel das städtische Anzeigenblatt gelesen. Es berichtete ausführlich über die Ereignisse vom Freitag. Vor allem wurde lang und breit erklärt, warum sich zur Tatzeit niemand in unmittelbarer Umgebung des Restaurants aufgehalten und den tödlichen Vorfall beobachtet hatte. Dazu gab es eine Hintergrundreportage über die lebhafte rechtsradikale Szene in der Umgebung. Neue Spuren gab es offensichtlich nicht. Keine Rede von der Ehefrau des Wirtes oder vom Koch. Aber man konnte sich nicht darauf verlassen, dass es so bliebe. Sie mussten weg und konnten nirgendwohin.

Wie konnte es nur dazu kommen?

»Ruft diese Nummer an und wartet dann auf den Rückruf. Alles andere werden die euch erklären. Wie üblich, Jungs.« Mit diesen Worten hatte Rudolf Bernd einen Zettel mit einer Berliner Telefonnummer in die Hand gedrückt.

Das war am Donnerstag gewesen, kurz bevor sie in die Stadt gefahren waren und Bernd eine Schlägerei ausgelöst hatte, indem er jemanden, der einen schwarzen Ledermantel trug, »Eichmann« nannte.

Heute war Sonntag. Ein paar Tage nur, und doch waren sie einschneidender als die gesamten vorangegangen 23 Jahre seines Lebens. Und er besaß keinen Plan, wie es weitergehen könnte. Er müsste endlich mit Bernd darüber sprechen. Spätestens morgen, wenn Britta und Steffi arbeiten würden.

»Noch nicht vorüber?«, fragte Britta, als sie den Wagen auf einen Parkplatz lenkte. Sie meinte die Sache mit der Scheune.

»Doch.« Er versuchte ein Lächeln.

Da saß sie, die Frau, auf die er all die Jahre insgeheim gewartet hatte. Sie lächelte zurück. Warum zum Teufel sollte er ausgerechnet in diesem Moment daran zweifeln, dass aus ihnen eines Tages etwas anderes würde als ein glückliches Liebespaar? In diesem Moment waren sie das glückliche Liebespaar. Mochte er möglichst lange andauern.

»Reichlich voll hier, oder?« Daniel zeigte auf den überfüllten Parkplatz.

»Keine Ahnung, was hier los ist.«

»Schau mal.« Er deutete auf einige der Autos. »Weiße Schleifen an den Antennen.«

»Eine Hochzeit.«

»Und alle gehen zur Feier des Tages im Wald spazieren. Soweit zum Thema romantischer Waldspaziergang.«

»Nicht unbedingt.« Endlich entdeckte Britta einen freien Parkplatz. »Da vorne ist eine Gaststätte. Sie feiern bestimmt da.«

Über den Parkplatz erreichten sie die Gaststätte. Unter blühenden Bäumen warteten rustikale Holztische und Bänke auf Besucher. Aber niemand saß dort.

Im Gegensatz zu der Treppe, die zur Gaststätte führte. Eine Steintreppe, in etwa so hoch wie die am Freitag, die vor der Gaststätte, mit der alles begonnen hatte, als Daniel dem Skinhead die Klinke in den Rücken gerammt hatte und dieser sich dann sein eigenes Messer in den Bauch.

Auf dieser Treppe spielten festlich gekleidete Kinder. Im Grunde beschränkte sich ihr Spiel darauf, von verschiedenen Stufen zu springen, dabei die Arme in die Luft zu werfen und zu schreien. Die einzige Variante bestand darin, andere, unter der Treppe postierte Kinder, anzuspringen.

Britta führte ihn um die Holztische herum auf einen Schotterweg. Sie gingen schweigend nebeneinander her. Berührten sich nicht. Dennoch spürte er bis in die letzte Pore seiner Haut ihre Gegenwart. Ob es ihr wohl ähnlich erging? Er schaute zu ihr hinüber.

Sie drehte sich zu ihm. »Was ist?«

»Ich wollte nur mal schauen, ob du überhaupt registrierst, dass ich hier bin.«

»Du Esel. Natürlich.«

Sie erreichten eine Gabelung. Dort fanden sie einen Holzpfahl mit Hinweisschildern. Weniger aufregend. Aufregender sah der von Steinen umringte Baum dahinter aus.

Diese Steine waren es, die Daniel wieder zum Sprechen brachten. »Klein-Stonehenge.«

»Klein-was?«

Er wiederholte es.

»Ah so, diese Steine in England.«

»Genau.«

Sie betrachteten den Ring aus Steinen.

»Da würde ich gerne mal hin«, sinnierte er.

»Nach Stonehenge?«

»Ja.«

»Nimmst du mich dann mit?«

»Natürlich.«

Dann schwiegen sie wieder. Und lauschten den Geräuschen des Waldes. Dem Wind, der mit den Blättern spielte, dem Zwitschern der Vögel und ihrem Flügelschlag, dem Rascheln im Gestrüpp, das unsichtbare Waldtiere verursachten, und dem Wachsen der Bäume, das man nur hören konnte, wenn man ganz fest daran glaubte.

Ja, dieser Augenblick steckte voller Romantik. Warum nur war jetzt kein Maler zur Stelle? Einer, der sie auf seiner Leinwand wiedergeben konnte? Vielleicht ein Impressionist oder, weil es so hübsch passte, ein Romantiker? Er könnte das Bild »Zwei Liebende vor dem Ring aus Steinen« nennen. Ein guter Maler hätte all das eingefangen, was in diesem Augenblick wesentlich war. Nicht nur sie beide, den Baum und die Steine, sondern zusätzlich Jahreszeit, Tageszeit, Stand der Sonne und die Farben, die dafür charakteristisch waren. Ein guter Maler hätte festgehalten, wie in diesem Moment die Sonne durch die Bäume fiel, was sie erhellte und was im Schatten blieb.

Eines hätte er nicht einfangen und festhalten können, und das waren die Worte, die gesprochen wurden. Es waren drei Worte, und diese wurden zweimal ausgesprochen.

Sie küssten sich zärtlich. In diesem Augenblick hätte ein guter Maler rücksichtsvoll zur Seite geschaut.

Kurz darauf spazierten sie einen schmalen, kaum platt getretenen Pfad entlang, in der Hoffnung, so dem Gros der Hochzeitsgäste zu entgehen, die möglicherweise einen Verdauungsspaziergang machten.

Daniel konnte sich endlich dazu durchringen, von seinem Leben in Bonn zu erzählen. In erster Linie, um Britta zu zeigen, dass dort tatsächlich jede Menge Platz für sie war. Natürlich wusste er, dass er einen Traum verkaufte, eine Illusion.

»Halt mich fest«, flehte sie.

»Tue ich doch.«

»Ja, aber lass mich nicht wieder los. Halt mich für immer fest, Daniel.«

Sie zogen weiter, gingen hintereinander, da der Weg so schmal war. Britta schritt voraus. Dann und wann drehte sie sich nach ihm um, wohl, um festzustellen, ob er abhandengekommen war oder böse Waldgeister ihn entführt beziehungsweise gute Waldfeen ihn verführt hatten.

Schließlich erreichten sie eine Lichtung mit einer grünen Wiese und einem Turm.

»Der Bismarckturm«, erklärte Britta, bevor Daniel fragen konnte.

»Was ist das?« Daniel fragte trotzdem.

»Was?«

»Na, dieser Turm da.«

»Na, der Bismarckturm. Habe ich doch gerade gesagt.«

»Ich wollte aber erst fragen.«

»Spinner.«

»Kann man auf den Turm rauf?«

»Ja.«

Dank des wolkenfreien Himmels konnten sie kilometerweit sehen.

»Was ist denn das dahinten?« Daniel zeigte auf den Gebirgszug in der Ferne.

»Das ist der Harz.«

»Ah ja.«

»Siehst du den Berg dahinten?«

»Welchen?«

»Diesen da.«

Er folgte der Richtung, in die ihr Finger wies. »Ja.«

»Das ist der Brocken, der höchste Berg im Harz.«

»Wie hoch?«

»1.100 und ein paar Meter. Da durfte man früher nicht hin. Als die DDR noch die DDR war. Die Russen versteckten da irgendwelche Militäranlagen.«

»Jetzt darf man hin?«

»Ja.«

»Und? Warst du schon dort?«

»Nö.«

»Warum nicht?«

»Weiß nicht. Vielleicht jetzt mal?« Sie schaute ihn an.

Verliebt? Er versuchte, den Blick zu erwidern, versuchte, einmal mehr die Realität auszublenden.

KAPITEL 29

Die Meldung sorgte weiterhin für den meisten Gesprächsstoff auf SWF 3. Seit Freitagabend ging das so. Irgendwelche Vollidioten in der niedersächsischen Provinz, die sich gegenseitig abknallen. Skins und Türken oder so. Deren Sache.

Um die Skins tat es ihm sowieso kein bisschen leid. Rechtes Pack. Ihn hätten sie als »Zigeuner« beschimpft. Nur weil seine Wurzeln in Rumänien lagen. Dabei floss keinerlei Zigeunerblut durch seine Adern. Nur gutes deutsches Blut, um mal in der Sprache dieser Kranken zu bleiben.

Am Freitagabend hatte er die Nachricht einfach so hingenommen. Auch am Samstagmorgen, als er im Generalanzeiger die Artikel zum sogenannten Massaker von Wittmar las, sträubten sich seine Nackenhaare nicht. Und die sträuben sich jedes Mal, wenn irgendetwas im Busche ist. Selbst der Blick auf die kleine Landkarte, die die Artikel zierte, ließ ihn kalt.

Dabei hätte er sehen können, dass Wittmar nicht so furchtbar weit von der A 2 liegt, der natürlichen Verbindung von Bonn nach Berlin.

Jetzt, am Sonntagnachmittag, war Wittmar nicht mehr so weit weg, kein x-beliebiges Kaff mehr in Niedersachsen. Wittmar hatte ihn eingeholt – durch einen bloßen Telefonanruf. Aus Berlin natürlich.

»Ja?«

»Ich bin es.«

Keine Namen am Telefon. Man wusste ja nie, ob man abgehört wurde.

»Was gibt es?«

»Ich warte auf den Besuch.«

Und verschlüsselt sprechen.

»Oh. Wollten die nicht schon vorgestern Abend kommen?«

»Eben. Auf der Autobahn ist zwar die Hölle los gewesen, aber irgendwann ist man ja trotzdem da.«

Auf der Autobahn ist die Hölle los gewesen – erstmals sträubten sich seine Nackenhaare. Wenn es auf der Autobahn nicht vorangeht, fährt man übers Land. Die kleine Karte im Generalanzeiger fiel ihm wieder ein.

»Angerufen haben sie nicht?«

»Nein. Es gab auch keinen folgenschweren Unfall auf der Strecke.«

Als Nächstes kommt Wittmar, befürchtete er. Doch Wittmar kam nicht.

»Wir brauchen die Geschenke, Rudolf. Dringend.«

Zwei P 1 aus dem Hause Walther. Plus hundert Schuss Munition. Da war ein guter Kunde am anderen Ende der Leitung. Ein sehr guter Kunde. Den durfte man nicht verprellen.

Doch auch seine Kuriere waren gute Jungs. Extrem gute Jungs. Absolut zuverlässig. Verschwiegen. Niemals neugierig. Rudolf hatte die Jungs vor zwei Jahren kennengelernt, in diesem russischen Lokal in der Bonner Innenstadt, wo sich Studenten und Halbweltgestalten herumtrieben – und sich gegenseitig akzeptierten. Mehr noch: Man feierte zusammen, quatschte über dies und das.

Rudolf war Stammgast, ebenso die Jungs. Aber an diesem Abend kamen sie zum ersten Mal ins Gespräch. Sie tranken Bier und Wodka. Die Jungs erzählten von ihrem Studium, von ihren Jobs, mit denen sie das Studentenleben finanzierten. Mehr schlecht als recht. Zumal sie gern über ihre Verhältnisse lebten. Gern Mädchen ausführten und aushielten. Gern reisten. Und so weiter. Zwei nette Jungs.

Kamen gerade aus Prag zurück. Hatten es sich gut gehen lassen und ein bisschen was eingekauft. Porzellan und Kippen. Hatten es in Bonn gewinnbringend weiterveräußert.

Hier wurde Rudolf hellhörig. Zwei sympathische Jungs, die sich nicht unbedingt um jeden Buchstaben des Gesetzes scheren. Die dennoch vollkommen unverdächtig sind. Mit solchen Jungs kann man gut zusammenarbeiten.

»Wart ihr schon mal in Berlin?« Bereits vor zwei Jahren saßen die meisten seiner Geschäftspartner in Berlin. Sie von Bonn aus zu beliefern, blieb stets kompliziert. 1.200 Kilometer hin und zurück. Rudolf genoss in Polizeikreisen nicht unbedingt einen Ruf, der es ihm erlaubte, 600 dieser Kilometer mit Hehlerware, Drogen oder gar Waffen zurückzulegen – und die anderen 600 Kilometer mit einem Koffer voller D-Mark-Scheine. Deshalb setzte er Kuriere ein, die er regelmäßig rekrutierte.

»West-Berlin«, sagte Daniel.

»Lust, mal wieder hinzufahren?«

Beide nickten.

»Ich zahle euch das Benzin und ein paar Übernachtungen im Hotel. Mir gehört auch eine schöne Wohnung in Kreuzberg, die ihr nutzen könnt. Wie ihr mögt. Es wäre nett, wenn ihr zwischendurch Freunde von mir trefft und ihnen ein Päckchen überreicht. Ihr bekommt dafür ein anderes Päckchen. Das gebt ihr mir dann – und bekommt dafür zwei Blaue. Jeder von euch zwei.«

»Klingt gut«, sagte Bernd.

»Sauber«, fügte Daniel hinzu.

»Möchtet ihr nicht wissen, was sich in den Päckchen befindet?«

»Welche Päckchen?«

Einen Moment lang dachte Rudolf, die beiden hätten ihm nicht richtig zugehört. Dann sah er, wie sie ihn angrinsten, und er wusste: Sie haben es begriffen – und sie arbeiten fortan in seinem Kurierdienst. Zunächst natürlich mit weniger kritischem Transportgut. Medikamenten beispielsweise.

Das war eine kluge Entscheidung gewesen: Bernd und Daniel erwiesen sich als verschwiegen und vertrauenswürdig. Sie lieferten ihre Ware pünktlich und unauffällig ab.

Längst machte Rudolf kein Geheimnis mehr aus der Art der Lieferungen. Auch diesmal nicht. Zwei P 1 plus Munition, einfach in eine Plastiktüte gestopft. Ab von Bonn nach Berlin. Übergabe irgendwann zwischen Freitagnacht und Sonntagabend irgendwo in Berlin. Die Kunden würden sich melden. Daniel und Bernd würden warten, in der kurz vor der Wende renovierten Wohnung in der Bergmannstraße, zweiter Hinterhof, fünfte Etage, kein Aufzug.

Doch nun war diese Wohnung in Kreuzberg leer, von Daniel und Bernd und den P 1 keine Spur, und mitten zwischen Bonn und Berlin gab es acht Tote, von denen sechs mit Pistolen erschossen worden waren.

Natürlich wussten keine Zeitung und kein Rundfunksender, welche Art Pistolen es waren, und leider kannte Rudolf niemanden bei der Polizei in Niedersachsen, der das für ihn herausfinden konnte.

Seine Nackenhaare sträubten sich mittlerweile wie ein Hahnenkamm. Seine Jungs hatten dieses Massaker angerichtet, da war er sich absolut sicher. Sie waren zumindest für die sechs erschossenen Skins verantwortlich. Bei den anderen beiden Toten, einem siebten Skin und einem türkischen Gastwirt, konnte die Todesursache scheinbar noch nicht geklärt werden; jedenfalls war bislang nichts an die Medien gedrungen.

Nein, seine Jungs würden ohnehin keinen türkischen Wirt umbringen. Dass sie sechs Skins erschießen, hätte er auch niemals für möglich gehalten. Dafür musste es einen Grund geben, und Rudolf spürte, dass es durchaus angebracht war, ein wenig stolz auf die beiden zu sein.

Doch das war leider nur die eine Seite der Medaille.

Auf der anderen Seite befanden sich zwei Waffen, die nun nicht mehr nur Diebesgut waren, sondern Mordwaffen. Es klebte wortwörtlich Blut an ihnen. Man konnte sie nun im Grunde genommen nicht mehr zum selben Preis verkaufen – falls man sie überhaupt noch loswerden konnte. Und falls die Jungs überhaupt jemals in Berlin ankamen.

Wo mochten sie nur stecken?

Lebten sie überhaupt noch?

Hatten andere Skins sie erwischt?

Ganz unten auf der Kehrseite der Medaille stand der unerfreulichste Punkt: Wenn die Polizei seine Jungs schnappte, stellte sie ihnen Fragen zur Herkunft der Waffen. Man setzte sie unter Druck oder bot ihnen etwas an. Man führte sie in Versuchung, Rudolfs Namen zu nennen.

Das wäre schlecht. Das wäre bitter. Er liebte seine Jungs.

Aber er liebte erst recht sein Leben, das er trotz seines nicht durchgängig guten Rufes weitgehend unbehelligt führen konnte. Um auf diese Art weiterleben zu können, durfte er nicht verpfiffen werden.

Möglicherweise blieben seine Jungs loyal.

Möglicherweise nicht.

Wenn sie sich von den Bullen schnappen ließen, gäbe es einen Weg, an sie heranzukommen, um sie daran zu erinnern, dass es besser wäre, loyal zu bleiben. Rudolf würde ihnen einen hundertprozentig loyalen Freund schicken, der sie während der Untersuchungshaft besuchte und ihnen die Umstände erklärte. Zur Not auf seine Art. Aber wirklich nur zur Not.

Rudolf kannte zwar niemanden im niedersächsischen Polizeiapparat, aber auf der anderen Seite des Gesetzes hatte er im Raum Braunschweig durchaus ein paar gute Bekannte, die ihm den einen oder anderen Gefallen schuldig waren. Sie konnten im Falle eines Falles herausfinden, wo Daniel und Bernd in Untersuchungshaft saßen und wer dort noch so saß, der jemandem einen Gefallen schuldig war. Und so weiter.

Am besten setzte er diese Sache direkt in Gang. Rudolf griff zum Telefon.

KAPITEL 30

Am Abend gingen sie in Braunschweig essen, ausgerechnet in einem türkischen Lokal. Die Einrichtung erwies sich als »ausbaufähig«, wie Bernd es nannte. Kleine, schmutzige Holztische mit fadenscheinigen Stühlen davor. Der Kellner sah aus, als wäre er gerade vom Kohlenschippen gekommen. Aber all das schien in Ordnung zu sein, denn das Lokal war brechend voll. Ein paar Gäste warteten an der Theke auf freie Plätze.

Sie saßen an einem dieser winzigen Tische, und Daniel überlegte, wie denn noch vier Teller darauf passen konnten. Bereits jetzt, nur mit den Gläsern, blieb kaum Platz für ihre Ellenbogen.

Wie bei dem Andrang auf das Lokal nicht anders zu erwarten war, entpuppte sich das Essen als gut und reichlich. Sogar als »reichlich gut« und »gut reichlich«, wie Bernd anschließend bemerkte. Und auch die vier Teller fanden je ein Eckchen auf dem Tisch.

Als sie um die Rechnung baten, kam der Kellner und brachte ihnen Raki. Daniel betrachtete sein Glas, und für einen Moment dachte er, es wäre Blut daran, als wäre das ganze Glas voller Blut.

Das war zugleich der Moment, in dem ihm das Glas aus der Hand glitt, auf den Tisch fiel und von dort weiter auf den Boden; es blieb heil und rollte ein paar Zentimeter Richtung Nebentisch.

»Was ist los mit dir?«, fragte Britta.

»Nichts.« Er lachte unbeholfen. »Das Glas ist mir irgendwie aus der Hand gerutscht.«

»Hier, nimm mein Glas.« Britta hielt ihm ihr Glas hin. »Ich muss sowieso fahren.«

»Wenn ich dich nicht hätte«, sagte er.

Nach dem Essen fuhren Steffi und Bernd zu Steffi, und Britta und Daniel fuhren zu Britta, wo sie sofort ins Bett legten. Schließlich musste Britta am Montag früh aufstehen. Sie lagen eng beieinander; ehe sie auch nur an Sex denken konnten, schliefen sie ein.

Diesmal fuhren sie nicht in Bernds Fiesta, sondern in einem Auto mit langem Kofferraum. Wahrscheinlich handelte es sich um ein schwarzes Auto; das jedoch konnte Daniel von innen nicht sehen.

Sie saßen zu dritt vorn, denn es gab keine Rückbank. Steffi steuerte den Wagen, Bernd saß in der Mitte und Daniel ganz rechts. Er starrte stur geradeaus, wollte sich auf keinen Fall umdrehen, um nicht sehen zu müssen, warum es keine Rückbank gab und warum die Ladefläche derart lang war, weit über zwei Meter. Er ahnte es, und er ahnte ebenfalls, wohin Steffi fuhr – und warum Britta nicht bei ihnen war.

Sie bogen beim ersten Mal auf den Feldweg ab. Es war dunkel und es regnete heftig.

Steffi hielt ein paar Meter vom Scheunentor entfernt. Niemand erklärte oder zeigte ihm, wie es weiterging. Es wusste es. Aussteigen. Allein. Steffi und Bernd blieben im Wagen und fuhren nicht weg, sondern warteten auf ihn. Auf ihn und auf …

Er hetzte durch den Regen zum Tor, war bis auf die Haut durchnässt, als er es erreichte. Er zwängte sich durch den schmalen Spalt. Das Tor schlug diesmal nicht hinter ihm zu.

Wie üblich standen keine landwirtschaftlichen Geräte in der Scheune, und am anderen Ende der Scheune loderte ein Feuer. Schemenhafte Gestalten tanzten um das Feuer herum. Natürlich hing in der Mitte der Scheune eine schwere Eisenkette vom Dach herab. Mit einem Haken daran. Wie befürchtet, hing kopfüber Britta an diesem Haken. Ihre Brüste qualmten, und sie schrie ...

Nein. Nein. Nein. Nein ...

»Nein!«

»Daniel?«

»Nein!«

»Was ist? Wieder dieser Traum?«

»Ja.«

»Du zitterst.«

»Ich habe dich lieb.«

»Ich dich auch.« Sie strich ihm zärtlich über die Stirn. »Hoffentlich kannst du gleich wieder einschlafen.«

Es dauerte eine ganze Weile, bis Daniel wieder einschlief. Er dachte lange über diese neue Version des Traums nach – und die Botschaft dahinter: Er brachte Britta in Gefahr, wenn er in Wolfenbüttel blieb. Er musste schnellstmöglich verschwinden. Natürlich fiel ihm genau das besonders schwer, gelinde ausgedrückt. Und natürlich würde er deswegen morgen diese Entscheidung wieder vor sich herschieben, dämlich wie er nun einmal war.

KAPITEL 31

Stahlmann und Ostheim lehnten Helmut Jordans Theorie mit den Gläsern und den beiden Gästen weiterhin strikt ab. Das seien die Skins gewesen, behaupteten sie. Und überhaupt, es waren vier Biergläser. Warum also nicht vier Gäste statt zwei?

Wenigstens nahmen sie Helmuts Wunsch ernst, den Koch zu suchen. Sie hatten die Wohnung über der Gaststätte ein zweites Mal durchsucht – und keinerlei Hinweise auf die Identität des Bewohners gefunden. Männerkleidung, Toilettenartikel, Geschirr, Besteck und Bettwäsche – mehr gab es dort nicht. Keine Dokumente. Keine Zeitung. Keine Briefe.

Die drei Ermittler saßen an diesem Montagmorgen im Besprechungsraum der Dienststelle, Kaffee und Gebäck vor sich auf dem Tisch. Von Zeit zu Zeit bedienten sie sich daran.

Bisweilen leistete ihnen auch der Gerichtsmediziner in diesen Montagsrunden Gesellschaft. Heute nicht. Die Ergebnisse seiner Obduktionen lagen aber zum Teil vor, ebenso vorläufige Erkenntnisse der Spurensicherung. Aufgrund der hohen Brisanz des Falles arbeiteten beide Abteilungen buchstäblich Tag und Nacht. Die Wolfenbütteler und Braunschweiger Beamten wurden zudem vom Landeskriminalamt unterstützt. Diese Kollegen bildeten die Vorhut der Hilfe von dort. Der niedersächsische Innenminister schloss einen politischen Hintergrund der Tat nicht aus und hatte bereits am Freitag eine »Sonderkommission Wittmar« gebildet, geleitet vom LKA. Es war nur eine Frage von Stunden, bis die Beamten aus Hannover, inklusive Hubschrauber, kamen und das Kommando komplett übernahmen.

Bis dahin hätten sie den Fall niemals gelöst – zumal, wenn man sich derart hartnäckig an die Theorie mit dem Bandenkrieg klammerte, wie Helmut fand. Aber er hatte hier nicht das Sagen. Er durfte allenfalls mitreden. So wie jetzt, als Stahlmann die vorliegenden Ergebnisse zusammenfasste.

»So, Leute, was geben die Akten her? Acht Tote, allesamt eines gewaltsamen Todes gestorben. Die Reihenfolge der Todesfälle konnten unsere Doktoren nicht ermitteln, da alle binnen einer Viertelstunde ums Leben gekommen sind. Maximal. Ich gehe nun die Liste der Toten durch.«

Stahlmann holte aus der Mappe, die vor ihm lag, Fotos hervor, die er nacheinander auf dem Tisch ausbreitete. »Los geht's mit Ali Sahin, 40 Jahre alt, geboren in Izmir, Türkei, seit 1972 in Deutschland. Ihm gehörte das Lokal, das zugleich Tatort des Geschehens ist. Wir haben Sahin und seine Familie überprüft. Nichts Auffälliges. Keinerlei Anzeichen beispielsweise, dass er die Gaststätte mit Schwarzgeld erworben, also Geld gewaschen hat. Sahin hat bei der Volksbank vor drei Jahren einen Kredit aufgenommen, den er zuverlässig zurückzahlt. Seine Frau konnten wir endlich erreichen. Sie besucht mit den Kindern Verwandte im Münsterland.«

»Könnte sie hinter dem Anschlag stecken?«, fragte Ostheim.

Stahlmann schüttelte den Kopf. »Das ist sehr weit hergeholt. Die Frau ist unterwegs. Wir werden sie vernehmen und herausfinden, ob sie was mit der Sache zu tun hat.« Stahlmann wandte sich an Helmut: »Mich irritiert allenfalls die Sache mit der Kreditrückzahlung. Wie kann die so reibungslos funktionieren, wenn das Lokal angeblich schlecht lief? Du hast doch mit einigen Leuten darüber gesprochen.«

Das stimmte. Und mit je mehr Zeugen Helmut sprach, desto weniger schlecht schienen die Geschäfte zu laufen. Alle Wittmarer Vereine trafen sich dort und sorgten für regelmäßigen Umsatz. Hinzu kamen Stammgäste aus Wittmar und den Nachbardörfern. »Wirte jammern halt gern, genau wie Bauern«, sagte Helmut, nachdem er den Sachverhalt erklärt hatte. »Es reichte bestimmt für den Kredit. So teuer ist das Haus nicht gewesen.«

Stahlmann nickte. »Danke. Ich fasse zusammen: Ali Sahin ist nach bisherigen Erkenntnissen vollkommen unbescholten. Dass er ins Visier der Skins geriet, dürfte ausschließlich an seiner türkischen Herkunft liegen. Machen wir weiter mit den Opfern. Außer Sahin getötet wurden: Ronald Berger, 21, aus Hessen, gemeint ist das Dorf Hessen in Sachsen-Anhalt, sein Bruder Matthias Berger, 19, aus Hessen, Alexander Denitz, 20, ebenfalls Hessen, Richard Maiwald, 19, aus Veltheim, Klaus Rudolf, 20, auch aus Veltheim, Roger Müller und Sören Schulze, beide 17, beide aus Jerxheim. Hat bis hierher jemand Fragen?«

»Weiß man, wer der Anführer der Skins war?«, fragte Ostheim.

»Das scheint eher so eine lose Truppe zu sein, die in dieser Konstellation bislang nicht aufgefallen ist. Die Bergerbrüder haben in Hessen mal für Ärger gesorgt und ein Dorffest aufgemischt.«

»Hat einer von denen gesessen?«, wollte Helmut wissen.

»Bisher nicht. Klar ist aber: Das waren schon vor diesem Freitag keine Engel. An diesem Tag hätten sie sich aber alle sieben straffällig gemacht. Denn laut Gerichtsmedizin wurde der Wirt im wahrsten Sinne des Wortes zu Tode geprügelt.

Knochenbrüche und innere Verletzungen. Er ist an inneren Blutungen gestorben.«

»So eine brutale Bande.« Ostheim wirkte aufgebracht.

Helmut stimmte ihm zu: »Man möchte fast meinen, sie hätten ihre Strafe verdient.«

Nur Stahlmann blieb ruhig: »Fast. Nur muss es halt der Staat sein, der sie bestraft, und nicht …«

»Nicht wer?«, hakte Ostheim nach.

»Andere Schläger und Mörder.«

»Du bleibst also bei der Bandenkrieg-Theorie, Josef?« Helmut kannte die Antwort, konnte sich die Frage gleichwohl nicht verkneifen.

»Ein Bandenkrieg oder irgendetwas Politisches, wie der Innenminister mutmaßt. In diese Richtung ermittelt das LKA bereits. Die vernehmen Linksautonome aus ganz Norddeutschland und kramen in alten RAF-Akten. Deine These mit den beiden unbeteiligten Männern, die zufällig Pistolen dabeihaben und kurzerhand sieben Skins niedermetzeln, überzeugt mich nicht.«

»Mich auch nicht«, sekundierte Ostheim.

»Ich kann mich nicht mit dem Bandenkrieg anfreunden. Was für eine Bande überhaupt? Mafia? Rocker? Türken? All das gibt es nicht im Landkreis Wolfenbüttel. Der nächste Rockerklub treibt sein Unwesen in Braunschweig. Diese Leute kontrollieren dort den Strich, aber wir finden keinen Anhaltspunkt, dass der Club seine Aktivitäten ausweiten will. Selbst Karsten Müller, dieser Skin aus Wittmar, glaubt nicht an eine Auseinandersetzung unter Banden.«

»Aber der hat auch keine bessere Erklärung, mein Lieber«, parierte Ostheim in einem Ton, der Helmut aufhorchen ließ.

Häufig begannen Ostheims Sticheleien in diesem Tonfall. Schlimmstenfalls würde er gleich wieder unterstellen, dass Helmut jedes Mal zu seinem Freund Karl Breimer rannte, wenn er in Wolfenbüttel nicht seinen Willen bekam. Das war natürlich Unsinn: Helmut war noch nie wegen irgendetwas im Zusammenhang mit der Wolfenbütteler Dienststelle zu Karl gelaufen und er würde es niemals tun.

»Wir haben außerdem alle die Protokolle der Befragungen von Skins aus den Landkreisen Halberstadt und Wernigerode gelesen. Auch die halten eine Auseinandersetzung mit irgendwelchen Banden für unrealistisch.« Diese Befragungen dauerten zwar noch an, trotzdem hielt Helmut sie für den besten Beweis gegen die These seiner Kollegen.

Stahlmann sah das erwartungsgemäß vollkommen anders. »Die Aussagen von rechten Gewalttätern halte ich an sich für wenig vertrauenswürdig.«

»Auch die Angehörigen der Toten haben nie etwas von rivalisierenden Banden mitbekommen«, warf Helmut ein.

Stahlmann seufzte. »Ich weiß, Helmut, ich kenne diese Protokolle. Darin heißt es auch, die Skins sprechen in der Regel gar nicht mit ihren Angehörigen über ihr Leben als rechtsradikale Schläger. Ich weiß, ich weiß, du hängst an deiner These, deshalb mein Vorschlag zur Güte: Du suchst den Koch. Wenn du ihn aufgetrieben hast, wird er dir erzählen, wo er am Freitagmittag gesteckt hat. Falls er in der Gaststätte war, hat er auch irgendetwas gesehen. Falls sich das mit deiner Vermutung deckt, ermitteln wir zusätzlich in diese Richtung. Okay?«

»Und wenn dieser Koch mit den Killern unter einer Decke steckt?« Ostheim wollte offensichtlich provozieren.

Helmut gelang es mit Mühe, sachlich zu bleiben. »Dann bringe ich auch das aus ihm heraus, Wolfgang. Ansonsten bin ich einverstanden mit deinem Vorschlag, Josef.«

»Klasse, Helmut, wir sind dir sehr dankbar.« Ostheims Stimme veränderte sich erneut, sie klang nun sarkastisch.

Helmuts Anspannung wuchs. »Wie meinst du das?«

»Das interessiert mich auch.« Stahlmann versuchte, den Zwist im Keim zu ersticken. Zum Glück.

»Ach, nur so«, wehrte Ostheim ab. Mit Stahlmann legte er sich nie an.

»Dann ist es ja gut«, zischte Helmut.

Stahlmann nickte. »Ja, sogar sehr gut. Ich kann gut auf eure Streitereien verzichten. Also: Die Suche nach der Bande, seien es nun Rocker oder linke Gewalttäter beziehungsweise Terroristen oder Türken, wird weitergehen. Lasst uns so lange mit den Ergebnissen weitermachen. Vieles haben wir schon erörtert, einiges ist dank der schnellen Arbeit der Mediziner und Spurensicherer jetzt deutlicher geworden. Ali Sahin wurde zu Tode geprügelt. Sechs der sieben Skins wurden durch Schüsse getötet, abgefeuert von zwei verschiedenen Waffen, beides Walther, Modell P 1. Unserem Ausrüster und dem von Bundeswehr und Bundesgrenzschutz, wie ihr wisst. Sehr wahrscheinlich stammen sie aus Beständen der Bundeswehr. Dort sind in den letzten Monaten allerhand Waffen verschwunden. Vor allem in Bayern und im Rheinland. Aufgefallen sind diese Pistolen allerdings überall im Lande. Im Februar wurde eine der im Rheinland geklauten P 1 im Berliner Landwehrkanal gefunden – nachdem damit ein Zuhälter ermordet worden war. Aber zurück zu unserem Fall. Wie gesagt: Sechs Mann erschossen, von vorn, von hinten, mitten ins Gesicht, in den Oberkörper. Alle mit einem einzigen Schuss getötet.«

»Ich will nicht auf einmal für Helmut Partei ergreifen. Aber diese unterschiedlichen Trefferbereiche sprechen nicht gerade für Profis.«

»Das mag sein, Wolfgang. Aber nur weil ich zu einer Schlägerbande gehöre, bin ich nicht automatisch ein Meisterschütze. Und vergiss nicht: Es reichte jedes Mal ein einziger Schuss. So schlecht scheinen die Schießkünste der Täter folglich nicht zu sein.«

»Auch wieder wahr, Josef.«

Stahlmann verdrehte die Augen; womöglich war ihm Ostheim bisweilen etwas zu devot. »Lassen wir dieses Thema vorerst. Tot waren jedenfalls alle sechs. Genau wie Skin Nummer sieben, übrigens Sören Schulze aus Jerxheim. Ihn fanden wir nicht in der Gaststube, sondern draußen. Bei ihm steckte keine Kugel im Körper, sondern ein Messer im Bauch. Wie es aussieht, sein eigenes Messer. Hier liegen gesicherte Erkenntnisse zu den Fingerabdrücken vor: Am Griff gibt es nur welche von Schulze. Alles spricht dafür, dass er sich das Messer selbst in den Bauch gerammt hat. Aber nicht absichtlich. Ein Kollege der Spurensicherung hat mir seine These geschildert. Demnach ist Schulze von der Treppe gestürzt, während er mit seinem Messer spielte. Laut Spurensicherung durch Fremdeinwirkung. Jemand hat ihm die schwere Eingangstür in den Rücken gerammt und dadurch den Sturz herbeigeführt. Dafür spricht ein kleiner Bluterguss am Rücken von Schulze, den unsere Doktoren entdeckt haben.«

»Das mit der Tür kann technisch betrachtet nur jemand gewesen sein, der von drinnen kam«, wandte Helmut ein.

»Das behauptet auch die Spurensicherung.«

Ostheim mischte sich ein. »Das kapiere ich nicht. Garantiert hatten sie Schulze dazu verdonnert, Schmiere zu stehen. Er war ja der Jüngste der Truppe. Wie kann dann jemand von innen gekommen sein, um ihm die Tür ins Kreuz zu rammen?«

Stahlmann hob die rechte Hand. »Leute, ruhig Blut. Was spricht denn dagegen, dass die andere Bande längst im Haus war?«

»Eine Falle?« Ostheim wirkte nicht überzeugt.

Stahlmann nickte. »Richtig. Die Mitglieder der anderen Bande warten irgendwo im Gebäude auf die Skins und bevor sie in der Gaststube zuschlagen, gehen sie durch den Flur und schalten den Typen aus, der draußen aufpasst.«

»Schulze stand mit dem Rücken zur Tür. Wie soll die andere Bande gesehen haben, dass er mit einem Messer spielt?« Die andere Gang oder die beiden Unbekannten, vervollständigte Helmut im Kopf.

»Das hatten die nicht geplant, schätze ich. Es war aus Sicht der anderen Bande ein glücklicher Zufall, dass Schulze sich selbst ausschaltet. Andernfalls erledigt das diese Bande.«

»Folglich so etwas wie ein Unfall?«, fragte Ostheim.

Stahlmann zögerte kurz. »Kann man so nennen. Ist aber egal. Schulze ist tot, genau wie die anderen sieben, und uns liegt außer den Fingerabdrücken auf dem Messer nichts Handfestes vor. Alle anderen Fingerabdrücke müssen noch untersucht werden. Ja, Helmut, auch die Abdrücke auf deinen Gläsern. Die Ergebnisse werden nach und nach hier eintrudeln – ab übermorgen, versprechen unsere Freunde von der Kriminaltechnik. Warten wir es mal ab. Bis dahin müssen wir uns weiter in der rechten Szene umhören. Falls uns die Kollegen des LKA nicht dazwischenfunken. Irgendwer muss doch etwas von dieser Aktion gewusst haben.«

»Wir kennen die rechten Strukturen viel zu wenig. Seit Hoyerswerda sollte das eigentlich anders sein«, sagte Helmut.

Stahlmann schüttelte den Kopf. »So was dauert leider. Da müssen Leute eingeschleust werden und so. Darum kümmert sich der Verfassungsschutz.«

In diesem Moment klingelte im Dienstraum das Telefon. Helmut nahm ab und hörte sich mit wachsender Begeisterung an, was der Kollege am anderen Ende der Leitung ihm mitteilte. »Ich glaube, der Koch ist aufgetaucht«, rief er seinen Kollegen zu, nachdem er aufgelegt hatte.

KAPITEL 32

Am nächsten Morgen versuchte Britta, leise zu sein, um ihn nicht zu wecken. Sie musste um halb neun in der Kanzlei sein.

Aber Daniel, der in dieser Nacht kaum geschlafen hatte, wachte bereits dadurch auf, dass sie nicht mehr neben ihm lag. Er hatte im Halbschlaf gespürt, wie sie aus dem Bett krabbelte und schnell genug die Augen geöffnet, um sie noch neben dem Bett stehen zu sehen. Sie räkelte sich und rieb sich den Schlaf aus den Augen.

»Guten Morgen«, grummelte er.

»Du sollst schlafen.«

»Will dir tschüss sagen.«

»Du Verrückter.«

»Nicht verrückt, sondern verliebt.«

»Ja.« Sie beugte sich zu ihm hinunter. »Mir bleibt so wenig Zeit. Gleich halb acht.«

»Ich weiß. Aber ich wollte dich noch einmal spüren, wo wir uns viele Stunden nicht sehen und fühlen können.«

»Das ist lieb von dir.«

»Ich bin immer lieb.«

Daniel stand etwa zwei Stunden später auf. Er hatte vergeblich versucht, den fehlenden Schlaf nachzuholen. Dann machte er an diesem Abend halt eher schlapp.

Er hatte sich mit Bernd verabredet, da auch Steffi arbeitete. Sie fuhren in der Gegend herum und landeten schließlich auf dieser Wiese am Stadtrand, zusammen mit einem kleinen Bierkasten. Endlich lenkten sie das Gespräch auf ein Thema, das sie zuletzt weitestgehend vermieden hatten.

»Was hast du in dem Moment wirklich gedacht?«, fragte Bernd. Er meinte den Moment, als der Kerl starb, den Daniel abschwören lassen wollte. Daniel hatte in diesem Augenblick aus dem Fenster geschaut und sich darüber gewundert, dort niemanden zu sehen. Trotz der Schüsse.

»Ich weiß nicht. Ich glaube, ich habe nicht so furchtbar weit gedacht. Irgendwie wurde mir aber rasch klar: Hier ist etwas Einschneidendes passiert.«

»Sonst nichts?«

»Eines hätte ich auf jeden Fall nicht gedacht: Dass ich heute noch hier bin.« Daniel trank einen Schluck aus seiner Flasche.

»Na ja, da sind doch die beiden Süßen.«

»Und die Gefahr, von den Bullen geschnappt zu werden. Die ist hier größer als in Bonn. Obwohl die Gefahr in Bonn auch existiert. Und in Berlin. Da wäre es halt nur nicht die Polizei.«

»Aber warum bist du dann noch hier?«

»Natürlich wegen Britta.«

Ein Schmetterling verirrte sich in Daniels Gesicht und flatterte danach hektisch um ein paar Pusteblumen herum. Ein gelber Schmetterling, mit zarten Flecken oben und unten an den Flügeln. Nannte man diese Sorte nicht Zitronenfalter? Egal, jedenfalls schien dieser hier recht nervös zu sein. Er fand wohl keine passende Blume, auf der er sich niederlassen konnte.

Nach welchen Gesichtspunkten suchen Schmetterlinge Blumen aus? Gibt es in ihrer Welt überhaupt so etwas Ähnliches wie Argumente für oder gegen etwas? Oder bestimmen Instinkt und Zufall ihr ganzes Leben? Daniel wusste kaum etwas über Schmetterlinge. Aber das störte ihn nicht. Entscheidend für ihn war, dass Schmetterlinge hübsch anzusehen sind, die Menschen erfreuen und ihren Teil zum Kreislauf des Lebens beitragen.

»Was machst du da?«, fragte Bernd.

»Einen Schmetterling beobachten.«

»Klasse.«

»Was soll ich denn sonst machen?«

»Du könntest mir zum Beispiel verraten, wie lange wir noch hierbleiben.«

»Ich weiß es nicht.«

»Nicht ganz so präzise bitte.«

»Ehrlich, Bernd, ich weiß es nicht.«

»Ich meine, wir müssen irgendwann wieder ein bisschen studieren und so, oder?«

»Wenn Rudolf uns lässt.«

»Ich will weg von hier«, sagte Bernd.

»Ja«, erwiderte Daniel.

»Du auch?«

»Nicht unbedingt. Es sollte eher bedeuten, dass ich dich verstanden habe.«

»Aha.«

»Ich weiß natürlich, dass, wenn schon, wir beide zusammen zurückfahren.«

Bernd erwiderte nichts. Er schien gespannt zu lauschen. Also fuhr Daniel fort: »Schließlich sind wir zusammen hergekommen. Schließlich sind wir Freunde. Und ich lass dich ohnehin nicht allein zurückfahren – Liebe hin, Liebe her.«

Bernd nickte. Das waren die Art Aussagen, die er gern hörte. Daniel wäre es nicht anders ergangen. Und natürlich entsprach seine Antwort der Wahrheit. Hätte er in diesem Augenblick mit Britta gesprochen, hätte es allerdings eine andere Wahrheit gegeben.

Der Schmetterling untersuchte gerade den Bierkasten. Flatterte aufgeregt um ihn herum. Verschwand einen Moment dahinter. Oder darin? Kam zurück. Flatterte weiter. Gelb war er. Wie die Sonne. Da oben schien sie vor sich hin. Sie strahlte so viel Wärme und Licht aus. Licht. Licht wie Erleuchtung? Unsinn. Auf eine Erleuchtung konnte er lange warten.

Irgendwo in der Ferne bellte ein Hund.

Was für eine seltsame Situation. Um ihn herum geschahen beziehungsweise existierten so viele reale Dinge: das Bellen des Hundes, das Flattern des Schmetterlings, das satte Grün des Rasens, das zarte Blau des Himmels oder die niemals versagende Kraft der Sonne.

Dinge, die allesamt auf ihre Weise das Leben ausmachen, die die Bühne bilden für unsere ewige Aufführung, für unsere Handlungen, Worte und Gedanken.

Daniel sah diese Bühne. Aber augenblicklich konnte er sie nicht betreten. Als wäre dort eine undurchdringliche Mauer, die ihn von der Bühne trennte. Alles um ihn herum war real, vorhanden. Nur konnte er keine Verbindung dazu aufnehmen. Er blieb ausgeschlossen.

Aber er würde nicht verrückt werden. Das nicht. Und doch, dieser Freitag hatte sein Leben verändert. Der ganze Freitag. Nicht nur die Schüsse in der Kneipe, sondern auch Britta. Als wäre dieser Freitag Ende und Beginn zugleich.

Die Todesschüsse hatten ihn gesellschaftsunfähig gemacht. Egal, ob nun jemand davon wusste oder nicht. Ein

Mörder blieb automatisch von der Gesellschaft ausgeschlossen. Dann war Britta gekommen. Ihre Liebe hatte ihn wieder gesellschaftsfähig werden lassen. Jemand, der geliebt wird, kann nicht ausgeschlossen sein, vor allem, wenn er selbst liebt. Oder? Aber wie verhielt es sich mit all den anderen Mördern? Wurden nicht auch sie geliebt? Liebten sie nicht auch? Sogar die fiesesten Nazis hatten ihre Familien geliebt. Wann konnte denn nun jemand ausgeschlossen sein? Wann nicht? Und, wurde er nun ausgeschlossen oder nicht?

Wenn es ihm nur endlich gelänge, sein Gesicht aus der Sonne zu nehmen. Aber es kam ihm so vor, als besäße die Sonne eine Art magnetische Kraft. Er fühlte sich außerstande, dagegen anzukämpfen, vor allem, da die größtenteils durchwachte Nacht ihren Tribut forderte.

Er konnte froh sein, dass diese Kraft sich nicht noch weiter verstärkte, um ihn ganz vom Boden zu lösen, ihn in die Luft zu ziehen, ihn schweben zu lassen, höher und höher, der Sonne entgegen, ihn in sie zu stürzen. Ihn innerhalb von Bruchteilen von Sekunden schmelzen zu lassen. Dagegen wirkte ein kleiner Sonnenstich wie ein Scherz.

Millionen von Sternen blitzten vor seinen Augen um die Wette. Blinkten und strahlten. Wie die Silberpokale in der Vitrine. Man konnte mit einem Baseballschläger gegen diese Pokale schlagen, als wolle man Golf spielen. Oder gegen sie treten, als wolle man Fußball spielen.

»Warum blinkt und glitzert und strahlt ihr so wie die Silberpokale in der Vitrine?« Die Sterne reagierten nicht, sie blinkten nur umso stärker. »Hört auf, lasst mich in Ruhe. Versteht doch, irgendjemand musste es tun.«

»Was tun?«

Irgendwo in weiter Ferne eine Stimme. Sprachen endlich die Sterne zu ihm?

»Daniel?«

Klangen so die Stimmen der Sterne?

»Daniel?«

Die Stimme klang jetzt ganz nah, direkt an seinem Ohr. Die Stimme kam ihm bekannt vor. Wenn er bloß die Augen öffnen könnte, um zu sehen, wem diese Stimme gehörte.

»Daniel, wach auf!«

Etwas berührte ihn. Etwas Vertrautes, das nichts mit Sternen zu tun hatte, nichts mit Pokalen. Oder doch? Etwas packte ihn an der Schulter und schüttelte ihn. Sprach zu ihm. »He, pennst du?«

Das Schütteln brachte das System der Sterne durcheinander, ließ die Sterne kreisen und kreisen und kreisen. Schneller und schneller. Bis nur noch ein einziger Stern leuchtete. Ein unbeweglicher Stern. Ein großer, heller Stern. Die Sonne? Bernds Hand? Bernds Stimme?

Er öffnete die Augen. Er blinzelte. Gelb. Schwarz. Blau. Wieder gelb. Unendliches Gelb. Schwarz. Undurchdringliches Schwarz. Undurchdringlich wie die Mauer, die ihn nicht auf die Bühne ließ. Das Schwarz verschwand. Das Gelb kam wieder, brachte das Blau mit. Seine Pupillen bewegten sich, sahen das Braun, das Rot, sahen Bernd.

Sein Mund öffnete sich. »Hi, Bernd.«

»Hast du gepennt?«

»Nee, mir ist nur irgendwie so schwummrig. So seltsam.« Daniel suchte seinen Schmetterling. Fast wäre er aufgesprungen, um in dem Bierkasten nach ihm zu schauen. »Schmetterling?«

»Was?«

»Wo ist der Schmetterling?«

»Was für ein Schmetterling?«

»Na, der von vorhin.« Daniel ließ sich nach hinten fallen, legte seinen Rücken auf die Wiese und verschränkte die Arme hinter dem Kopf. Hoch oben am Himmel flog ein Flugzeug.

»Wie spät?«, fragte Bernd.

»Kurz nach vier.«

»Ich muss gleich los.«

Bernd war mit Steffi verabredet und wollte in ihrer Wohnung sein, wenn sie von der Arbeit kam. Sie arbeitete bis halb fünf. Daniel würde Britta um sechs Uhr von der Kanzlei abholen.

KAPITEL 33

Die junge Frau hieß Yildiz, sie arbeitete als Krankenschwester im Wolfenbütteler Krankenhaus. Helmut traf sich mit ihr im Schwesternzimmer. Er wollte sie sprechen, bevor er das Krankenzimmer betrat, in dem im günstigsten Fall der gesuchte Koch lag.

Zuvor hatte Helmut mit dem behandelnden Arzt gesprochen und erfahren, dass der Patient am Samstagabend in einen Verkehrsunfall verwickelt worden war. Er war zu Fuß über eine Kreuzung gegangen und von einem Auto erfasst worden. Er hatte Knochenbrüche, aber keine lebensbedrohlichen Verletzungen und schien vernehmungsfähig zu sein.

Helmut war allein zum Krankenhaus gefahren, nur Stahlmann und Ostheim wussten davon. Helmut versuchte, keinen Wirbel um dieses Gespräch zu veranstalten. Es bestand immerhin die Gefahr, dass der türkische Koch (falls er tatsächlich der fragliche Patient war) illegal in Deutschland lebte, und Helmut wollte verhindern, dass andere Behörden sich zu früh einmischten und den Zeugen unter Umständen einschüchterten.

»Schwester Yildiz, erzählen Sie mir bitte, was Sie dazu gebracht hat, die Polizei zu verständigen?« Die junge Türkin hatte vor einer Stunde in der Dienststelle angerufen und geschildert, dass im Krankenhaus möglicherweise ein wichtiger Zeuge läge.

»Herr Cakir redet im Schlaf.« Schwester Yildiz sprach vollkommen akzentfrei Deutsch.

»Auf Türkisch?«

»Ja. Ich denke, er spricht nur türkisch und er spricht nur mit mir. Er findet es übrigens nicht gut, dass ich kein Kopftuch trage. Aber das nur nebenbei.« Schwester Yildiz lächelte.

»Und was erzählt er im Schlaf?« Helmut wäre gern auf diese charmante Bemerkung eingegangen, aber ihm fiel auf die Schnelle nichts ein.

»Er erzählt von bösen Deutschen und von guten Deutschen. Die guten Deutschen bringen die bösen Deutschen um. Allerdings haben die bösen Deutschen offenbar vorher einen Freund von Herrn Cakir getötet.«

»Offenbar?«

»Ja, besser kann ich es nicht wiedergeben. Zum einen redet Herr Cakir manchmal etwas wirr, zum anderen ist mein Türkisch leider nicht ganz so gut wie mein Deutsch.« Offenbar bemerkte Schwester Yildiz Helmuts ratlosen Blick, denn sie fügte sofort hinzu: »Ich bin in Deutschland geboren, müssen Sie wissen.«

Helmut nickte. »Das allein brachte Sie aber nicht dazu, bei uns anzurufen, oder?«

»Nein, natürlich nicht. Ich habe Herrn Cakir am Morgen nach seiner ersten Nacht hier bei uns darauf angesprochen. Er reagierte wirklich sehr seltsam. Ängstlich, beinahe panisch. Ähnlich reagierte er, als wir ihn nach seinen Angehörigen in Deutschland fragten. Nach Freunden. Nach seiner Arbeit. Wir wollten gern irgendwen darüber informieren, dass er im Krankenhaus liegt. Aber er will partout nichts sagen. Wir konnten nur seinen Namen feststellen, denn einen Pass trägt er bei sich.«

»Einen türkischen Pass?«

»Ja.«

»Herr Cakir ist eventuell illegal eingereist und besitzt keine Arbeitserlaubnis.« Das war nicht mehr als eine Vermutung. Ein Bauchgefühl. Zum Teil beruhte dieses Bauchgefühl auf einschlägigen Erfahrungen. Es kam häufig vor, dass türkische Männer zunächst allein nach Deutschland kamen, einen Job im Verborgenen annahmen, wie in der Küche eines Restaurants, um sich anschließend um Aufenthaltserlaubnis und Arbeitsgenehmigung zu bemühen und die Familie nachkommen zu lassen.

»Oh.« Schwester Yildiz wirkte ehrlich bestürzt.

»Das ist nur eine Vermutung, und dafür interessiere ich mich überhaupt nicht. Keine Sorge. Aber erzählen Sie bitte weiter.«

»Danke, Herr Kommissar. Heute Morgen, als meine Schicht begann und ich wieder nach ihm sah, sprach Herr Cakir erneut im Schlaf. Wieder von Toten, aber diesmal zählte er auch verschiedene Gerichte auf. Türkische Gerichte, mit Lamm hauptsächlich. Irgendetwas ist schiefgelaufen. Er hat wohl vergessen, den Herd auszustellen. Ich sprach ihn direkt an und wollte von ihm wissen, wo das alles passiert ist. Er war nicht richtig wach, aber er erwähnte Ephesus. Zuerst dachte ich mir nichts dabei. Als ich in der Pause die Zeitung las, bin ich natürlich wieder über diese Meldung von der Schießerei in Wittmar gestolpert und mir fiel ein, dass das Restaurant dort Ephesus heißt. Ich ging direkt wieder zu Herrn Cakir und fragte ihn, ob er dieses Restaurant kenne, ob er dort arbeite. Er reagierte wieder panisch und wich mir aus. Da dachte ich, ich rufe am besten die Polizei an.«

»Eine sehr gute Idee, Schwester Yildiz.«

»Kriegt Herr Cakir jetzt Ärger?«

»Das denke ich nicht. Dafür wird sich eine Lösung finden. Ich muss aber dringend mit ihm sprechen. Und ich brauche Sie als Dolmetscherin, Schwester.«

Kurz darauf gingen Schwester Yildiz und Helmut zum Krankenzimmer von Fikret Cakir. Im Gang, der dorthin führte, öffnete gerade jemand unbeholfen die Tür zu einem anderen Zimmer. Eine Frau mit Gipsverband am linken Arm. Blonde, kurze Haare, weiße Bluse. Wenn es ein T-Shirt gewesen wäre, wäre es eindeutiger gewesen. Trotzdem: War das nicht Marina? Was suchte sie hier? Das konnte eigentlich nur Zufall sein, oder? Falls sie es überhaupt war. Helmut konnte sich jetzt nicht mit dieser Frage beschäftigen.

Fikret Cakir sah ziemlich elend aus, blass im Gesicht und der Körper von Verbänden zum Teil verdeckt, das rechte Bein war beinahe komplett eingegipst. Für einen Moment, als Cakir Schwester Yildiz erblickte, hellte sich sein Blick auf, doch als er Helmut entdeckte, fuhr dem Patienten deutlich der Schreck in alle Glieder – eingegipst oder nicht.

Schwester Yildiz und Helmut hatten auf dem kurzen Weg ein kleines Szenario durchgespielt. Mit dessen Hilfe wollten sie Cakir schonend beibringen, dass Helmut Polizist, aber nur am Thema Ephesus interessiert war.

An Cakirs Reaktion auf Schwester Yildiz erste Sätze erkannte Helmut, dass dieser Plan nicht aufging. Cakirs Augen weiteten sich; es sah aus, als spränge er am liebsten aus dem Bett, um zu türmen. Als Schwester Yildiz ihn erneut ansprach, schüttelte er bloß den Kopf. Helmut erkannte zudem Tränen in seinen Augen.

»Ich glaube, wir müssen unsere Taktik ändern.« Helmut flüsterte, obwohl Cakir ihn ohnehin nicht verstand. »Sagen

Sie ihm bitte, dass ich ihm eine Aufenthaltsgenehmigung und eine Arbeitserlaubnis besorgen kann.«

Damit setzte Helmut nicht nur sehr viel auf eine äußerst unsichere Karte, er überschritt zudem seine Befugnisse um gleich mehrere Längen. Im schlimmsten Fall handelte er sich riesengroßen Ärger ein. Eines war dennoch unumstößlich: Wenn Herr Cakir ihm half, würde Helmut ihm beide Papiere besorgen – auch wenn es ihn eine Beförderung kosten sollte.

Andererseits war dieser Fall so eminent wichtig, und die Polizei stand derart unter Druck. Was bedeutete da eine Arbeitserlaubnis im Gegenzug für eine so bedeutende Zeugenaussage?

Schwester Yildiz übersetzte; Cakirs feuchte Augen wanderten von ihr zu Helmut und wieder zurück. Er antwortete, zunächst stockend, dann etwas flüssiger.

Schwester Yildiz übersetzte nun für Helmut: »Herr Cakir möchte wissen, warum Sie das für ihn tun. Ich schätze, er traut Ihnen nicht über den Weg.«

Immerhin räumte Cakir damit indirekt ein, dass er die Papiere tatsächlich nicht besaß, dachte Helmut. Laut sagte er: »Informieren Sie ihn bitte darüber, dass ich eine Gegenleistung erwarte. Am besten verraten Sie ihm gleich, welche: Wenn er als Koch im Restaurant Ephesus in Wittmar arbeitet, brauche ich ihn als Zeugen für die Schießerei vom Freitag. Wenn er mit mir darüber spricht, besorge ich ihm die Papiere.«

Schwester Yildiz sprach diesmal etwas länger mit Cakir. Ständig schüttelte der Türke den Kopf. Nach etwa fünf Minuten fasste die Krankenschwester das Gespräch für Helmut zusammen: »Wenn ich Herrn Cakir richtig verstehe, findet er wohl, er liefert die falschen Leute ans Messer. Die, die es verdient haben, sind tot. Sie wissen ja: gute Deutsche, böse Deutsche.«

»Aber er ist der Koch vom Ephesus, ist am Freitag dort gewesen und hat etwas beobachtet?«

»Ja, all das gibt er zu.«

Helmut überlegte kurz. »Sagen Sie Herrn Cakir bitte Folgendes: Wir müssen die guten Deutschen finden, bevor andere böse Deutsche sie finden. Die guten Deutschen haben von uns weitaus weniger zu befürchten als von den anderen Bösen. Ach ja, und fragen Sie ihn bitte, ob es zwei gute Deutsche sind.«

Diesmal dauerte das Gespräch zwischen Schwester Yildiz und Cakir nur knapp zwei Minuten, und zum ersten Mal sah Helmut den Koch nicken.

Auch Schwester Yildiz nickte, als sie sich wieder zu Helmut drehte. »Ja, es sind zwei gute Deutsche, bestätigt Herr Cakir. Ansonsten vertraut er Ihnen, glaube ich, nicht wirklich. Er behauptet, er könne Ihnen die beiden guten Deutschen nicht beschreiben. In jedem zweiten Satz erwähnt er übrigens, dass er nicht in die Türkei abgeschoben werden möchte. Die Schande wäre zu groß.«

KAPITEL 34

Als Bernd ihn ein paar Meter entfernt von der Fußgängerzone absetzte, blieben Daniel knapp eineinhalb Stunden bis zum Treffen mit Britta. Er marschierte geradewegs auf einen Biergarten zu, der direkt an einem Fluss lag und recht beschaulich wirkte. Einige Gäste tranken Kaffee, andere Wein, zwei Männer, die wie Geschäftsleute gekleidet waren, prosteten sich mit Weizenbier zu.

Daniel setzte sich an den Nebentisch und bestellte ebenfalls ein Weizenbier. Er trank gemütlich und rauchte, nahm sich Zeit zum Nachdenken und zum Beobachten.

Das Mädchen dahinten beispielsweise, das sah sehr seltsam aus. Vollkommen schwarz. Jacke, Haare, Hose, T-Shirt, Schuhe – alles schwarz. Es setzte sich zu einer jungen Frau direkt am Eingang des Biergartens. Das Mädchen bestellte etwas zu trinken. Zehn zu eins: »Kaffee – schwarz!«

Was war das? Hörte sich nach Kirchenglocken an. Am Montagnachmittag? Seltsame Zeit dafür. Warum sie wohl läuteten? Eine Hochzeit? Am Montagnachmittag? Aber was sonst? Ein Todesfall? Denkbar. Der Tod fragt nicht nach dem Tag und der Stunde.

Himmel und Hölle, was waren das für Gedanken? Aber andererseits, dort das Mädchen ganz in Schwarz, hier die Glocken. Er schaute auf seine Uhr. Viertel nach fünf. Eine Dreiviertelstunde, bis er Britta wiedersehen würde. Gott sei Dank.

Was wohl aus Bernd und Steffi werden würde? Ob Steffi traurig wäre, wenn Bernd ihr erzählte, er müsse fort? Sollten sie doch noch ein paar Tage länger bleiben?

Er drehte sich eine weitere Zigarette. Fünf vor halb sechs. Fluss und Biergarten ermüdeten ihn langsam, und sein Glas war leer.

Da gab es doch, sofern er sich recht erinnerte, eine Buchhandlung auf dem Weg zu Brittas Anwaltskanzlei. Da konnte er ein wenig stöbern.

Er zahlte, begab sich auf den Weg, fand die Buchhandlung und stolperte dort direkt über die sogenannte Thomas-Mann-Ecke mit einer Reihe von Taschenbüchern, unter anderem »Der Tod in Venedig«.

Daniel hatte diese aus seiner Sicht sterbenslangweilige Erzählung in der Schule lesen müssen. Höchststrafe, wie er fand.

Am liebsten hätte er das Buch aus dem Regal gerissen, um es einen Augenblick abschätzig zu betrachten und es dann vor aller Kunden Augen lässig über die Schulter nach hinten zu werfen. Weg damit!

Was für eine aussagekräftige Geste. Was für ein verdammt toller Rebell er doch war!

Zum Glück stand er sich kritisch genug gegenüber, um ob dieser seltsamen Gedanken in schallendes Gelächter auszubrechen.

Warum nur starrten ihn die anderen Kunden so an? Hätte er besser nur daran denken sollen, in schallendes Gelächter auszubrechen? Jetzt hielten ihn die Leute für einen dieser Spinner, die Selbstgespräche führen, lachen, fluchen und schimpfen.

Oh Gott, wie peinlich! Er schlich gesenkten Hauptes zwischen Regalen, Tischen und Menschen hindurch zum Ausgang, hob den Kopf auch nicht, nachdem er die zum Glück geöffnete Tür passiert hatte. Warum eigentlich? Er war doch längst wieder raus aus der Buchhandlung. Und wogegen stieß sein Kopf gerade? Weich war es auf jeden Fall.

»He, pass doch auf.« Der Kerl mit den schwarzen Haaren und den dunklen Augen ballte die Faust.

»Oh, Pardon.« Daniel sah den Dunkelhaarigen an.

»Freundchen!«

»Ja, tut mir leid.«

Doch der Mistkerl pöbelte weiter. »Hast du keine Augen im Kopf? Rennt mich glatt um, der Kerl.«

Daniel reichte es langsam. »Jetzt ist aber mal gut, ja?«

In diesem Augenblick hätte alles passieren können. Zum Beispiel hätte Daniel Prügel beziehen können. Das lag nahe, denn sein Gegenüber besaß eine Statur, die an einen Boxer oder Ringer erinnerte. Vor allem wirkte er höchst aggressiv und hob bereits die Faust.

Eventuell hätten sich andere Passanten eingemischt, die beiden zurückgehalten oder aber eine Massenschlägerei inszeniert. Aber das erschien eher unwahrscheinlich, waren doch Passanten dafür bekannt, sich nirgendwo einzumischen und lieber in die Rolle von Schaulustigen zu schlüpfen.

Was wirklich passierte, hätte allerdings auch niemand für möglich gehalten: In dem Augenblick, als der Mistkerl zuschlagen wollte, schwebte etwas über den marktähnlichen Platz, an dem die Buchhandlung lag. Nicht größer als ein durchschnittlicher Kleinwagen und rund. Es sah, obwohl es sehr langsam zu Boden schwebte, aus, als könnte es auch verdammt schnell sein.

Dieser Eindruck bestätigte sich nur wenige Augenblicke später.

Was aber zuvor schon die Annahme, es könnte verdammt schnell sein, bekräftigte, geschah in dem Moment, als das Gefährt anhielt, sich eine Klappe öffnete und dieses kleine grüne Männchen hinausschaute und allen zuwinkte.

Da wurde allen klar: Dieses Gefährt ist nicht von dieser Welt.

Gleich nach dem Winken holte das kleine grüne Männchen von nirgendwoher eine Art Pistole, richtete sie auf den aggressiven Mann, drückte nirgendwo ab und ließ dadurch einen Lichtstrahl durch die Luft sausen. Dieser Lichtstrahl verwandelte den Mistkerl in eine Rauchwolke und gleich darauf in ein Häuflein Asche.

Das kleine grüne Männchen zwinkerte Daniel zu. Danach holte es von nirgendwoher ein Messer und ritzte am Griff der Pistole herum. Dann verschwand es in der Luke, und eine Sekunde später fühlten sich diejenigen bestätigt, die davon ausgegangen waren, dass das Gefährt, das wohl ein echtes Raumschiff war, wahnsinnig schnell sein konnte, wenn es nur wollte. Eine Sekunde später wollte es.

KAPITEL 35

Helmut stand kurz vor dem Ziel: Seine Theorie mit den beiden Unbekannten, die eher zufällig in die Sache hineingeraten waren, schien sich zu bewahrheiten. Er hatte den Koch gefunden, Fikret Cakir, seinen Zeugen.

Aber an Gesichter konnte sich dieser Zeuge nicht erinnern. Alles war so schnell vonstattengegangen. Dazu die Angst. Erst, als er die Männer mit den Baseballschlägern und den Fahrradketten sah, und später, als er die Pistolen entdeckte.

Die Kleidung der Männer mit den Pistolen? Da waren so viele Männer gewesen. So viele Männer. An eine Mütze konnte er sich erinnern.

Eine Baseballkappe? Vielleicht. Halt eine Mütze. Einer der Männer hatte eine Mütze getragen. Einer der bösen Männer.

Mithilfe von Schwester Yildiz stellte Helmut kurze, präzise Fragen. Er konnte den Tathergang auf diese Weise einigermaßen rekonstruieren: Die beiden guten Männer treffen am späten Freitagmittag ein. Sie trinken Bier und möchten etwas essen. Ali kommt in die Küche, um Cakir Bescheid zu geben. Cakir möge Lamm schmoren. Ali versucht, die beiden Gäste zu überreden, Lamm zu essen. Das ist in Ordnung, denn Schmorgerichte mit Lamm beherrscht Cakir in der Tat am besten.

Cakir setzt den Lammbraten auf – und wird die Herdplatte nicht wieder abstellen. Denn kurz darauf tauchen die sechs bösen Männer im Restaurant auf (plus des siebten Bösen an der Außentreppe), vertreiben die beiden Guten und stürzen sich mit ihren Schlagwaffen sofort auf Ali. Dann kehren plötzlich die beiden Guten zurück, um Ali zu helfen.

»Sie hätten auch mir geholfen, hätten sie gewusst, dass ich im Haus bin. Sie dürfen sie nicht ins Gefängnis stecken, das sind gute Männer«, sagte Cakir, dem irgendwie die Flucht geglückt war (tatsächlich durch das Fenster zur Garage), die ihn schließlich zu seinem Bruder Kemal geführt hatte.

Natürlich enthielt diese Geschichte einige Lücken. Dennoch erwies sich Fikret Cakir als akzeptabler Zeuge. Außerdem entlastete er die beiden Täter – auch ohne etwas von der Schießerei gesehen zu haben.

Helmut schaute Schwester Yildiz an. Er wollte sie weder überfordern noch ausnutzen. Sie hinterließ allerdings einen recht entspannten Eindruck. Also stellte Helmut weitere Fragen.

Und das Auto? Das Auto, mit dem die guten Männer gekommen waren? Ein kleiner Wagen. Sehr klein.

Die Marke? Nein, nein, die Marke kannte er nicht.

Wenigstens die Farbe? Nein. Es war alles so schnell passiert. Dann noch dieser Unfall. So viel Unglück. So viel Leid. So viel Schmerz. Die Angst vor der Schande, zurückgeschickt zu werden. Im Heimatdorf würden sie ihn auslachen und ihr gespendetes Geld zurückfordern.

Das Kennzeichen auch nicht?

Kennzeichen?

Sein Notizbuch!

Aufgeregt zeigte Cakir auf den schmalen Kleiderschrank. Dort hing seine Jacke. Und in dieser Jacke steckte ein kleines Notizbuch. In dieses Notizbuch hatte der Koch eine Menge Autokennzeichen notiert. Darunter das des Wagens, der am

Freitagmittag vor der Kneipe gehalten hatte. Der Wagen, in dem die guten Männer gekommen waren.

Er konnte sich aber nicht mehr an dieses Kennzeichen erinnern. Es war auf jeden Fall ein fremdes Kennzeichen gewesen.

Aber jetzt fielen ihm noch nicht einmal die ersten Buchstaben ein. Er musste das ganze Buch durchsehen. Wenn er es vor sich sah, würde er wissen, dass es das richtige Kennzeichen war.

KAPITEL 36

Daniel saß auf der Bank direkt gegenüber von Brittas Kanzlei und wunderte sich, woher all diese schwachsinnigen Ideen kamen. Gewiss ließ da der gute Herr Adams mit seinen Anhalter-durch-die-Galaxis-Büchern grüßen; trotzdem dachte Daniel manchmal, er wäre ein wenig durchgeknallt. Manchmal ging er irgendwie davon aus, dass er total verrückt war. In Augenblicken wie diesem wusste er es.

Zuvor hatte er Glück gehabt. Wer weiß, was passiert wäre, hätte nicht die Gattin des Cholerikers eingegriffen und sehr entschieden »Gregor« gerufen? Gregor hatte daraufhin die Faust sinken lassen und ein letztes Mal »Freundchen« gesagt. Dann hatte er sich umgedreht und war, geführt von seiner Gattin, davongegangen.

Daniels Hände hatten noch lange gezittert, er hatte sogar Schwierigkeiten gehabt, sich eine Zigarette zu drehen. Ihm fehlte ganz einfach eine alltagstaugliche Ausbildung zum Streetfighter.

Fünf Minuten vor sechs, fünf Minuten vor Britta, sozusagen. Daniel rauchte. Seine Hände zitterten noch ein wenig.

Eine Minute vor sechs. Er trat auf seiner Zigarette herum. Seine Hände zitterten nicht mehr.

Drei Minuten nach sechs. Die Zigarette war nichts weiter als einer von hunderttausend braunen Flecken auf dem Pflaster der Wolfenbütteler Fußgängerzone. Seine Hände waren ein wenig feucht.

Acht Minuten nach sechs. An Zigaretten verschwendete niemand die Spur eines Gedankens. Seine Hände waren nass.

Zwölf Minuten nach sechs. Drei Fragen löcherten sein Gehirn. Erstens: Was ist eine Zigarette? Zweitens: Seit wann wechseln Hände ihren Aggregatzustand von fest in flüssig? Drittens: Wer fragt da »Bist du Daniel?«

Er sah hoch. Die junge Frau wirkte verlegen. Vielleicht, weil sie einen etwas zu grellen Lippenstift gewählt hatte? Sie scharrte mit dem Fuß. Irgendetwas stimmte nicht. Dieses Mädchen war nicht Britta. Britta benutzte keinen Lippenstift. Es war auch nicht Steffi. Die benutzte zwar Lippenstift, hätte aber nicht gefragt, ob er Daniel war. Außer Steffi und Britta kannte er niemanden hier. Dieses Mädchen wusste zumindest von seiner Existenz. Wie gesagt: Irgendetwas stimmte nicht.

»Bin ich.«

»Du wartest auf Britta, nicht wahr?« Die junge Frau hörte nicht mit dem Scharren auf.

»Ja, wo ist sie?«

Die Antwort der jungen Frau beantwortete sowohl die gestellte Frage nach Brittas Aufenthaltsort als auch die nicht gestellte Frage, warum das Mädchen so verlegen wirkte und mit dem Fuß scharrte. Es hatte nichts mit der Farbe ihres Lippenstifts zu tun, sondern mit der Tatsache, dass Britta im städtischen Krankenhaus lag.

»Was?«

»Ist nichts Dramatisches.« Zum Glück hörte das Mädchen mit dem Scharren auf.

»Was ist es denn?«

»Sie hat sich den Arm gebrochen. Es ist wohl kein ganz einfacher Bruch. Deshalb soll sie wenigstens für eine Nacht im Krankenhaus bleiben. Morgen soll sie dann noch mal untersucht werden, wenn ich es richtig verstanden habe.«

»Oh Gott, wie ist das denn passiert?«

»Sie ist auf einer Bananenschale ausgerutscht.«

»Auf einer Bananenschale?«

Das hätte wohl noch nicht einmal Douglas Adams erfunden. Unfassbar! Daniel hatte bis zu diesem Moment niemals gehört, dass tatsächlich jemand auf einer Bananenschale ausgerutscht war. Nie. Und nun brach sich Britta genau dabei sogar den Arm.

»Ja. In der Mittagspause. Sie wollte einkaufen gehen. Direkt hier vor der Tür ist es passiert.«

»Ach du Scheiße.«

»Wir haben versucht, dich zu erreichen. Bei Britta zu Hause. Du warst wohl unterwegs. Logisch, bei dem Wetter. Wer sitzt da schon gern in der Wohnung?«

»Hör mal, hast du zufällig ein Auto?« Er wollte sofort zu ihr fahren.

»Nee, tut mir leid. Du möchtest bestimmt ins Krankenhaus.«

»Logo.«

»Tut mir leid. Ehrlich.«

»Alles gut. Ich finde schon jemanden, der mich hinfährt.«

»Sicher?«

»Klar. Wo ist das überhaupt, das Krankenhaus?«

»Ganz einfach.« Das Mädchen beschrieb ihm den Weg.

»Ich werde es finden. Schönen Dank.«

»Nichts zu danken. Grüß mir die Britta.«

»Mach ich.«

Kurz darauf betrat Daniel eine Telefonzelle und beglückwünschte sich, Steffis Telefonnummer notiert zu haben. Seine Hände zitterten wieder, als er wählte.

»Bernd bei Steffi?«

Puh, durchatmen. Ruhig bleiben. »Hi Bernd, hier Daniel. Pass auf.« Er erzählte seinem Freund die Geschichte.

Steffi war kurz zu ihren Eltern gefahren. Aber Bernd wollte sofort kommen und Steffi eine Nachricht hinterlassen.

Während er auf Bernd wartete, versuchte Daniel, nicht darüber nachzudenken, was sich nun alles geändert hatte, da Britta im Krankenhaus lag. Vor allem mochte er nicht an sein Versprechen denken, morgen mit Bernd nach Hause zu fahren. Auch mochte er nicht daran denken, wie er auf die wahnsinnige Idee gekommen war, ein paar Tage ohne Britta sein zu können.

Und Bernd? Bernd würde es verstehen. Selbst wenn es nur ein gebrochener Arm war. Bernd war sein Freund.

Sein Freund, der jetzt auf sich warten ließ. Gleich Viertel vor sieben. Wie das wohl mit Besuchszeiten in diesem Krankenhaus war? Egal, er wollte zu Britta. Also würde er auch zu ihr gelangen. Basta.

Mann, Bernd, beeile dich.

Sie wollten sich dort treffen, wo Bernd ihn zuvor abgesetzt hatte. Ein Ort, den sie beide problemlos fanden. Da lag wieder der Biergarten. Das schwarz gekleidete Mädchen war verschwunden. Vielleicht nahm sie an einer schwarzen Messe teil, und irgendjemand begoss sie gerade mit Schweineblut. Die beiden Weizenbiertrinker waren ebenfalls fort. Ob auch sie an der Messe teilnahmen? Falls ja, dann hoffentlich nicht als Schweine.

KAPITEL 37

Helmut spürte die wachsende Anspannung. Er schaute die Krankenschwester an, Yildiz, die ihm so nett half, die Türkin, die in Deutschland geboren worden war und kein Kopftuch trug. Hübsch sah sie aus mit ihrem schwarzen Haar, ganz glatt, recht lang und zu einem Pferdeschwanz gebunden.

Yildiz schaute gebannt auf Herrn Cakir, der sorgfältig durch sein kleines grünes Notizbuch blätterte. Jeden Moment dürfte der Koch den Eintrag finden; dann würde aus Helmuts bloßer Vermutung endlich eine Fahndung werden.

Er erinnerte sich an vorgestern Abend, als ihm auf der provisorischen Treppe am Neubau zum ersten Mal die Idee mit den beiden Unbekannten gekommen war, die an der Theke im Ephesus Bier aus unterschiedlich großen Gläsern trinken, sowie Raki mit Ali, dem Wirt. Bald bekämen die Männer Namen, zunächst derjenige von ihnen, dem das Auto gehörte. Doch auch seinen Beifahrer würde man rasch identifizieren.

Keiner seiner Kollegen hatte ihm geglaubt, bis jetzt hielten sie an ihrer Theorie mit dem Bandenkrieg fest. Biergläser und Schnapsgläser waren ihnen zu abstrakt. Doch die Buchstaben und Ziffern des Autokennzeichens und die Namen der mutmaßlichen Täter würden sie überzeugen.

Plötzlich rief Cakir etwas, er hielt Schwester Yildiz das Notizbuch hin, deutete mit dem Finger auf einen Eintrag. Helmut eilte zum Bett, sah sich die Stelle im Buch an, das Autokennzeichen, auf das er schon so lange wartete: BN-BD 343.

»BN? Was ist das für eine Stadt?« Schwester Yildiz blickte ihn stirnrunzelnd an.

Wenn er nicht Polizist wäre und solche Dinge gelernt hätte, wüsste Helmut es ebenso wenig. »Bonn.«

»Haben die nicht BO?«

»Nein, das ist Bochum.« Helmut schrieb das Kennzeichen in sein Notizbuch. »Kann ich hier irgendwo telefonieren?«

»Im Schwesternzimmer. Ich bringe Sie hin.« Anschließend sprach die Schwester wieder türkisch mit Cakir. Bevor Helmut nachfragen konnte, sagte sie: »Ich habe Herrn Cakir erklärt, dass wir jetzt gehen.«

Cakirs Augen waren auf Helmut gerichtet. Nervös?

Der Koch hatte seinen Teil der Abmachung erfüllt; nun war Helmut an der Reihe. »Richten Sie ihm bitte aus, dass ich mich herzlich bei ihm bedanke und mich wie versprochen revanchieren werde, sobald wir die Männer gefasst haben.«

Schwester Yildiz übersetzte.

Cakir wirkte irgendwie unglücklich, er sprach eindringlich mit Schwester Yildiz. Als diese sich anschließend an Helmut wandte, wirkte sie ratlos: »Auf einmal scheint ihm das mit der Aufenthaltsgenehmigung und der Arbeitserlaubnis nicht mehr so wichtig zu sein. Er findet es viel wichtiger, wenn diese beiden Männer nicht bestraft werden. Es sind …«

»Gute Männer«, vervollständigte Helmut. »Sagen Sie bitte Herrn Cakir, dass ich es versuchen werde.« Er drückte Cakir die Hand und folgte Yildiz ins Schwesternzimmer.

Helmut wählte die Nummer der Dienststelle; bereits nach dem ersten Klingeln nahm der Kollege ab, zum Glück jemand, den Helmut kannte und bei dem es reichte, seinen Namen und seinen augenblicklichen Aufenthaltsort zu nennen. »Wir brauchen dringend eine Fahndung im Zusammenhang mit der Schießerei in Wittmar.«

Sofort war der Kollege aufmerksam. »Ich höre.«

Helmut nannte das Kfz-Kennzeichen und hörte den Kollegen auf die Tastatur seines Computers tippen. Wahrscheinlich schickte er die Anfrage direkt in die Datenbank.

»Automarke, Farbe?«

»Unbekannt.«

»Oh, das ist ungewöhnlich.«

»Schwer und umständlich zu erklären, wie es dazu kommt.«

»Kein Problem, Herr Kommissar. Den Fahrzeughalter kann ich Ihnen sogar schon nennen.«

»Wie? So schnell?«, fragte Helmut überrascht.

»Kollege Computer arbeitet halt sehr fix. Ihr Mann heißt Bernd Dreckmann, wohnhaft Bonner Talweg 19, 5300 Bonn. Wenn Sie ein bisschen Zeit haben, kann ich Ihnen gleich auch Fahrzeugtyp und Farbe nennen.«

Helmut überlegte kurz. »Nein, ich möchte so schnell wie möglich zurück zur Dienststelle und mich an der Suche beteiligen. Aber liefern Sie bitte alle Infos an die Kollegen nach.«

»Mache ich.«

Die beiden legten auf, und Helmut wandte sich an Schwester Yildiz. »Ich gehe jetzt los, möchte mich aber vorher für Ihre Hilfe bedanken. Wenn die Sache vorbei ist, werde ich wiederkommen und Herrn Cakir helfen, so gut ich kann. Das verspreche ich Ihnen.«

»Und die beiden Männer?«, fragte Schwester Yildiz, als sie Helmut zum Abschied die Hand gab.

»Auch hier werde ich alles tun, was in meiner Macht steht.«

KAPITEL 38

»Mann«, rief Daniel, als er in den Wagen stieg.

»Keine Panik. Kennst du den Weg?«

»Ja.«

»Dumme Sache.« Bernd fuhr los.

Statt zu antworten, schaltete Daniel das Radio an. Diesmal konnte er sich nicht gegen Tracy Chapman wehren. Wenigstens sang sie »Fast Car«, das Lied fand er einigermaßen erträglich.

Bald würde er Britta den Arm um die Schulter legen, wenn sie auf die Lichter einer Stadt zufuhren …

Genau wie im Refrain des Liedes.

Sie näherten sich einer Kreuzung. Es handelte sich um die Kreuzung kurz hinter der Kneipe, wo sie am Freitag Steffi und Britta kennengelernt hatten. Rechts führte der Weg zu Brittas Wohnung. Zum Krankenhaus mussten sie geradeaus fahren. Das erklärte Daniel Bernd; Bernd ordnete sich in der mittleren Spur ein. Im Radio kam die Werbung, und Daniel suchte einen anderen Sender.

***

Seit Freitag litt Polizeihauptmeister Karger unter Verfolgungswahn. Überall sah er rote, blaue oder lilafarbene Kleinwagen. Wenn dann noch das Kennzeichen mit einem »B« anfing. In den allermeisten Fällen folgte auf das »B« allerdings ein »S«, und das ohne einen Bindestrich dazwischen. »BS« wie Braunschweig – der Nachbarstadt von Wolfenbüttel.

»Du siehst ja Gespenster«, hielt ihm der Kollege Schäfer an diesem Montag mehrfach vor. »Und außerdem: So prickelnd ist die Sache nun auch wieder nicht. Mein Gott, dann ist halt jemand mit 80 durch Schöppenstedt gebrettert. Na, und? Du weißt doch, wie oft so etwas vorkommt. Wir haben diesen Raser zufällig gesehen. Okay, hätten wir das vollständige Kennzeichen notiert, sähe die Sache etwas anders aus. Aber so, mein Gott, was soll es? Gibt zurzeit eh wichtigere Dinge.«

Natürlich, das berühmte Massaker von Wittmar. Das hatte gleichfalls am Freitag ereignet. Zufällig in der Nähe von Schöppenstedt.

***

Bei der ersten Grünphase kamen sie nicht über die Ampel. Nun warteten sie als vorderstes Auto. Daniel sah nach links und entdeckte das rote Gebäude, das direkt an der Kreuzung stand und das sie bereits am Freitag gesehen hatten. Man konnte die Eingangstür erkennen. Über dieser Tür hing ein blaues Schild mit weißen Buchstaben darauf. Sieben an der Zahl. Ein »E«, zwei »I«, ein »L«, ein »O«, ein »P« und ein »Z«. Die sieben Buchstaben waren in einer bestimmten Reihenfolge angeordnet: »Polizei«. Jede andere Reihenfolge wäre Daniel lieber gewesen.

Ebenso wäre ihm jedes andere Auto auf der Linksabbiegerspur neben ihnen lieber gewesen. Daniel konnte zwar nicht erkennen, um welche Marke es sich handelte, aber das spielte keine Rolle. Entscheidend war die Farbe dieses Wagens: grün und weiß. Und an der Beifahrertür nahmen jene sieben Buchstaben Gestalt an, exakt in derselben Anordnung wie auf dem Schild über der Eingangstür zu dem großen roten Gebäude.

Warum schauen die beiden Bullen so neugierig zu uns herüber, fragte Daniel sich. Kann man Bernd irgendwie ansehen, dass er zwei, drei Pils getrunken hat? Oder vier?

Jetzt stieg der Beifahrer aus.

Was hat der Kerl denn vor, wunderte sich Daniel. Geht der zum Kofferraum seines Dienstwagens? Nee, verdammt, der marschiert schnurstracks zu unserem Wagen. Will der Idiot sich unser Nummernschild ansehen? Was soll der Scheiß?

Die wissen unser Kennzeichen, schoss es Daniel durch den Kopf. Weiß der Geier, woher. Die werden uns gleich verhaften. Verdammt, das darf doch nicht wahr sein. Die stecken uns sofort ins Gefängnis. In Untersuchungshaft. Nein, das darf nicht sein.

***

Karger leistete erneut zusammen mit Schäfer den Streifendienst, diesmal in Wolfenbüttel. Es war die Schicht von zwei Uhr nachmittags bis zehn Uhr abends. Über drei Stunden blieben ihnen noch. Sie fuhren gerade die Breite Herzogstraße entlang und gleich darauf am Ziegenmarkt vorbei.

Ziegen oder andere Tiere wurden dort allerdings schon lange nicht mehr verkauft. Nein, der Name entsprang wohl eher dem Mittelalter oder irgendeiner anderen weit zurückliegenden Epoche. Stattdessen stand am Ziegenmarkt mittlerweile die Wolfenbütteler Justizvollzugsanstalt.

Einige der Insassen waren gute, alte Bekannte von Karger; schwere Jungs, die er eigenhändig hinter Gitter gebracht hatte. Einige davon saßen nicht zum ersten Mal – und nicht zum letzten Mal. Es blieb halt ein Teufelskreis: Wenn man einmal in diesem Milieu steckte, kam man nur selten wieder heraus.

Links, ein wenig versteckt, lag die Augusta, eine der netteren Kneipen der Stadt. Vielleicht ging er nach Dienstschluss noch ein Pils trinken? Eventuell mit Schäfer?

So, noch ein paar Meter, dann wären sie in der Dienststelle. Nur links abbiegen an der Ampel. Eine kurze Pause, danach käme der Endspurt. Zur Abwechslung würde er sich hinterher wieder ans Steuer setzen.

In diesem Moment kam der Ruf aus der Zentrale.

***

»Fahr«, rief Daniel.

»Ist rot.«

»Die Bullen. Dein Nummernschild. Fahr einfach.«

Bernd schaute in den Rückspiegel und sah den Polizisten, der sich gerade bückte. »Wohin?«

»Nach rechts.«

Genau in diesem Moment sprang die Ampel auf Grün, und Bernd fuhr los, inklusive Spurwechsel nach rechts. Er gab reichlich Gas, die Reifen quietschten, als er das Auto um die Kurve lenkte und dem Opel Ascona auf der Rechtsabbiegerspur bedenklich nahekam. Der Fahrer hupte.

Daniel konnte gerade noch erkennen, wie der Polizist zurück ins Auto sprang. Nun würden sie ihnen nachjagen, über

Funk ihre Kollegen verständigen und eine große Verfolgungsjagd einleiten. Sie mussten sich beeilen.

»Gib Gas«, rief Daniel.

»Sind die wirklich hinter uns her?«

»Ja. Der Bulle ist sofort zurück ins Auto gesprungen.«

»Scheiße.«

Sie rasten auf die nächste Kreuzung zu. Sie fuhren sehr schnell. Daniel blickte auf das Tachometer. Die weiße Nadel pendelte zwischen 70 und 80.

»Gib ruhig richtig Gas«, sagte Daniel.

Die Ampel leuchtete grün, und sie sausten über die Kreuzung hinweg. Vor ihnen tuckerte ein Trabant vor sich hin.

»Mist«, rief Bernd.

»Kommt doch nichts von vorn.«

»Kannst du um die Kurve gucken?«

In der Tat näherten sie sich einer langgezogenen Rechtskurve, links lag das Firmengelände von Jägermeister.

»Tu es«, rief Daniel.

Bernd scherte nach links aus. Sie kamen sehr schnell am Trabi vorbei. Vor der Rechtskurve. Vor dem Bus, der ihnen laut hupend entgegenkam. Für einen kurzen Moment sah Daniel die weit aufgerissenen Augen des Busfahrers.

Bernd wischte sich mit dem Unterarm über die Stirn.

»Alles klar?«

»Ja.«

»War knapp, was?«

»Wohin?«, fragte Bernd, als sie die nächste Kreuzung auf sich zukommen sahen.

»Weiter geradeaus.«

***

»Hinterher«, rief Karger, als er zurück in den Wagen sprang.

»Bist du sicher?«, wollte Schäfer wissen, er fuhr gleichwohl sofort los. Einige Autos hupten, denn sie fuhren von der Linksabbiegerspur nach rechts, wechselten gleich zwei Spuren auf einmal. Drei Autos mussten rangieren, um sie durchzulassen. Die beiden Streifenpolizisten steckten einen Augenblick lang fest. »Macht hin, ihr Penner.«

»Ziemlich sicher. Du hast doch den Ruf aus der Zentrale gehört. Gesucht wird ein lilafarbener Kleinwagen mit Bonner Kennzeichen: BN-BD 343.«

»Und das eben war der Wagen?« Schäfer kurvte das Auto durch die endlich entstandene Lücke.

»Ja.«

»Hast du das Kennzeichen überprüft?«

»Dazu kam ich nicht mehr ganz, die sind ja wie die Bekloppten losgefahren – genau in dem Augenblick, als ich mich bückte. BN konnte ich aber sehen. Du erinnerst dich: BN wie Bonn.«

»Wieso musst du dich denn bücken?« Schäfer schaltete das Blaulicht an und beschleunigte. »Brauchst du eine Brille, oder was?«

»Der Winkel war irgendwie schlecht zum Gucken.« Karger schnappte sich das Funkgerät, meldete sich bei der Zentrale und bat um Hilfe. Die wurde ihm prompt zugesagt. »Und weißt du was?«, fragte Karger gleich darauf. »Ich verwette meinen Arsch, dass das die Typen sind, die mit 80 durch Schöppenstedt gerast sind. Es war nämlich doch BN ohne Strich dazwischen.«

»Hilft uns jetzt nicht so viel weiter, oder?«

»Hm?«

»Oder siehst du den Wagen irgendwo?«

Tatsächlich konnten sie das Auto aus Bonn nirgendwo sehen.

»Egal, bleib einfach auf der Bundesstraße.«

***

Helmut ballte die Hand zur Faust, als ihn die Meldung der beiden Streifenpolizisten erreichte. Ein unfassbarer Zufall! Praktisch vor der Dienststelle, in die er gerade zurückgekehrt war.

Bereits der zweite glückliche Zufall heute. Wobei die Angelegenheit mit Fikret Cakir, dem Koch, im Grunde genommen eine Aneinanderreihung von Zufällen war. Cakir hatte das Massaker überlebt, war verschwunden, Opfer eines Verkehrsunfalls geworden und dadurch und dank der Hilfe von Schwester Yildiz zurückgekommen. Und, der wohl größte Zufall: Er hatte sich das Kennzeichen des Autos notiert, mit dem zwei Männer gekommen waren, um das Restaurant Ephesus in Wittmar zu besuchen. Den Fahrzeugtyp, Ford Fiesta, und die Farbe, Magenta, kannten sie mittlerweile auch.

Zwei Männer aus Bonn. Zwei Männer, die möglicherweise Raki sowie Bier aus unterschiedlich großen Gläsern getrunken hatten, deren Fingerabdrücke man an diesen Gläsern feststellen würde. Zwei Männer, die unerklärlicherweise Pistolen besaßen und diese benutzten, um sechs Skins zu erschießen. Warum nur? Weil sie notorische Gewalttäter waren? Eher nicht. Bernd Dreckmann, der Fahrzeughalter, ein

23 Jahre alter Student, schien vollkommen unbescholten zu sein, selbst die Verkehrssünderdatenbank in Flensburg kannte ihn nicht.

Vielleicht wollten er und der Beifahrer bloß dem Wirt helfen?

Helmut fand diese Variante wesentlich erfreulicher; er würde liebend gern mit den beiden Unbekannten sprechen und sie von ihnen bestätigt bekommen.

Dann könnte er im Idealfall sein Versprechen einlösen.

Falls Helmut die Männer doch hinter Gitter brachte, würde er irgendwie dafür sorgen, dass sie in ein Gefängnis kamen, wo man ihre Tat respektierte oder gar honorierte. Wo sie sicher waren. Keine Skins. Stattdessen Türken und andere Ausländer. Araber zum Beispiel.

Unwillkürlich tauchte die Gasse vor seinem geistigen Auge auf. Abdullah ganz in Weiß und mit irrem Blick. Und einer Keule in der Hand. Helmut schüttelte den Gedanken rasch wieder ab.

***

Daniel hatte nicht unbedingt das, was man eine zündende Idee nennen konnte. Wie auch, in der Kürze der Zeit? Wo alles so plötzlich und unerwartet gekommen war? Aber es schien auf jeden Fall angebracht, zunächst einmal aus der Stadt zu verschwinden. Irgendwo draußen mussten sie einen Platz finden, um sich auszuruhen und einen brauchbaren Plan auszuhecken.

Die Mietshäuser sausten an ihnen vorüber. Gelb. Blau. Grün. Braun. Grau.

Es ist aus und vorbei, dachte Daniel. Die Polizei ist hinter uns her. Warum sonst schaut sich der Polizist unser Nummernschild an und springt gleich darauf in seinen Wagen? Vermutlich haben sie den Koch gefunden. Oder kann die Apothekerin aus Wittmar wieder sprechen?

Daniels Gedanken rasten weiter: Aber warum sollen sich Koch oder Apothekerin Bernds Nummernschild merken? Dafür gibt es keinen plausiblen Grund. Und die Apothekerin kann das Nummernschild überhaupt nicht gesehen haben. Allenfalls den Wagen. Aber lilafarbene Ford Fiestas gibt es wohl mehr als nur einen, oder? Andererseits existieren auf dieser Welt genug Dinge, die nicht plausibel sind.

Man sucht uns, das steht fest. Man verfolgt uns inzwischen sogar. Wir haben sieben Menschen umgebracht. Grund genug, uns zu verfolgen. Uns zu erwischen. Uns zu verhaften. Uns vor Gericht zu stellen. Was werden wir vor Gericht sagen? Können wir unsere Tat irgendwie erklären? Sie so erklären, dass andere Menschen es verstehen? Unwahrscheinlich. Ich begreife es ja selbst nicht.

Daniels Gedanken wurden immer abstrakter.

Gibt es doch irgendwo eine Erklärung? Vielleicht liefert sie der Wirt, dem wir unbedingt helfen wollten? Er steht stellvertretend für alle Opfer von rechter Gewalt. Von Gewalt überhaupt. Und dazu die Ohnmacht, der wir entfliehen wollten. Wir mussten ein Zeichen setzen. Ausgerechnet durch Töten? Welche Wahl blieb uns denn? Darum folgt ja nun auch die Strafe. Wir werden verurteilt. Der letzte Wunsch? Mein letzter Wunsch? Britta. Natürlich.

»Wohin jetzt?«, fragte Bernd, als sie auf die nächste Kreuzung zurasten.

Daniel musste sich zunächst sammeln. »Geradeaus. Aus der Stadt raus.«

***

Helmuts Freude verflog allerdings genauso rasch wieder, wie sie gekommen war, als er von Ostheim erfuhr, dass das LKA auf dem Weg war. Inklusive Hubschrauber.

Die Sache eskaliert dadurch nur unnötig, befürchtete Helmut. Vor allem, da der Einsatzleiter des LKA nach seiner Ankündigung, unterwegs zu sein, den Funkverkehr mit Wolfenbüttel abgebrochen hatte. Sie konnten ihn nicht mehr erreichen.

Besonders alarmierend: Der Einsatzleiter hatte sich nicht von Hannover aus gemeldet, sondern aus Braunschweig. Keine zehn Kilometer entfernt. Offenbar hatte man die Einsatzzentrale verlegt, um näher am Geschehen zu sein – natürlich, ohne die Kollegen in Wolfenbüttel zu verständigen. Die hielt man beim LKA ohnehin für dumme Provinzpolizisten.

***

Wieder zeigte die Ampel auf Grün, dennoch gab Bernd etwas mehr Gas, um die Chance zu erhöhen, dass sie bei dieser Grünphase über die Kreuzung kamen.

»Geht es nicht schneller?«, fragte Daniel trotzdem. Sie passierten das Ortsschild und fuhren eine Anhöhe hinauf.

Das Tachometer zeigte gerade einmal 100 an.

»Ich gebe Vollgas«, schnauzte Bernd. »Mehr ist nicht drin. Es geht bergauf.«

Sie meisterten den Berg. Daniel schaute sich um. Er sah ein Auto, das sich gerade die Anhöhe hinauf quälte. Aus der Entfernung sah es nicht wie ein Polizeiwagen aus.

»Da ist jemand hinter uns«, sagte Bernd.

»Aber nicht die Polizei.«

***

»Der ist doch längst über alle Berge«, behauptete Schäfer.

»Lass uns wenigstens bis zum Ortsausgang fahren oder bis zum nächsten Dorf«, schlug Karger vor. »Außerdem kriegen wir jetzt Verstärkung. Den Kerl schnappen wir uns früher und später.«

»Es waren sogar zwei.«

Den Beifahrer hatte Karger natürlich ebenfalls bemerkt, vor allem dessen Augen im Rückspiegel, als der Kerl registrierte, wie der Polizeihauptmeister einen Blick aufs Nummernschild werfen wollte.

Dass die Typen in diesem Moment das Weite suchten, und wie sie das taten, das ließ sie noch verdächtiger erscheinen, oder? Nur wer etwas zu verbergen hat, macht sich derart schnell aus dem Staub, wenn sich Polizeibeamte nähern.

Nein, für Karger gab es keinen Zweifel: Diese beiden Kerle flüchteten vor Schäfer und ihm, weil sie etwas auf dem Kerbholz hatten, schlimmstenfalls verantwortlich waren für das Massaker von Wittmar.

Falls dies zutraf, wäre es der weiteren Karriere bei der Polizei gewiss hilfreich, an vorderster Front zu stehen, wenn man die Kerle schnappte. Vielleicht war sogar ein Wechsel zur Kripo drin? Davon träumte Karger schon lange.

***

Sie fuhren nun bergab, die weiße Nadel verschwand jenseits der 140. Rechts waren die Außenbezirke der Stadt zu erkennen: flache, langgezogene Mehrfamilienhäuser. Hier und da ragte ein weißes Hochhaus aus der grauen Masse hervor. Links erstreckten sich Felder.

Daniel drehte sich eine Zigarette.

»Mir auch«, bat Bernd.

Sie kamen durch eine Ortschaft. Bernds Fuß löste sich nur unwesentlich vom Gaspedal. Ein alter Mann spazierte über den Fußweg. Als sie an ihm vorüberflogen, drohte er mit seinem Gehstock.

Daniel hätte am liebsten angehalten, um dem Rentner zu erklären, warum sie so schnell fuhren. Er wollte sich für ihr rüdes Verhalten entschuldigen, dem Alten versichern, sie seien normalerweise anständige Verkehrsteilnehmer und überhaupt sehr anständig. Derart anständig, dass ihnen jetzt die Polizei auf den Fersen war. Wegen siebenfachen Mordes übrigens.

Wirklich sehr anständig.

Sie fuhren über Bahngleise, und da Bernd den Fuß auf dem Gaspedal ließ, schlug er zur Strafe mit dem Kopf gegen die Decke des Wagens. Daniel fiel der Tabaksbeutel samt Zigarette aus der Hand. Die Krümel verteilten sich gleichmäßig auf dem Sitz und im Fußraum. Er musste von vorn beginnen.

»Wie lange soll ich noch fahren?«, fragte Bernd.

»Weiß nicht. Fahr nur einfach.«

»Hm.«

Daniel dachte an Britta, die im Krankenhaus auf ihn wartete. Sie war bestimmt furchtbar traurig und enttäuscht, weil er nicht kam. Wenn er ihr nur eine Nachricht zukommen lassen könnte. Da vorn stand eine Telefonzelle. Aber nein, das ging nicht. Sie waren auf der Flucht.

Und Steffi? Sie wusste, dass Bernd und er auf dem Weg ins Krankenhaus waren. Sie würde es Britta mitteilen, wenn sie sie besuchte. Spätestens heute Abend.

Aber Bernd und er hatten das Krankenhaus nicht erreicht. Was würde Britta davon halten? Machte sie sich Sorgen, weil sie annahm, ihm sei etwas zugestoßen? Oder dachte sie, er hätte sich still und heimlich aus dem Staub gemacht?

Unsinn, die Reisetaschen von Bernd und ihm lagen bei den Mädchen. Nein, sie sorgte sich gewiss. Auch das noch. Arme, geliebte Britta. Würde sie jemals wieder etwas von ihm hören?

***

»Halt an«, rief Karger, als sie nach Wendessen hineinfuhren, das erste Dorf hinter Wolfenbüttel.

»Hm?«

»Na, der Mann dort am Straßenrand.« Karger spürte es: Dieser alte Mann hatte ihnen offensichtlich etwas Wichtiges mitzuteilen. Er winkte ihnen hektisch mit einem Gehstock zu.

Schäfer bremste, und Karger kurbelte die Fensterscheibe herunter. Bevor er den Mann etwas fragen konnte, keifte dieser los: »Fast totgefahren hätte der mich. Fast totgefahren.«

»Ein lilafarbenes Auto?« Karger konnte sich auf seinen Instinkt verlassen.

»Ich glaube ja.«

»Und in welche Richtung fuhr das Auto?«

»Durch Wendessen durch, wahrscheinlich nach Groß Denkte.«

Groß Denkte hieß das nächste Dorf an der B 79.

»Vielen Dank. Wir schnappen uns den Kerl.«

Karger wollte die Scheibe hochkurbeln, als der Mann hinzufügte: »Nehmen Sie ihn ordentlich in die Mangel, ja?«

Karger nickte und kurbelte endlich die Scheibe hoch. »Los, wir sind auf der richtigen Spur.«

Schäfer fuhr los, Karger schnappte sich das Funkgerät und benachrichtigte die Kollegen.

Aus der Zentrale erfuhr er, dass ein Sondereinsatzkommando des LKA unterwegs war, mitsamt Hubschrauber.

Schäfer und er sollten bitteschön nichts im Alleingang unternehmen und daran denken, dass die Verdächtigen, die sie verfolgten, bewaffnet und extrem gefährlich waren.

Ach ja, das LKA konnte man per Funk leider nicht erreichen.

»Schöne Scheiße.« Den Traum vom Wechsel zur Kripo musste er wohl direkt wieder begraben.

»Ja, jetzt erledigen die Penner aus Hannover unseren Job«, fauchte Schäfer.

***

Daniel und Bernd fuhren ein längeres Stück auf gerader Strecke.

»Verdammt, Daniel, kannst du mir bitte endlich mal verraten, wohin wir eigentlich fahren?«

»Ich weiß es nicht. Wir müssen uns irgendwo verstecken.«
Hastig drehte Daniel sich um. Niemand fuhr hinter ihnen.

»Aber wie soll es dann weitergehen?«

»Gute Frage.«

»Schön. Warten wir also darauf, von der Polizei geschnappt zu werden. Und dann ab ins Kittchen.«

»Ich gehe nicht ins Gefängnis.«

»Und wie willst du das verhindern, Daniel?«

»Das ist das einzige Problem bei der Sache.«

Das nächste Dorf. Eine scharfe Rechtskurve zwang Bernd, auf die Bremse zu treten. Auf der linken Seite sahen sie eine Tankstelle.

»Wie viel Benzin ist im Tank?«, fragte Daniel.

»Ich habe vorhin vollgetankt.«

»Super, Bernd. Da halten wir ja alle Trümpfe in der Hand.«

»Ja. Aber wohin sollen wir?«

»Der Wald, wo ich gestern mit Britta spazieren war, müsste jeden Moment kommen.«

»Und?«

»Da können wir uns ja irgendwo verstecken.«

»Und dann?«

»Mann, Bernd, ich weiß es nicht.«

»Haben wir denn überhaupt eine Chance?«

Daniel schaute zum Fenster hinaus. »Kaum. Wenn die tatsächlich dein Autokennzeichen wissen, kennen die auch deinen Namen und alles.«

»Also verloren?«

Bernd wirkte ziemlich ruhig. Wie brachte er das nur fertig? Und warum war Daniel jetzt wieder so ruhig? Es kam ihm mittlerweile so vor, als wäre das alles nur ein blöder Film, in dem er und Bernd die Hauptrollen spielten. Sie waren ganz große Schauspieler. Erfahren und abgebrüht. Doch sie spulten ihr Programm nicht einfach nur routiniert herunter, sie gaben alles, verschmolzen mit ihren Rollen. Produzent und Regisseur waren sehr zufrieden mit ihnen.

Der Film würde ein echter Kassenschlager werden. Gleichermaßen gefeiert von Publikum und Kritikern. Goldene Kamera, Golden Globe, Oscar – alles schien zum Greifen nahe.

Nur, warum rief nicht endlich jemand »Feierabend!«?
Oder »Drehschluss!«?

Mussten sie denn den Rest ihres Lebens diesen Film drehen?

Ortsende. Ausgerechnet ein Friedhof. Eine schwarz gekleidete Frau schob ihr Fahrrad auf die Eingangspforte zu. Wahrscheinlich wollte sie die Blumen auf dem Grab ihres Ehemannes gießen.

Grab? Tod? Blieb das denn nicht als einzige Alternative zum Gefängnis? Die Polizei schien ihnen dicht auf den Fersen zu sein, würde sie unweigerlich stellen. Früher oder später. Heute Abend oder morgen. Unabwendbar. Dann müssten sie wählen: Sich stellen oder kämpfen?

Aber warum kämpfen? Gegen wen überhaupt? Gegen die Polizisten, die nur ihre Pflicht taten? Die annahmen, sie jagten zwei Schwerverbrecher?

Nein, das wäre ein sinnloser Kampf. Genauso sinnlos wie das Gefängnis. Das Einzige, was blieb …

***

Auch in Groß Denkte, dem nächsten Dorf entlang der B 79, gab es Zeugen, die ein viel zu schnell fahrendes Auto gesehen hatten. Karger und Schäfer waren weiterhin auf der richtigen Fährte. Doch was nützte ihnen das, wenn sie allein nichts unternehmen durften?

Es sei denn, es käme eine neue Anweisung, wie sie sich verhalten sollten, falls sie die Flüchtigen stellten. Die Hoffnung stirbt bekanntlich zuletzt.

»Das sind Killer«, behauptete Schäfer.

»Dann müssen wir sie halt ausschalten«, antwortete Karger.

»Zu zweit?«

»Die sind auch nur zu zweit.«

Schäfer schwieg.

»Du willst wohl lieber auf Verstärkung warten, was?«, bohrte Karger nach.

»Und du möchtest lieber einen auf Rambo machen, oder was?«, schnauzte Schäfer zurück.

Diesmal schwieg Karger. Er dachte über Schäfers Worte nach. Die Typen im Fiesta hatten sieben Leute auf dem Gewissen. Da kam es auf zwei weitere Tote nicht mehr an. Selbst wenn es sich um Polizisten handelte. Dennoch, wenn man einmal die Chance besaß, zum Helden zu werden, sollte man sie gefälligst auch nutzen. Andererseits pfuschte man dem LKA ins Handwerk und wäre doch kein richtiger Held. Und es blieb das Risiko, im Kugelhagel der Gangster zu sterben. Dann wäre man noch nicht einmal nach seinem Ableben ein Held. Sondern nur ein toter Idiot.

Am besten warteten sie auf die neuen Anweisungen – vermutlich vergeblich.

***

Daniel blickte sich kurz um und sah, wie sie sich zügig vom Friedhof entfernten und von der schwarz gekleideten Frau, von den Gräbern.

Wer kümmerte sich wohl um sein Grab? Wo würde es überhaupt sein? Wahrscheinlich im Heimatort seiner Eltern. Seine Mutter käme zwei- oder dreimal in der Woche, um die Blumen zu gießen. Genauso, wie sie es mit den Blumen auf den Gräbern seiner Oma und seines Opas tat.

Und wieder wären die Nazis schuld am Tod eines nahen Angehörigen seiner Mutter. Erst der Vater, dann der Sohn.

Sollte man den Nazis das wirklich gönnen? War das nicht eher ein Grund, alles zu versuchen, irgendwie lebend aus der Sache herauszukommen? Nur wie? Und mit welchen Konsequenzen? Gefängnis?

Selbst, wenn er das Gefängnis irgendwie überstand, was wäre dann? Wäre sein Leben dann nicht auch im Eimer? All seine Ziele und Ideen könnte er als ehemaliger Gefängnisinsasse, als verurteilter Mehrfachmörder, ohnehin nicht realisieren, oder?

Seine Gedanken kehrten zurück zu seiner Mutter. Tränen stünden in ihren Augen, jedes Mal, wenn sie den Grabstein betrachtete. So jung, wie er gestorben war.

Weine nicht, rief er in Gedanken. Ich ertrage es nicht, dich weinen zu sehen. Schon gar nicht meinetwegen.

Aber würde sie nicht auch weinen, wenn sie hörte, dass er im Gefängnis saß? Für 15 oder mehr Jahre? Wäre das nicht so etwas wie ein erstes Sterben, dem zwangsläufig ein weiteres folgte? Wäre dann nicht die Trauer der Mutter, des Vaters, all der anderen doppelt so groß? Wäre es da nicht besser, nur einmal zu sterben? Es ein für alle Mal hinter sich zu bringen?

Eines Tages würde Mutter aufhören, um ihn zu trauern. Andere Dinge wären dann wesentlich. Neue Sorgen würden sie belasten. Und neue Freuden sie ablenken. Von ihm bliebe nur eine Fotografie, mit einer schwarzen Schleife an der Ecke. Sie stünde neben den Fotografien der anderen Toten. Und ein paar Tränen, die Mutter beim Anblick dieses Fotos und des Grabsteins vergießt, auf dem die Zahlen 1968 und 1992 stünden.

Nein, 24 würde er nicht mehr werden. Erst recht nicht 30. Das bliebe ihm erspart. Dieser ganze überflüssige Prozess des Älterwerdens, all die körperlichen Gebrechen und Krankheiten, graue Haare, dritte Zähne, Prostata, Lungenkrebs, Herzinfarkt, Bandscheibenprobleme, Schnabeltasse, Essen auf Rädern, Impotenz und so weiter.

All das würde an ihm vorübergehen. Wie der Kelch mit dem vergifteten Wein.

Und wie der Kelch mit dem süßen Wein. Wie all die schönen Dinge des Lebens. Nein, nicht daran denken. Nicht an die schönen Dinge denken, die er niemals wieder erleben würde.

Niemals wieder den ersten morgendlichen Sonnenstrahl, der einen beim Öffnen der Augen blinzeln lässt, das Erblühen der Blumen und Bäume im Frühling, die Freude über eine gelungene Leistung, eine gute Note, über Boris oder die Nationalelf, die freudige Erregung beim Klingeln des Telefons, die süße Erschöpfung nach dem Geschlechtsakt. Niemals wieder verliebt sein. Keine Britta mehr. Niemals wieder das Lachen eines Kindes, ein gutes Buch lesen, das glückliche Gefühl nach einem Zahnarztbesuch, der Reiz des Neuen und Unbekannten, die Dire Straits im Ohr, die Beatles, die Waterboys und all die anderen. Niemals wieder hoffen, träumen, warten, mit Freunden zusammen sein, seine Eltern und Geschwister sehen. Niemals wieder nervös sein. Niemals wieder: leben.

»Also verloren?«

Bernds Frage von eben lag gleichsam in der Luft. Sie sollte ruhig dort liegenbleiben.

»Also verloren?«, wiederholte Bernd leider und brachte damit das Gleichgewicht durcheinander, das Daniel und die Frage gerade so schön geschaffen hatten. Nun ruhte sie nicht mehr bewegungslos in der Luft. Stattdessen senkte sie sich langsam auf sie herab. Wie ein riesiges Stück Blei, das von oben herabgelassen wurde. Es kam unaufhaltsam näher. Näher und näher. Es war nur eine Frage der Zeit, bis es sie erdrückte.

Daniel fiel keine Antwort ein. Er registrierte nur, dass diese innere Ruhe von vorhin wieder verschwunden war. Es pendelte ständig hin und her in den letzten Stunden, auf und ab. Das sprichwörtliche Wechselbad der Gefühle. Kein Wunder, bei all den Ereignissen der vergangenen Tage und dem neuerlichen Druck: erst durch Brittas Unfall und jetzt durch die Flucht.

Eine Antwort auf Bernds Frage gab es ohnehin nicht, da es weniger eine Frage denn eine Feststellung war. Überhaupt fiel Daniel nichts ein. Bernd schien es ähnlich zu ergehen. Das Einzige, was seine Lippen in Bewegung hielt, war die Zigarette, an der er von Zeit zu Zeit saugte.

»Da, links«, rief Daniel.

»Was?«

»Da, die Scheune.«

In der Tat stand dort die Scheune, die Daniel bereits am Freitag aufgefallen war. Und die er aus seinen Träumen kannte. Nur zu gut.

Sie wirkte ein wenig fehl am Platz, so verloren inmitten dieser scheinbar nicht genutzten Äcker, mit dem mächtigen Wald dahinter. Fast wie ein Fremdkörper. Wie etwas Abstraktes. Etwas Unfassbares. Gerade deshalb konnte sie der ideale Platz zum Verstecken und Nachdenken sein. Waren sie beide denn nicht auch verloren und unecht wie Schauspieler in einem nicht enden wollenden Film?

Ein schmaler Feldweg führte von der Straße zu der Scheune. Bernd bremste scharf und erwischte gerade so die Auffahrt. Der Wagen rumpelte den Weg hinauf.

»Versuch am besten, irgendwo hinter der Scheune zu parken«, schlug Daniel vor. »Damit man den Wagen von der Straße aus nicht sehen kann.«

***

Der Hubschrauber kreiste längst über Wolfenbütteler Gebiet. Die Fahrzeuge des LKA kurvten ebenfalls durch den Landkreis. Es handelte sich um schwerbewaffnete Einheiten, hervorragende Schützen und kampferprobt. Angeführt wurden sie, das hatte Helmut gerade erfahren, ausgerechnet von einem kompromisslosen, erzkonservativen und karrieregeilen Beamten, dem Helmut mehrfach begegnet war, zuletzt bei einem Banküberfall mit Geiselnahme in Wolfenbüttel.

Gerade als die Situation sich entspannte (die Bankräuber wollten Geiseln freilassen), ließ dieser Beamte die Bank stürmen. Folge: ein Toter und zwei Schwerverletzte, darunter eine der Geiseln.

Und ausgerechnet dieser Idiot machte jetzt Jagd auf zwei junge Männer, die möglicherweise einfach nur einem Mitmenschen hatten helfen wollen, die dieser Beamte aber für zwei gefährliche, bewaffnete Mörder hielt.

Helmut fühlte sich verantwortlich für diese Verfolgungsjagd mit ungewissem Ausgang. Warum bloß hatte er sofort in der Dienststelle angerufen, um offiziell die Fahndung zu veranlassen, und somit das Heft des Handelns praktisch aus der Hand gegeben? Gab es zu diesem Zeitpunkt nicht noch Alternativen? Einen Weg, das LKA zunächst außen vor zu lassen? Realistisch erschien das zwar nicht, aber er hätte es wenigstens versuchen können. Nun war es zu spät.

Er saß in einem Streifenwagen, der stadtauswärts fuhr. Zeugen hatten vor fünf Minuten ein Auto mit überhöhter Geschwindigkeit gemeldet, das auf der B 79 Richtung Groß Denkte fuhr. Sehr wahrscheinlich das Auto, das sie suchten.

Ein Streifenwagen der Wolfenbütteler Polizei blieb dem Fluchtwagen auf den Fersen. Aber, selbst wenn die Kollegen das Auto stellten, mussten sie auf das LKA warten. Ihnen waren die Hände gebunden.

Und sie konnten weiterhin keinen Kontakt zu den LKA-Beamten aufnehmen. Die kommunizierten auf ihrer eigenen Frequenz. Auch das hatte Helmut bereits erlebt, unter anderem bei jenem Banküberfall. Aber solange Helmut die Kollegen vom LKA nicht erreichte, konnte er ihnen nicht die durch Fikret Cakirs Aussage veränderte Sachlage erläutern.

Je länger er darüber nachdachte, desto mehr übernahm Helmut die Sichtweise des Kochs. Aber was half ihm das? Was nützte ihm die Erkenntnis, dass diese beiden Männer keine Killer waren, sondern Helfer in der Not? Gute Deutsche.

Na ja, auf Notwehr zu plädieren, dürfte etwas sehr weit hergeholt sein. Jedenfalls kein vorsätzlicher Mord. Oder? Kritisch blieb in diesem Kontext der Skin, der mit einem Schuss in den Rücken getötet worden war. Da konnte man nicht mehr von Notwehr sprechen. Oder, und diese Frage stellte Helmut sich alle paar Minuten, war das ein Querschläger gewesen? Das wollte er nicht komplett ausschließen.

Was die beiden Flüchtigen wohl jetzt dachten? Nach den Angaben der Streifenpolizisten, Karger und Schäfer, zu urteilen, wussten sie, dass man ihnen dicht auf den Fersen war. Aber was bedeutete das für sie?

Wenn sie die sieben Skins getötet hatten, blieb ihnen aus ihrer Sicht keine andere Wahl, als zu fliehen. Sie konnten nicht ahnen, dass es eine Art Entlastungszeugen gab. Und mit Helmut einen Polizisten, der praktisch auf ihrer Seite war. Nein, sie gingen selbstverständlich davon aus, dass der gesamte niedersächsische Polizeiapparat nur ein Ziel kannte: sie zu fassen.

Noch flohen sie. Wie reagierten sie wohl, wenn man sie stellte? Wenn sie in der Falle saßen?

Helmut dachte an seine eigene Falle in der Sackgasse. An Abdullah mit dem Baseballschläger. Er hatte sich damals wie eine Ratte gefühlt und nur einen Ausweg gesehen: den Angriff. Damals? Wie das klang? Dabei war es gerade einmal gut eine Woche her. Eine einzige Woche. In praktisch jeder

Nacht seitdem verfolgte Abdullah ihn in seinen Träumen, und Marianne machte sich Sorgen, wenn er im Schlaf schrie.

Erging es den beiden Männern im Fiesta ebenso? Wurden auch sie von ihren Dämonen heimgesucht? Hatten sie Ehefrauen oder Freundinnen, die sich Sorgen machten?

Plötzlich fiel Helmut der Traum mit Marina ein. Er hatte sie heute im Krankenhaus gesehen. Oder war es nur ein Tagtraum gewesen? Eine Erscheinung? Sollte er vorsichtshalber einen Psychologen aufsuchen, wenn das alles vorbei war? Vielleicht benötigte er fachmännische Hilfe, um Abdullah und Wittmar zu verarbeiten?

***

»Warte mal«, sagte Daniel, als sie unschlüssig neben dem Auto verharrten. Er schlich langsam an der Scheunenwand entlang und spähte um die Ecke. Auf der Straße fuhr gerade ein Linienbus vorüber, Richtung Stadt. Aus der entgegengesetzten Richtung kamen kurz darauf mehrere Fahrzeuge. Kein Polizeiwagen befand sich darunter.

»Polizei?«, fragte Bernd, der am Wagen stehen geblieben war.

»Nein.«

»Und jetzt?«

»Mein Gott, frag bitte nicht immerzu und jetzt oder und dann, Bernd. Ich weiß es nicht.«

»Willst du denn den Rest deines Lebens hier verbringen? Hinter dieser Scheune?«

»Meinetwegen können wir reingehen.«

»Jetzt werde bloß nicht witzig.«

»Mann, Bernd, es ist alles schon ernst genug.«

»Ach, hör doch auf.«

»Okay. Ist wohl gerade nicht der richtige Moment zum Streiten und Anpöbeln.«

»Nee, ehrlich, Daniel. Was erwartest du denn? Wir hängen hier rum, ohne was zu trinken, ohne was zu essen, die Bullen sind hinter uns her wegen Mord und Totschlag. Und da soll ich auf deine blöden Witze eingehen? Ehrlich, das geht nicht.«

»Lass uns einfach mal reingehen«, schlug Daniel vor.

»Wie? Hast du das ernst gemeint, mit dem Reingehen?«

»Klar. Was willst du denn hier draußen rumstehen? Stell dir vor, es fängt an zu regnen.« Das sollte ein weiterer Witz sein, denn Regen lag weiß Gott nicht in der Luft.

»Richtig. Also los.«

Doch zunächst trabte Daniel zum Wagen, öffnete die Beifahrertür und anschließend das Handschuhfach.

»Was machst du da?«, rief Bernd.

Daniel reagierte nicht. Stattdessen hielt er einen Augenblick später die beiden Pistolen in die Höhe, eine in jeder Hand.

»Was soll das?«, fragte Bernd.

»Weiß nicht. Aber irgendwie ist es doch egal, ob sie nun im Handschuhfach rumliegen oder ob wir sie mit in die Scheune nehmen. Da sind sie auf jeden Fall. Und, wer weiß, ob wir sie nicht irgendwie gebrauchen können.«

***

Nein, ein voller Erfolg war er nicht gewesen, der Fackelzug gestern in Quedlinburg. 50 Kameraden waren gekommen.

Mehr nicht. Und keine Sympathisanten. Noch nicht einmal die Eltern der toten Kameraden. Keiner von denen glaubte an ihre Sache.

Sie waren schweigend durch die Altstadt marschiert. Ernst. Traurig. Wütend. Aber mehr innerlich. Sie gedachten der sieben Opfer. Freuten sich auf die Rache.

Immerhin die schien jetzt greifbar.

Der Anzugträger hatte vorhin angerufen und eine heiße Spur erwähnt. Mehr wollte der Kerl nicht erzählen, er hatte es sehr eilig.

***

Bernd blickte ihn entgeistert an. Daniel reichte ihm eine der Pistolen, dann gingen sie um die Scheune herum. Sie sahen keine weiteren Fahrzeuge. Nur einen Hasen, der über das Feld lief.

Vielleicht der letzte Hase, den Daniel jemals über ein Feld laufen sah? Er konnte sich nicht sattsehen an seinem Anblick. Heute Mittag könnte es der letzte Schmetterling gewesen sein.

Die Vorderseite der Scheune bestand fast gänzlich aus einem riesigen Tor, das etwas anders aussah als das Tor in Daniels Träumen. Es war in zwei Hälften geteilt, in der linken Hälfte befand sich eine Tür. Diese Tür erinnerte ihn an das Tor in seinen Träumen, denn sie stand einen Spaltbreit offen, und sie wurde vom Wind sanft vor- und zurückbewegt – allerdings ohne zu knarren oder zu quietschen.

Durch diese Tür gelangten Daniel und Bernd in die Scheune.

Sie war vollkommen leer. Wie in den Träumen. Kein landwirtschaftliches Gerät, kein Heu oder Stroh. Wie in den Träumen. Nur Leere. Wie in den Träumen. Zum Glück brannte am anderen Ende der Scheune kein Lagerfeuer, und zum Glück lungerten dort keine schemenhaften Gestalten herum, keine Schatten, zum Glück hing in der Scheunenmitte keine eiserne Kette mit Haken von der Decke herab.

***

Endlich kam der Rückruf. Seit gestern Nachmittag wartete Rudolf darauf.

»Es gibt im Grunde genommen nur zwei denkbare Orte, wo deine Leute in Untersuchungshaft kommen können.«

Rudolf notierte sich die Namen der beiden Orte. »Haben wir an beiden Plätzen Leute?«

»Ja.«

Rudolf bedankte sich und legte auf. Er hoffte, dass er diese beiden Orte schnell wieder vergessen konnte.

KAPITEL 39

Die Leere erkannten Bernd und Daniel nur deshalb, weil im Scheunendach und in den Wänden genügend Lücken und Ritzen waren, um frühabendliches Sonnenlicht einfallen zu lassen.

Daniel schaute sich kopfschüttelnd um. Als er sah, dass dort wirklich nichts war, worauf er sich setzen konnte, ließ er sich auf dem Boden nieder, ganz in der Nähe der Wand, an die er sich lehnte. Der Boden bestand aus festgetretener Erde, und Daniel zog die Beine in den Schneidersitz. Kurz darauf setzte Bernd sich neben ihn.

Wenn in diesem Moment jemand die Scheune betreten hätte, hätte er gewiss gedacht: Da sitzen zwei Freunde, die in Ruhe einen Joint rauchen.

Ja, jetzt einen Joint rauchen – das wäre wunderbar, sinnierte Daniel. Tiefe, intensive Züge, das Brennen in der Lunge, das einen Vorgeschmack gibt auf die Reise, zu der der Joint einlädt. Eigentlich nur ein kleiner Ausflug. Ein Trip halt. Ein kurzes Vergessen. Alles wäre mit einem Mal weit weg: all die Sorgen und Probleme.

Mit ein wenig Glück brachte der Ausflug ihn zu Britta. Direkt an ihr Krankenbett, und er könnte endlich ihre Hand halten, sie trösten. Versprechen, dass er sie niemals allein ließe und immer bei ihr bliebe.

Immer? Niemals? Waren das nicht die Worte, die er niemals sagen wollte?

Was für dumme Grundsätze! Er müsste mal in aller Ruhe darüber nachdenken. Aber nicht jetzt. Jetzt ging er lieber auf die kurze Reise. Auch ohne Joint. Er durfte nur nicht wieder die Augen öffnen. Dann würde alles gut werden.

Und es wurde wirklich alles gut, denn er traf Britta.

Ach, Britta, was macht dein Arm? Tut es sehr weh? Ich bin bei dir. Ich halte deine Hand. Wir fliegen so schön, und schau doch, jetzt sitzen wir in einem Auto, in einem schnellen Auto. Es ist so schnell, wir können sogar damit wegfliegen. Wie in dem Lied. Du magst doch Tracy Chapman, oder? Dieses Lied finde ich okay. Ich lege jetzt meinen Arm um deine Schulter und wir fliegen weiter in unserem schnellen Auto.

Ich weiß zwar nicht, warum wir nicht auf die Lichter der Stadt zufliegen, sondern ausgerechnet über dieser blöden Scheune kreisen, aber egal, Hauptsache, wir fliegen.

Ach nein, wir landen. Wie blöd. Genau neben der doofen Scheune. Ich hasse diese Scheune. Du auch, Britta, oder? Britta? Britta?

Britta war verschwunden. Genau wie das schnelle Auto. Stattdessen saß er neben Bernd auf dem staubigen Boden.

»Hörst du das?«

»Was?« Daniel hörte nichts.

»Klingt wie ein …«

Ein Geräusch zerriss die Stille. Gleichzeitig gedämpft und laut. Ein Hubschrauber. Direkt über ihren Köpfen. Natürlich hatten die Polizisten ihr Auto entdeckt.

Warum hatten sie das blöde Auto nicht in die Scheune gestellt? Es wäre genug Zeit dafür gewesen. Und das Tor dürfte nun wirklich groß genug sein, um mit einem Auto durchzufahren. Da passten sogar Traktoren hindurch. Und Mähdrescher. Wann auch immer zuletzt Traktoren und Mähdrescher in dieser gottverlassenen Scheune gestanden hatten.

Natürlich gingen die Polizisten im Hubschrauber davon aus, dass Daniel und Bernd in der Scheune waren. Natürlich würden sie über Funk Einsatzwagen rufen. Natürlich war alles nur eine Frage der Zeit. Von Minuten. Und nicht von Stunden. Sie saßen in der Falle. Wie Mäuse. Oder Ratten.

Der Hubschrauber stieg etwas höher und flog kurz darauf weg.

»Das dürfte es dann wohl endgültig gewesen sein«, sagte Bernd, als es wieder still war.

»Ja.« Daniel streichelte über das kalte Metall des Pistolenlaufs. Er sah zu Bernd hinüber. Der saß etwa zwei Meter von ihm entfernt und starrte in die Tiefe der leeren Scheune. Daniel sah nur sein Profil. Das einfallende Licht erzeugte eine Art Streifenmuster auf Bernds Gesicht. Stirn und Kinn wurden von der Sonne beleuchtet, Augen, Nase und Mund hingegen lagen im Schatten.

Ein Fremder hätte vielleicht ob dieses Musters in Bernds Gesicht geschmunzelt, gar gelacht. Daniel lachte nicht. Schließlich saß dort sein Freund und dessen Profil besaß für ihn etwas Erhabenes.

Bernd holte aus der Innentasche seiner Lederjacke eine Zigarettenschachtel hervor und steckte sich eine Kippe zwischen die Lippen; kurz darauf zerriss das Zischen eines Streichholzes die Stille. Für einen Moment erhellte der Schein des Streichholzes Bernds Gesicht, und Daniel konnte einen seltsam entschlossenen Ausdruck darin erkennen.

Wozu hatte Bernd sich auf einmal entschlossen?

»Wie konnte das alles bloß passieren?« Natürlich hatte Bernd sich zunächst einmal dazu entschlossen, eine Frage zu stellen. Das tat er ohnehin gern. Er fragte es ganz ruhig.

Auch Daniels Puls fühlte sich wieder normal an. Seitdem der Hubschrauber über ihren Köpfen gekreist und damit alles endgültig entschieden war, war jegliche Nervosität wieder von ihm gewichen. Er drehte sich eine Zigarette und antwortete wahrheitsgemäß: »Ich weiß es nicht.«

Bernd schien es dabei bewenden zu lassen, er hakte nicht nach.

Doch Daniel kannte seinen Freund lange genug. »Frag schon.«

»Wirklich?«

»Wird ja wohl nicht ausbleiben können.«

»Okay. Und jetzt?«

»Warten.«

»Auf die Polizei?«

»Ja.«

»Und dann?«

»Weiß nicht. Ich will jedenfalls nicht ins Gefängnis.«

»Ich auch nicht.« Bernd schaute Daniel tief in die Augen. »Viele Alternativen gibt es wohl nicht.«

»Nein.« Daniel versuchte, Bernd ebenso tief in die Augen zu schauen.

Bernd griff wieder in die Innentasche seiner Lederjacke; diesmal holte er keine Zigaretten hervor, sondern die Pistole. Er ließ sie auf der Innenfläche seiner Hand liegen.

»Und wie?«

»Keine Ahnung«, antwortete Daniel. »Jeder sich selbst. Oder du mich und dann dich. Oder ich erst dich und danach mich selbst – ich weiß es nicht.«

»Ich könnte das nicht.«

»Ich auch nicht.«

In diesem Augenblick drangen neue Geräusche in die Scheune. Ganze Scharen von Autos näherten sich. Es war klar, um welche Art Autos es sich handelte.

Sie blieben sitzen. Bernd warf alle paar Sekunden seine Pistole in die Luft, um sie gleich darauf zu fangen.

Daniel wartete darauf, dass endlich dieser Film in seinem Kopf startete, dieser Schnelldurchlauf seines Lebens, der ihm alles zeigte, an das sich sein Bewusstsein und sein Unterbewusstsein erinnerten. Erlebnisse aus frühester Kindheit, Kindergarten und Grundschule, Erinnerungen an seine Eltern, seine Geschwister, seine Spielkameraden, an das Gymnasium, die Freunde dort, an die Bundeswehr, an die Jahre des Studiums und so weiter, bis hin zu jenem Freitag in der Gaststätte – und bis zu Britta.

Er steckte sich die Zigarette in den Mund, zündete sie an und inhalierte tief. Der Tabak brannte in seiner Kehle. Ein wohltuendes Brennen. Ein gutes Brennen.

In diesem Augenblick ertönte eine Stimme. Sie drang über ein Megafon an ihre Ohren. Sie sollen beide herauskommen, mit erhobenen Händen, unbewaffnet. Sie sind umstellt und haben keine Chance zu entkommen. Sie müssen sich ergeben, meinte diese Stimme. Sie hatte mit »Achtung, hier spricht die Polizei« begonnen und endete nun mit »Machen Sie keine Dummheiten.«

Sie schauten sich an. Einige Augenblicke vergingen.

»Tja«, seufzte Daniel schließlich.

»Tja«, sagte Bernd.

»Was bleibt uns übrig?«

»Wo wir uns nicht gegenseitig umbringen wollen«, eröffnete Bernd.

»Und uns nicht selbst umbringen wollen«, vervollständigte Daniel.

»Und nicht ins Gefängnis wollen«, fügte Bernd hinzu.

»Da bleibt nicht viel.«

»Eigentlich gar nichts.«

Wieder folgte eine Pause.

Einen Wimpernschlag später erklang die Megafonstimme ein zweites Mal, sie drohte: »Kommen Sie heraus. Sonst stürmen wir die Scheune.«

»Kennst du Butch Cassidy and The Sundance Kid?«, fragte Daniel, als es wieder still war in der Scheune. Er liebte diesen Film. Am Ende stürzen sich die Protagonisten, beide erheblich verwundet, einer bis an die Zähne bewaffneten Armee entgegen. Beide besitzen nur Revolver, und in dem Moment, als sie aus ihrem Versteck rennen, friert das Bild ein, und der Film ist zu Ende. Aber jedem Zuschauer ist klar: Butch Cassidy und The Sundance Kid werden diese Auseinandersetzung nicht überleben.

»Ja«, antwortete Bernd. »Du meinst, wir sollten?«

»Was sonst?«

»Ja. Was sonst?«

Ja, was sonst? Daniel hatte es bereits formuliert: Das ganze Leben mit allen Freuden und Freiheiten oder gar kein Leben. Bedingungslos. Kein Zwischending. Kein Kompromiss.

Wenn sie schon sterben mussten, dann wie richtige Helden.

Wieder ertönte das Megafon. Die Stimme klang sehr drohend. »Zum allerletzten Mal: Kommen Sie mit erhobenen Händen heraus. Andernfalls müssen wir die Scheune stürmen.«

»Den Teil kennen wir.« Daniel zog die Pistole aus seiner Jackentasche und holte das Magazin heraus, um es vor sich auf den Boden zu legen.

»Was machst du da?«

»Da draußen warten eine Menge unschuldiger Jungs. Von denen will ich keinem wehtun. Die tun nur ihre verdammte Pflicht. Schließlich sind wir so was wie Schwerverbrecher. Jedenfalls müssen die das von uns denken. Außerdem hat das was Heldenhaftes, sich mit einer ungeladenen Knarre auf eine bis zu den Zähnen bewaffnete Übermacht zu stürzen. Denk mal an Newman und Redford in dem Film. Tut unserem Image gut – falls die Öffentlichkeit jemals davon erfährt.«

»Mein Gott, wo nimmst du nur all die Worte her?«

»Keine Ahnung.«

»Aber recht hast du. Auch wenn man eines zu bedenken geben sollte: Diese unschuldigen Jungs werden sich später ganz schön scheiße fühlen, wenn sie nämlich herausfinden, dass sie zwei Typen niedergemäht haben, die ihnen mit leeren Pistolen entgegengestürmt sind.«

»Puh.« Daran hatte Daniel nicht gedacht.

»Ach, egal, man kann nicht alles berücksichtigen.« Bernd holte das Magazin aus seiner Pistole und legte es neben Daniels.

Sie schwiegen.

Daniel drückte die wohl letzte Zigarette seines Lebens auf dem Boden der Scheune aus und blickte zu dem riesigen Tor.

Dort hinaus würden sie rennen. Oder gehen. Auf jeden Fall wären es ihre letzten Schritte auf Erden. Daniel erhob sich und bewegte sich langsam auf das Scheunentor zu. Bernd folgte ihm.

Quer am Tor hing ein Balken, den man aus seiner Verankerung heben musste, um das Tor zu öffnen. Daniel fand es besser, das Tor zu öffnen und dort hinaus zu gelangen, denn durch die schmale Tür konnten sie nicht gemeinsam gehen.

Sie verharrten schweigend vor dem Tor. Jeden Moment dürfte die Megafonstimme wieder erklingen. Oder die Schüsse der Polizisten, die die Scheune stürmten. Erneut war alles nur eine Frage von wenigen Augenblicken.

Daniel löste den Querbalken aus seiner Verankerung. Er pendelte hin und her. Man musste ihn nur nach oben drücken.

»Durchs Tor?«

»Ja, da können wir zusammen raus.«

Bernd nickte.

»Hilf mal«, bat Daniel.

Sie wuchteten den schweren Balken nach oben. Nun nur noch einen der Torflügel aufstoßen und nach draußen stürzen, die leeren Pistolen in der Hand. Wie Butch und Sundance. Allerdings waren deren Knarren geladen. Waren sie doch, oder?

Sie standen vor dem rechten Flügel, und Daniel machte eine Kopfbewegung, die bedeuten sollte: »Komm, lass uns gleich den hier nehmen.«

Bernd nickte.

»Okay?«

»Okay.«

»Mach es gut.«

»Du auch.«

Bernd fasste ihn am Arm. »Warte mal. Hast du eigentlich gar keine Angst zu sterben, Daniel?«

»Klar. Du etwa nicht?«

»Doch.«

»Und warum zeigst du es nicht?«

»Wem denn? Du weißt es doch sowieso, Bernd.«

»Das ist richtig.«

»Was ist richtig?«, fragte auf einmal jemand.

»Hm. Was ist?«

»Na, was richtig ist?«

Daniel versuchte, sich zu konzentrieren. »Dass ich sowieso weiß, dass du Angst hast zu sterben. Und umgekehrt: Ich weiß es auch von mir. Und du von mir. Und du von dir. Keine Ahnung, ob es noch weitere Varianten gibt.«

»Weiß ich auch nicht. Aber wie kommst du jetzt gerade darauf, auf die Sache mit der Angst?«

»Na, wegen der ganzen Bullen da draußen, die uns gleich erschießen werden.«

»Da draußen sind keine Bullen.«

»Wie? Keine Bullen? Und der Hubschrauber?«

»Welcher Hubschrauber?«

»Kein Hubschrauber?«

»Mann, Daniel, warum pennst du jedes Mal ein, wenn es spannend wird?«

Ach so, er war eingeschlafen. Klar, der fehlende Schlaf der letzten Nacht. Er hatte alles nur geträumt. Obwohl ihm dieser Traum sehr realistisch vorkam. Realistischer als die Träume in den drei vergangenen Nächten. Träumte man tagsüber realistischer als nachts?

Alles geträumt? Nein, nicht alles. Denn in der Scheune waren sie tatsächlich, und nach Schwefel roch es auch. Von

Bernds Streichholz vorhin. Und die Polizei war ihnen auf den Fersen. Oder?

»Du hast wohl eine schöne Scheiße geträumt, was?«, fragte Bernd.

Daniel erzählte ihm seinen Traum.

Anschließend erfuhr er von Bernd, dass er über eine Viertelstunde geschlafen hatte. »Plötzlich schnarchst du leise vor dich hin. Na super, denke ich, und gehe ein bisschen an die frische Luft. Beobachte nebenbei die Straße. Ganz vorsichtig natürlich. Nichts passiert. Wir werden wohl doch nicht verfolgt.«

»Sieht ganz so aus.«

***

Das Fahrzeug, in dem Helmut saß, erreichte die Stadtgrenze von Wolfenbüttel, und Helmut entdeckte am Himmel den Hubschrauber des Sondereinsatzkommandos. Er flog Richtung Südosten, folglich in die gleiche Richtung, in der der Streifenwagen fuhr. Wendessen hieß das nächste Dorf, danach kam Groß Denkte. In beiden Orten hatten die Polizeihauptmeister Karger und Schäfer Zeugen getroffen, die ein Fahrzeug mit überhöhter Geschwindigkeit gesehen hatten. Allem Anschein nach handelte es sich um das Auto der beiden Gesuchten.

Nach Groß Denkte kam Wittmar. Ausgerechnet. Helmut konnte sich nicht erklären, warum die beiden Flüchtigen unterwegs zum Tatort waren. Andererseits stammten sie nicht von hier, und möglicherweise war ihnen nicht bewusst, wohin sie fuhren. Oder wollten sie ohnehin noch weiterfahren? Bis zur Autobahn? Auch das wäre unlogisch. In diesem Fall wären sie mal besser nach Braunschweig gefahren, dann führen sie längst auf der Autobahn.

Wahrscheinlich kurvten die beiden einfach nur ziellos durch die Gegend. Oder sie suchten ein Versteck. Irgendwo hatten sie sich ja auch in den letzten beiden Tagen und Nächten verborgen gehalten.

Warum nur waren sie in Wolfenbüttel geblieben und nicht zurück nach Bonn gefahren? Warum waren sie dieses Risiko eingegangen?

Das alles würde er klären. Am besten mit den beiden Männern aus Bonn. Deshalb durften sie nicht dem LKA in die Hände fallen. Erst schießen, dann fragen. Oder war sein Bild der LKA-Kollegen zu negativ? Immerhin gab es da diesen Vorfall mit der Geiselnahme in der Bank. Nein, Helmuts Vorbehalte waren begründet.

***

»Guck mal da.« Karger und Schäfer verließen Groß Denkte und fuhren Richtung Asse. Über den Bäumen schwebte ein Hubschrauber.

»LKA.«

»Der Hubschrauber bewegt sich nicht.«

»Er steht direkt über dieser Scheune.«

»Hat scheinbar was entdeckt.«

»Das Auto?«

»Fahr auf jeden Fall mal langsamer und mach das Blaulicht aus. Da, links führt ein Feldweg zur Scheune. Fahr da mal rein.«

Schäfer schaltete das Blaulicht aus, bremste und bog in den Feldweg ab.

Karger griff zum Funkgerät.

***

In diesem Moment drang ohrenbetäubender Lärm zu ihnen herunter. Durch die Ritzen konnten sie den Hubschrauber sogar erkennen. Und die berühmten sieben Buchstaben. Nach wenigen Augenblicken ebbte der Lärm wieder ab, der Hubschrauber entfernte sich.

»Wir werden doch verfolgt«, korrigierte sich Bernd umgehend.

»Sieht ganz so aus. Oder träume ich wieder?«

»Leider nicht.«

Ungefähr zwei Minuten lang hatte es so etwas wie Hoffnung gegeben. Diese Hoffnung zerfetzten nun die Rotorblätter des Hubschraubers in kleine Stücke, die durch die Scheune flogen und sich niemals wieder zusammensetzen ließen.

Daniel versuchte krampfhaft, an irgendetwas zu denken. Doch irgendwie hatte er jeden Gedanken bereits tausendfach gedacht.

Zu dieser ernüchternden Erkenntnis passte das Geräusch, das nun zu ihnen in die Scheune drang: Ein Auto fuhr vor.

Natürlich konnte es rein theoretisch sein, dass es kein Polizeiwagen war. Natürlich erschien es ebenso realistisch, dass Daniels kleiner grüner Freund zurückkehrte und alle Bullen plattmachte. Natürlich gab es stets irgendeine blödsinnige Hoffnung. Und natürlich gab es keinen Augenblick in seinem

Leben, in dem Daniel nicht doch irgendetwas dachte. Er musste einfach denken. Nachdenken. Grübeln.

***

Helmut schnappte sich das Funkgerät und nahm den Ruf des Streifenpolizisten Karger entgegen. Der Hubschrauber hatte offenbar das Fluchtfahrzeug an einer Scheune am Fuße der Asse zwischen Groß Denkte und Wittmar entdeckt.

»Wir sind jetzt an dieser Scheune.«

»Bleibt auf jeden Fall im Auto und wartet auf weitere Anweisungen«, befahl Helmut.

»Ja.« In Kargers Stimme lag wenig Begeisterung.

»Wir sind nur vier Kilometer von euch entfernt. Ist schon was von den Einsatzfahrzeugen des SEK zu sehen?«

»Nein. Aber der Hubschrauber dreht gerade ab.«

»Dann dürfte das SEK unterwegs sein.«

»Und wie.«

»Wie bitte?« Helmut konnte Kargers Aussage nicht deuten.

»Sie sind nicht nur unterwegs, sie biegen gerade in den Feldweg ab, der zur Scheune führt.«

»Scheiße. Wie viele Fahrzeuge?«

»Fünf. Großes Aufgebot.«

»Sie gehen wohl tatsächlich davon aus, dass die Flüchtigen in der Scheune sind. Wie seht ihr das?«

»Spricht nichts dagegen. Das Auto parkt jedenfalls hinter der Scheune. Von der Straße aus nicht zu sehen. Aber von unserem Standort aus. Lilafarbener Fiesta. Der Wagen, den wir vorhin an der Kreuzung vor der Dienststelle gesehen haben.«

Helmut kannte die Scheune vom Vorbeifahren (und aus dem letzten Traum?). Er wusste, dass ringsherum nur Felder waren. Der Wald lag zu weit weg, um in der kurzen Zeit dorthin zu gelangen. Die beiden Männer waren demnach in der Scheune. Oder? »Könnten die Männer auch im Auto sitzen?«

»Das ist von hier aus nicht zu erkennen. Ich kann leider nicht hingehen und nachschauen. 30 Kollegen, so nenne ich sie mal, denn sie beachten uns überhaupt nicht, springen gerade aus ihren Fahrzeugen und verteilen sich um die Scheune. Die tragen alle Schutzkleidung und Helme, volle Kampfmontur. Und Gewehre. Vier von denen rennen zum Fiesta.« Karger machte eine kurze Pause. »Offenbar sind die Flüchtigen nicht im Wagen, die vier LKA-Männer stehen direkt daneben und machen gar nichts.«

»Bleibt nur die Scheune, oder?«

»Davon gehe ich aus. Gerade stiefelt da übrigens ein Typ mit Anzug durch die Gegend. Der hat ein Megafon in der Hand.«

***

Die nächsten Minuten verbrachten Bernd und Daniel schweigend. Sie hörten weitere Autos kommen. Vier, fünf oder sechs. Türen knallten, Schritte knirschten. Viele Schritte von vielen Männern, die sich rings um die Scheune verteilten. Bestimmt mit Tränengas und Gewehren bewaffnet.

Wie die bolivianischen Soldaten bei »Butch Cassidy and The Sundance Kid.« Feuerten die nicht sogar mit einem Maschinengewehr? Gute Frage. Daniel musste sich den Film unbedingt nochmals ansehen.

Toller Witz.

Gut, dass er den nicht Bernd erzählt hatte.

Sein Freund saß dort weiterhin still und reglos. Grübelte er auch? Eigentlich hatte Daniel seinen Freund niemals grüblerisch erlebt. Selbst in den letzten Tagen nicht, in den Tagen nach dem Vorfall in dem türkischen Restaurant. Wahrscheinlich wurde Bernd noch nicht einmal von Albträumen heimgesucht.

Überhaupt sprach Bernd meist nur ziemlich oberflächlich über den Vorfall. Es wollte ständig wissen, wie es weitergeht. Wann es etwas zu essen und zu trinken gibt. Es ging ihm meist bloß darum, die grundlegenden Bedürfnisse zu befriedigen.

War dieser oberflächliche Typ da tatsächlich all die Jahre lang sein bester Freund gewesen? Warum hatte Daniel nicht jemanden gesucht, der ihm ähnlicher war? Mit dem man ernsthafte Gespräche führen konnte?

Die Lösung klang denkbar einfach: Er liebte Bernd so, wie er war. Und auch Bernd nahm Daniel so, wie er war. Unterm Strich hatten die oberflächliche Frohnatur und der langweilige Grübler vor allem eines: jede Menge Spaß.

Okay, jede Menge Spaß gehabt.

Endlich erklang von draußen eine Stimme, metallisch, aber gut zu verstehen, wie vorhin im Traum: »Achtung, hier spricht die Polizei.«

***

So hatte es bei der Geiselnahme seinerzeit auch angefangen, erinnerte sich Helmut. Der Typ vom LKA greift zum Megafon und stellt Ultimaten. Und wartet dann nicht ab, ob diese erfüllt werden. Lässt lieber stürmen und schießen.

Hatten die Beamten damals nicht sogar Tränengas eingesetzt? Rauchbomben? Helmut hatte sich stark erinnert gefühlt an Bilder vom Krieg. Beirut zum Beispiel.

Sie näherten sich Groß Denkte, nun waren es keine zwei Kilometer mehr bis zur Scheune. Helmut würde als Erstes versuchen, den Einsatzleiter zu sprechen und ihm klarzumachen, dass man aller Voraussicht nach doch keine gefährlichen Killer verfolgte.

Nein, fiel Helmut ein, schneller ginge es, wenn der Streifenpolizist mit dem Einsatzleiter sprach, um ihn von überstürzten Aktionen abzuhalten. Er schnappte sich das Funkgerät und erreichte Karger zum Glück sofort.

***

»Wie soll ich denn an diesen Kerl rankommen? Der hat doch schon das Megafon am Mund und quasselt. Außerdem stehen da jede Menge harte Jungs um ihn herum, die mich garantiert nicht durchlassen.« Karger rauchte bei leicht geöffnetem Fenster.

Ausnahmsweise wand Schäfer nichts gegen das Rauchen ein. »Versuch es wenigstens. Wenn es stimmt, was Kommissar Jordan gerade behauptet hat, sind die Jungs da in der Scheune wohl keine gefährlichen Killer. Vielleicht kannst du ein Blutbad verhindern?«

Also doch ein Held? Auf etwas andere Weise als ursprünglich geplant? Nicht, indem man die Mörder schnappte oder abknallte, sondern indem man verhinderte, dass unnötig Blut vergossen wurde?

Karger wollte wenigstens irgendeine Art Held sein. Er schnallte sich ab, stieg aus, schnippte seine Kippe auf den Acker und marschierte energisch zum Beamten mit dem Megafon.

***

Ganz verzückt von seinen freundschaftlichen, ja geradezu liebevollen Gedanken sah Daniel hinüber zu Bernd. Sein bester Freund war beschäftigt, er fummelte an seiner P 1 herum.
»Was machst du da, Bernd?«

»Das Magazin rausnehmen – was sonst?«

EPILOG

»Was ist mit dir?«

»Hm?«

»Hast du schlecht geträumt?«

»Hm?«

»Du hast irgendwas gerufen.«

»Was denn?«

»Nicht schießen oder so. Ich habe es nicht genau verstanden.«

»Hm.«

»Bestimmt wieder ein Albtraum.«

»Hoffentlich.«

Ganz lieben Dank:

an die Testleserinnen Anja Behn, Beate Caspary, Claudia Giesdorf, Jenny Schulz und Sandra Cronauer für das perfekte Vorablektorat und die vielen, vielen guten Ratschläge – bis hin zum Titel,

an Axel Kreit für das tolle Foto und an Moni für das schöne Cover,

und an Tini für alles.